TRECE SOBRES AZULES

Si tienes un club de lectura o quieres organizar uno, en nuestra web encontrarás guías de lectura de algunos de nuestros libros. **www.maeva.es/guias-lectura**

MAUREEN JOHNSON

TRECE SOBRES AZULES

Traducción:

Sonia F. Ordás

Título original:
13 LITTLE BLUE ENVELOPES

Diseño de cubierta:
ELSA SUÁREZ

Fotografía de la autora:
HEATHER WESTON

Benito Castro, 6
28028 MADRID
emaeva@maeva.es
www.maevayoung.es

ISBN: 978-84-16363-65-0
Depósito legal: M-455-2016

Fotomecánica: Gráficas 4, S.A.
Impresión y encuadernación: Industria Gráfica CAYFOSA, S.A.
Impreso en España / Printed in Spain

Para Kate Shafer,
la mejor compañera de viaje
del mundo, y una mujer
que no teme reconocer
que de vez en cuando
ni sabe dónde vive

Regla #1:

Solo podrás llevar lo que quepa en la mochila. No intentes hacer trampas con un bolso o cualquier otro tipo de equipaje de mano.

Regla #2:

No podrás llevar guías de viaje, diccionarios ni ninguna otra ayuda para idiomas extranjeros. Y nada de periódicos.

Regla #3:

No podrás llevar dinero extra, cheques de viaje, tarjetas de crédito o débito, etcétera. De esa cuestión ya me ocupo yo.

Regla #4:

Nada de aparatos electrónicos. Esto significa que nada de ordenador portátil, ni teléfono móvil, ni música, ni cámara. No podrás llamar a casa ni comunicarte con nadie de Estados Unidos por teléfono o Internet. Se acepta y se recomienda el envío de cartas y postales.

Esto es todo lo que necesitas saber por ahora. Nos vemos en El Cuarto Fideo.

#1

#1

Querida Ginger:

Nunca he sido muy amiga de respetar las reglas y lo sabes. Así que te parecerá algo chocante que esta carta esté llena de reglas escritas por mí que quiero que cumplas.

«¿Reglas para qué?», te estarás preguntando. Tú siempre hacías preguntas inteligentes.

¿Recuerdas cuando jugábamos a «Hoy vivo en...», cuando eras pequeña y venías a verme a Nueva York? (Creo que mi favorita era «Hoy vivo en Rusia». Siempre jugábamos a vivir en Rusia en invierno. Íbamos a ver la colección de arte ruso del Metropolitan, a pisar nieve a Central Park y después a ese pequeño restaurante ruso del Village que tenía aquellos encurtidos deliciosos y aquel caniche sin pelo tan raro que se sentaba frente a la ventana y ladraba a los taxis.)

Me gustaría volver a jugar de nuevo, solo que esta vez vamos a darle un sentido más literal. El juego de hoy será «Vivo en Londres». Fíjate que he metido mil dólares en metálico en el sobre. Son para que te saques el pasaporte y compres un vuelo de ida de Nueva York a Londres y una mochila (guárdate unos cuantos dólares para el taxi al aeropuerto).

Cuando hayas sacado el billete y preparado la mochila y te hayas despedido de todo el mundo, quiero que vayas a Nueva York. Concretamente, a El Cuarto Fideo, el restaurante chino que hay debajo de mi apartamento. Te estarán esperando. Dirígete directamente al aeropuerto desde allí.

Estarás fuera varias semanas y tendrás que viajar al extranjero. Estas son las reglas a las que me refería que regirán tu viaje:

Regla #1: Solo podrás llevar lo que quepa en la mochila. No intentes hacer trampas con un bolso o cualquier otro tipo de equipaje de mano.

Regla #2: No podrás llevar guías de viaje, diccionarios ni ninguna otra ayuda para idiomas extranjeros. Y nada de periódicos.

Regla #3: No podrás llevar dinero extra, cheques de viaje, tarjetas de crédito o débito, etcétera. De esa cuestión ya me ocupo yo.

Regla #4: Nada de aparatos electrónicos. Esto significa que nada de ordenador portátil, ni teléfono móvil, ni música, ni cámara.

No podrás llamar a casa ni comunicarte con nadie de Estados Unidos por teléfono o Internet. Se acepta y se recomienda el envío de cartas y postales.

Esto es todo lo que necesitas saber por ahora. Nos vemos en El Cuarto Fideo.

Con cariño,
TU TÍA LA FUGITIVA

Un paquete como un buñuelo relleno

Como norma general, Ginny Blackstone intentaba pasar desapercibida; algo prácticamente imposible con quince kilos (la había pesado) de mochila verde y morada a la espalda. No quería ni pensar en toda la gente a la que había golpeado mientras la llevaba a cuestas. Ese tipo de cosas no estaban pensadas para moverse por Nueva York. Bueno, en realidad por ninguna parte..., pero sobre todo por el East Village de Nueva York una cálida tarde de junio.

Y además se había pillado un mechón de pelo con la tira de la mochila del hombro derecho, así que se veía obligada a llevar la cabeza un poco inclinada. Aquello no ayudaba mucho.

Habían pasado más de dos años desde la última vez que Ginny había estado en el ático de El Cuarto Fideo, o «el sitio ese encima de la fábrica de grasa», como sus padres preferían llamarlo. (No les faltaba razón. El Cuarto Fideo era un sitio bastante grasiento. Pero era grasa de la rica, y además hacían los mejores buñuelos del mundo.)

Su mapa mental se había desdibujado un poco en los últimos dos años, pero el nombre de El Cuarto Fideo contenía en sí mismo la dirección: en la esquina de la calle Cuatro con la avenida A. Las avenidas con letra estaban al este de las de los números y se internaban en el Village, tan de moda, donde la gente fumaba, llevaba prendas de látex y nunca recorría las calles arrastrando los pies cargada con mochilas del tamaño de un buzón de correos.

Allí estaba: el modesto restaurante de comida asiática junto a El Tarot de Pavlova (con su nuevo letrero luminoso de color morado que emitía un zumbido), justo enfrente de la pizzería que exhibía el dibujo de una rata gigante en la pared.

Al abrir la puerta, Ginny sintió una fuerte ráfaga de aire acondicionado y oyó un repiqueteo de campanillas. Detrás del mostrador se encontraba una mujer con aspecto de duendecillo que atendía tres teléfonos a la vez. Era Alice, la propietaria del restaurante y vecina favorita de la tía Peg. Cuando vio a Ginny, esbozó una amplia sonrisa y levantó un dedo para indicarle que esperase.

–Ginny –dijo mientras colgaba dos de los teléfonos y dejaba el tercero encima del mostrador–. Paquete. Peg.

La mujer desapareció tras una cortina de bambú que ocultaba la puerta que conducía a la parte trasera. Alice era china, pero hablaba inglés perfectamente (eso decía la tía Peg). Pero como le gustaba ir al grano (El Cuarto Fideo era un negocio muy dinámico), utilizaba palabras sueltas que sonaban algo bruscas.

Nada había cambiado desde la última visita de Ginny. Miró las fotografías iluminadas de comida china, las imágenes plásticas y brillantes de gambas con sésamo y pollo con brécol. Resplandecían, pero no de un modo apetecible, sino más bien como si fueran radiactivas. Los trozos de pollo brillaban demasiado y eran de un color naranja chillón. Las semillas de sésamo eran demasiado blancas y se veían enormes. El brécol era tan verde que parecía vibrar. Allí estaba la foto ampliada y enmarcada del alcalde Rudy Giuliani junto a una Alice exultante, tomada un día que se dejó caer por allí.

Sin embargo, fue el olor lo que le resultó más familiar. El olor penetrante y grasiento de los pimientos y la carne de ternera y cerdo al guisarse, y el aroma dulzón de los recipientes de arroz humeante. Aquel era el olor que se filtraba y aromatizaba el piso de la tía Peg. Despertó los recuerdos de Ginny de tal manera que estuvo a punto de volverse para ver si la tía Peg estaba detrás de ella.

Pero, por supuesto, eso era imposible.

–Toma –dijo Alice, que reapareció tras la cortina drapeada con un paquete de papel marrón en la mano–. Para Ginny.

En efecto, el paquete –un sobre acolchado lleno a reventar– estaba dirigido a ella, Virginia Blackstone, a través de Alice de El Cuarto Fideo, Nueva York. Tenía matasellos de Londres y estaba cubierto de una ligerísima capa de grasa.

–Gracias –dijo Ginny tratando de recoger el paquete con algo de dignidad, teniendo en cuenta que ni siquiera podía inclinarse sin caerse de narices sobre el mostrador.

–Saluda a Peg. De mi parte –dijo Alice mientras alcanzaba el teléfono y se lanzaba de lleno a la tarea de tomar nota del siguiente pedido.

–Bueno... –dijo Ginny asintiendo–. Sí, claro.

En cuanto salió a la calle, mientras escrutaba nerviosa la avenida A en busca de un taxi, Ginny se preguntó si debería haberle contado a Alice lo que había pasado. Pero el pánico atroz que le causaba la tarea que tenía por delante enseguida ocupó sus pensamientos. Los taxis eran bestias amarillas que recorrían Nueva York a toda velocidad y llevaban volando a la gente a los distintos sitios adonde tenían que ir y dejaban a los peatones aterrorizados en busca de refugio.

No, pensó mientras levantaba una mano con timidez, tan alto como fue capaz, y aparecía una horda en busca de presa. No había ninguna necesidad de contarle a Alice lo que había pasado. Incluso a ella le costaba creerlo. Además, tenía que irse.

Las aventuras de la tía Peg

Cuando la tía Peg tenía la edad de Ginny (diecisiete), se escapó de su casa de Nueva Jersey justo dos semanas antes de la fecha en que tenía que incorporarse a la prestigiosa universidad femenina de Mount Holyoke con una beca completa. Regresó una semana después y pareció sorprendida de que todo el mundo estuviera tan disgustado. Tenía que pensar cuáles serían sus objetivos en los estudios, explicó, así que había ido a Maine y allí conoció a varias personas que construían barcos de manera artesanal. Además, ya no iba a ir a la universidad, informó. Iba a tomarse un año sabático para trabajar. Y eso hizo. Renunció a la beca y pasó el año siguiente trabajando como camarera en una gran marisquería en el centro de Filadelfia y compartiendo un pequeño apartamento en South Street con otros tres compañeros.

Al año siguiente, la tía Peg ingresó en una pequeña universidad de Vermont donde no ponían notas y se especializó en pintura. La madre de Ginny, hermana mayor de la tía Peg, tenía una idea bastante clara de lo que significaba especializarse en las universidades «de verdad», y aquella no era una de ellas. Para ella, especializarse en pintura era una insensatez comparable a especializarse en hacer fotocopias o en recalentar las sobras de la comida.

La madre de Ginny había nacido con espíritu práctico. Vivía en una casa muy bonita y tenía un bebé (Ginny). Animó a su hermana pequeña a que se hiciera economista, como ella. La tía Peg respondió con una carta en la que decía que iba a cursar arte interpretativo.

En cuanto se graduó, la tía Peg se fue a Nueva York, se mudó al ático de El Cuarto Fideo y ya no se movió de allí. Fue casi la única constante en su vida. Cambiaba de trabajo sin cesar. Fue gerente en una tienda muy importante de artículos de arte hasta que, por desgracia, tecleó el cero demasiadas veces en un pedido por Internet. Se quedó sorprendida cuando recibió doscientos caballetes italianos hechos por encargo y sin posibilidad de devolución en lugar de los veinte que tenía que haber comprado. Tuvo un trabajo temporal como telefonista en el cuartel general del empresario millonario Donald Trump hasta que un día atendió una llamada del mismísimo jefazo. La tía Peg creyó que era uno de sus amigos actores imitando a Donald Trump, así que sin dudarlo lanzó un discurso sobre los «gilipollas capitalistas con peluquines espantosos». Disfrutaba relatando la experiencia de cómo dos guardias de seguridad la habían acompañado a la puerta de salida del edificio. Ese era el tipo de cosas que había hecho la tía Peg hasta que su carrera artística despegó.

Cada nueva ocurrencia de la hermana pequeña volvía a traer de cabeza a la madre de Ginny, que siempre le recordaba a su hija que, si bien debía querer a su tía, tenía que evitar ser como ella. En realidad, ese riesgo nunca existió. Ginny estaba demasiado bien educada y era demasiado normal como para que aquello supusiera una amenaza. Pero le encantaba ir a ver a la tía Peg. Sus visitas, aunque muy irregulares y no demasiado frecuentes, eran experiencias mágicas durante las cuales las normas convencionales se dejaban a un lado. Las cenas no tenían por qué ser equilibradas, ni a una hora prudente; podían consistir en *kebabs* afganos y helado de sésamo negro a medianoche. Las tardes no eran para pasarlas frente al televisor. A veces recorrían *boutiques* y tiendas de vestuario de teatro y se probaban las cosas más caras y extravagantes que encontraban, cosas que habrían hecho que Ginny se muriera de vergüenza si se las tuviese que probar delante de otra persona, y que a menudo tenían un precio tan prohibitivo que casi se sentía tentada a pedir permiso para tocarlas. «Es una tienda –decía siempre la tía Peg mientras se colocaba unas gafas de sol de quinientos dólares y cristales como platos sobre el enorme sombrero de plumas–. Todo esto está aquí para que nos lo probemos».

Lo mejor de la tía Peg era que, cuando estaba con ella, Ginny se sentía más interesante. No permanecía callada y sumisa. Era más ruidosa. La tía Peg la hacía ser diferente. Y la tía Peg le había prometido que siempre, durante los años de instituto y de universidad, estaría allí para guiarla. «Será entonces cuando me necesites», decía siempre.

Un día de noviembre, cuando Ginny estaba en su segundo año de instituto, el teléfono de la tía Peg dejó de funcionar. La madre de Ginny suspiró y se imaginó que no había pagado la factura. Así que ella y Ginny subieron al coche y fueron a Nueva York a averiguar qué ocurría. El apartamento situado encima de El Cuarto Fideo estaba vacío. El portero les dijo que la tía Peg se había marchado hacía unos días y que no había dejado dirección. Sin embargo, sí había dejado una nota debajo del felpudo que decía: «Era algo que tenía que hacer. Pronto tendréis noticias mías».

Al principio, nadie se preocupó demasiado. Dieron por hecho que era otra de las espantadas de la tía Peg. Pasó un mes. Luego otro. Terminó el semestre de primavera. Después llegó el verano. La tía Peg había desaparecido, sin más. Por fin llegaron unas postales en las que, con pocas palabras, aseguraba que se encontraba bien. Tenían matasellos de distintos lugares –Inglaterra, Francia, Italia–, pero no daban más explicaciones.

De modo que la tía Peg era exactamente el tipo de persona que la enviaría sola a Inglaterra con un paquete recogido en un restaurante chino. No tenía nada de sorprendente.

Lo sorprendente del asunto era que la tía Peg llevaba tres meses muerta.

Había sido un golpe difícil de encajar. La tía Peg era la persona más llena de vida que Ginny había conocido. Y además solo tenía treinta y cinco años. A Ginny la cifra se le quedó grabada en la cabeza porque su madre no paraba de repetirla una y otra vez. Solo treinta y cinco años. Se supone que la gente vital de treinta y cinco años no se muere. Pero la tía Peg sí. Un médico llamó desde Inglaterra y les explicó que a la tía Peg se le había manifestado un cáncer; que se había extendido con rapidez, que lo habían intentado todo pero no habían podido hacer nada.

La noticia... la enfermedad... A Ginny todo le parecía lejano. En cierto modo, nunca se lo terminó de creer. La tía Peg seguía viva en algún rincón de su mente. Y en cierto modo, Ginny volaba hacia ella en aquel avión. Solo la tía Peg podía hacer que ocurriera algo así. Pero también Ginny había tenido que poner algo de su parte. En primer lugar, había tenido que convencerse de que sería capaz de seguir la corriente de algo que a todas luces parecía un ataque de locura de una tía que no se caracterizaba precisamente por su formalidad. Cuando lo consiguió, tuvo que convencer a sus padres de lo mismo. Algunos tratados de paz muy importantes tardaron menos tiempo en negociarse.

Pero ahora estaba allí. Ya no había vuelta atrás.

En el avión hacía frío. Mucho frío. Las luces estaban apagadas, y desde las ventanillas el exterior se veía completamente negro. Todo el mundo excepto Ginny parecía dormido, incluidos los pasajeros que tenía a cada lado. No podía moverse sin despertarlos. Ginny se envolvió en la pequeña y poco eficaz manta de la compañía aérea y aferró el paquete contra su pecho. Aún no había tenido el valor de abrirlo. Por el contrario, se había pasado la mayor parte de la noche mirando una sombra alargada y varias luces parpadeantes a través de la ventanilla oscurecida, convencida primero de que era la costa de Nueva Jersey y después quizá la de Irlanda o Islandia. No fue hasta el amanecer, a punto ya de aterrizar, cuando se dio cuenta de que se había pasado todo el viaje contemplando el ala del avión.

Allá abajo, a través de un velo algodonoso de nubes, había un mosaico de cuadrados de color verde. Tierra. El avión iba a aterrizar, y ella tendría que bajarse de él. En un país extranjero. El sitio más exótico donde había estado Ginny era Florida, y nunca antes había viajado sola.

Por fin se decidió a soltar el sobre, que depositó sobre las rodillas. Era evidente que había llegado el momento de abrirlo. De averiguar qué le había preparado la tía Peg.

Despegó la solapa y metió la mano en el interior.

El paquete contenía una serie de sobres muy parecidos al primero. Eran todos azules. De papel grueso, de buena calidad. Como los de las papelerías elegantes. El anverso de cada sobre estaba decorado con pluma y tinta o acuarela, y todos estaban unidos, formando un pequeño fardo, con una goma muy estirada que les daba dos vueltas.

Y lo más importante, cada uno de ellos estaba marcado con un número, empezando por el dos y terminando por el trece. El sobre #2 mostraba el dibujo de una botella con una etiqueta que decía: ÁBREME EN EL AVIÓN.

Y eso hizo.

#2

#2

Querida Ginger:

¿Qué tal en El Cuarto Fideo? Cuánto tiempo, ¿eh? Espero que te hayas tomado algún buñuelo de jengibre a mi salud.

Soy plenamente consciente de que te debo una explicación sobre un montón de cosas, Gin. Permíteme empezar hablándote de mi vida en Nueva York antes de que me marchara, hace dos años.

Supongo que sabrás que me gané muchas críticas de tu madre (porque siempre se preocupa de la díscola de su hermana pequeña) por no tener un «trabajo de verdad», y por no casarme, y por no tener hijos, ni casa, ni perro. Pero yo estaba a gusto así. Me parecía que estaba haciendo las cosas bien y que otra gente las hacía mal.

Hasta que un día de noviembre tomé el metro para ir a mi nuevo trabajo temporal. Aquel ciego del acordeón que siempre va en la línea 6 estaba tocando el tema de *El padrino* justo en mi oído, como hacía cada vez que viajaba en la línea 6. Y después me bajé en la calle 33 y me compré un café aguado y requemado en la tienda de *delicatessen* más próxima por 89 centavos, como hacía siempre que empezaba un nuevo trabajo temporal.

El de aquel día era un trabajo en una oficina en el Empire State Building. Te confieso, Gin..., que el viejo Empire State me pone un poco romántica. Con solo mirarlo me entran ganas de ponerme a cantar canciones de Frank Sinatra y mecerme. Estoy enamorada de un edificio. Había estado allí varias veces, pero nunca para trabajar. Siempre supe que había oficinas, pero la verdad es que nunca había terminado de asimilar ese detalle. Al Empire State Building no va uno a trabajar. Va a declararse. Se lleva una petaca a escondidas y brinda por toda la ciudad de Nueva York.

Y cuando me acerqué y me di cuenta de que estaba a punto de entrar en aquel hermoso edificio para archivar documentos y hacer fotocopias, me detuve. Con demasiada brusquedad, por cierto. El hombre que caminaba a mi espalda chocó contra mí.

Algo debía de ir muy mal si entraba en el Empire State Building con esa intención.

Y así empezó todo, Gin. Justo allí, en una acera de la calle 33. Aquel día no me presenté en el trabajo. Giré sobre mis talones, volví a tomar el metro y me fui a casa. Y pese a lo mucho que me gustaba mi apartamento, algo en mi interior decía: ¡Ahora es el momento! ¡Es hora de marcharse! Como el conejo de *Alicia en el país de las maravillas* que va corriendo mientras dice: «¡Voy a llegar tarde!».

Lo cierto es que no sé decirte adónde llegaba tarde. Pero era una sensación tan intensa que no fui capaz de librarme de ella. Llamé y dije que estaba enferma. Di mil vueltas por el apartamento. Estaba haciendo algo mal. Llevaba demasiado tiempo viviendo cómodamente en él. Hacía trabajos aburridos.

Pensé en todos los artistas que había admirado. ¿Qué habían hecho? ¿Dónde vivían? Bueno, la mayoría de ellos vivían en Europa.

¿Y si me iba a Europa sin pensármelo dos veces? ¿En aquel mismo momento? La gente a la que yo admiraba había pasado hambre en ocasiones y ganaba lo justo para vivir, pero eso les había ayudado a ser más creativos. Y yo quería crear.

Antes de que se pusiera el sol, ya había reservado un billete para Londres. Pedí prestados quinientos dólares a una amiga para poder comprarlo. Me di un plazo de tres días para organizarlo todo. Varias veces tuve el teléfono en la mano para llamarte, pero no sabía qué decirte. Adónde iba, por qué... No tenía respuestas. Ni siquiera sabía cuánto tiempo iba a estar fuera.

Y ahora tú te encuentras en la misma situación. Estás a punto de llegar a Inglaterra sin tener ni idea de lo que te espera allí. Tu ruta, tus instrucciones, están en estos sobres. Pero hay una pega: solo puedes abrir uno cada vez, y únicamente cuando hayas completado la tarea que encierra cada carta. Confío en tu honradez; podrías abrirlos todos ahora mismo, y desde luego yo no me enteraría. Pero te lo digo en serio, Gin. No funcionará a menos que los abras exactamente como te he indicado.

Cuando aterrices, tu primera tarea será ir desde el aeropuerto hasta el sitio donde te vas a alojar. Para hacerlo tendrás que tomar el metro, también conocido como *tube* (igual que en Estados Unidos lo llamamos *subway)*. Te he metido un billete de diez libras. Es ese papel morado con el retrato de la reina.

Tienes que llegar a una parada llamada Angel que está en la Línea Norte. Te encontrarás en una zona de Londres llamada Islington. Cuando te bajes, saldrás a Essex Road. Gira a la derecha. Sigue recto durante más o menos un minuto hasta llegar a Pennington Street. Luego gira a la izquierda y busca el número 54a.

Llama a la puerta. Espera hasta que te abran. Aclara y repite la operación tantas veces como sea preciso hasta que la puerta se abra.

Con cariño,
TU TÍA LA FUGITIVA

Posdata: Te habrás dado cuenta de que el sobre también contiene una tarjeta del Barclays Bank para el cajero. Por supuesto, no sería seguro escribir aquí la clave. Cuando llegues al 54a, pregunta a la persona que vive allí: «¿Qué le vendiste a la reina?». La respuesta a esa pregunta es la clave. Cuando hayas hecho todo esto, podrás abrir el sobre #3.

54a Pennington Street, Londres

Ginny se encontraba en algún punto del aeropuerto de Heathrow. Había salido a duras penas del avión, había recogido su maldita mochila de la cinta del equipaje, hizo cola durante una hora en el control de pasaportes y pasó por delante de varios agentes de aduanas sin que le hicieran caso. Ahora estaba observando un plano del metro.

Parecía el póster de una guardería diseñado para atraer la atención de los pequeños. Era de un blanco resplandeciente, con líneas de colores primarios muy llamativas que serpenteaban sobre él. Algunas estaciones tenían nombres muy rotundos, como Old Street o London Bridge. Nombres muy regios: Earl's Court, Queensway, Knightsbridge. Divertidos: Elephant & Castle, Oxford Circus, Marylebone. Y había nombres que reconoció: Victoria Station, Paddington (donde vivía el osito), Waterloo. Y Angel. Para llegar allí, tenía que hacer transbordo en un lugar llamado King's Cross.

Sacó su billete de diez libras, buscó una máquina expendedora y siguió las instrucciones. Avanzó por uno de los pasillos de entrada y se encontró de frente con un par de puertas de metal parecidas a las de un *saloon* del Lejano Oeste. Miró a su alrededor, sin saber muy bien qué tenía que hacer. Intentó abrir las puertas con suavidad, pero sin resultado. Luego vio que la mujer que tenía al lado metía el billete en una ranura de la especie de caja metálica que había junto a ella y que las puertas se abrían. Ginny hizo lo mismo. La máquina se tragó el billete con un silbido de satisfacción, las puertas se abrieron con un ruido seco y Ginny pasó al otro lado.

Todo el mundo se movía en la misma dirección, de modo que avanzó sin detenerse mientras trataba de no tropezar con las maletas de ruedas que arrastraban los demás pasajeros. Cuando el tren frenó con suavidad ante el andén blanco inmaculado, no se le ocurrió liberarse de la mochila, así que cuando subió tuvo que sentarse en el borde de un asiento.

No era como el metro de Nueva York. Era mucho más bonito. Las puertas hacían ruidos agradables al abrirse y cerrarse, y una voz con acento británico les advertía que tuvieran «cuidado con el hueco».

El tren salió a la superficie y siguió circulando por detrás de las casas. Luego volvió a esconderse bajo tierra, donde cada vez había más gente en las estaciones. Subían y bajaban todo tipo de personas, algunas con mapas y mochilas, otras con periódicos doblados o libros y rostros inexpresivos.

Algunas paradas después, la suave voz británica anunció «Angel». Ginny no fue capaz de girarse para salir del vagón, así que tuvo que caminar hacia atrás y tantear con los pies para bajar. En un letrero colgado del techo se leía la palabra SALIDA. Antes de llegar allí, se encontró con otro par de puertas metálicas. Esta vez, Ginny estaba segura de que se abrirían solas cuando se acercase, como las puertas automáticas. Pero no se abrieron. Ni siquiera cuando prácticamente se echó encima de ellas.

Una voz irritada con acento británico dijo a su espalda:

–Tienes que meter el billete, guapa.

Ginny se volvió para encontrarse con un hombre vestido con un uniforme azul marino y un chaleco naranja reflectante.

–No lo tengo –respondió ella–. Lo metí en la otra máquina y se lo tragó.

–Es que lo tienes que recoger –explicó él con un suspiro–. Te lo devuelve.

El hombre se acercó a una de las cajas metálicas y tocó un botón o una palanca invisible. Las puertas se abrieron con un ruido seco. Ginny se apresuró a franquearlas, demasiado avergonzada para mirar atrás.

Lo primero que le llamó la atención fue el olor a lluvia reciente. La acera aún estaba húmeda y llena de gente que se apartaba con cortesía para hacer sitio a Ginny y su mochila. Había un atasco londinense auténtico, como los de las películas. Los coches estaban pegados unos a otros, y todos circulaban por el carril contrario. Un genuino autobús de dos pisos avanzaba con lentitud.

En cuanto Ginny dejó atrás la calle principal, todo se volvió más tranquilo. Se encontraba en una calle estrecha con una línea en zigzag pintada en medio. Las casas eran todas blancas como la cal, e idénticas unas a otras a excepción de los colores de las puertas (la mayoría negras, pero también se veían rojas o azules), y todas tenían varias chimeneas que emergían del tejado, además de antenas normales y parabólicas. El efecto era muy curioso; como una estación espacial que se hubiera estrellado en medio de una novela de Charles Dickens.

El número 54a tenía una grieta irregular que recorría los seis escalones de hormigón que conducían a la puerta.

Los flanqueaban varias macetas grandes, y cada una de ellas contenía plantas que no parecían haber sido condenadas a muerte a propósito. Eran pequeñas y débiles, pero seguían luchando. Era evidente que alguien había hecho un intento, aunque fracasado, de mantenerlas con vida.

Ginny se detuvo ante los escalones. Había muchas probabilidades de que estuviera a punto de cometer un grave error. La tía Peg tenía amigos muy raros. Como aquella compañera de piso, actriz de *performances* teatrales, que se comía su propio pelo en el escenario. O ese tipo que se pasó un mes comunicándose únicamente mediante danza interpretativa como señal de protesta (aunque nadie sabía exactamente contra qué).

No. Había llegado hasta allí. No iba a rendirse a las primeras de cambio. Subió los escalones y llamó a la puerta.

–¡Un momento! –exclamó una voz desde el interior–. Solo un minuto.

La voz tenía acento británico (lo cual ya no debería extrañarle, pero la seguía sorprendiendo). Era una voz de hombre. Y joven. Ginny oyó una sucesión de ruidos amortiguados: alguien bajaba la escalera corriendo. Y luego se abrió la puerta.

Había pillado a medio vestir al hombre que apareció ante ella. Lo primero que sorprendió a Ginny fue que llevara la mitad de un traje negro (los pantalones). Una corbata gris plata le colgaba del cuello, y no se había terminado de meter los faldones de la camisa. Los amigos de la tía Peg no solían llevar traje (ni siquiera partes de traje) ni corbata. No le sorprendió tanto que fuera un hombre atractivo: alto, con el pelo muy oscuro y ligeramente rizado y las cejas arqueadas. La tía Peg atraía a gente con mucha personalidad y mucho atractivo.

El hombre se quedó mirándola unos instantes, y después se apresuró a meterse los faldones de la camisa.

–¿Eres Virginia? –preguntó.

–*Sip* –respondió Ginny. Le salió un *sip* demasiado brusco, y de pronto fue consciente de su acento–. Quiero decir, sí. Soy yo. Soy Ginny. ¿Cómo lo ha sabido?

–Me lo pareció –dijo el hombre, y sus ojos recorrieron la mochila de Ginny–. Yo soy Richard.

–Yo Ginny –repitió ella. Luego sacudió la cabeza con un movimiento rápido para que la sangre volviera a fluir a su cerebro.

Richard sufrió un momento de visible confusión respecto a cómo debía saludarla. Finalmente tendió el brazo hacia su mochila.

–Menos mal que me has pillado en casa. No estaba seguro de cuándo ibas a llegar. Ni siquiera estaba seguro de si vendrías.

–Bueno, pues aquí estoy –dijo Ginny.

Ambos se miraron e inclinaron la cabeza como para reconocer este hecho hasta que un pensamiento repentino pareció asaltar a Richard.

–Será mejor que pases –dijo.

Abrió más la puerta e hizo una leve mueca cuando liberó a Ginny de la aparatosa mochila verde y morada.

Richard le enseñó la casa rápidamente, lo cual reveló que el número 54a de la calle Pennington no era más que una casa; no una colonia de artistas, ni una comuna, ni ningún tipo de experimento sociológico. Y además la decoración era muy sobria. Parecía recién sacada de un catálogo de material de oficina. Moqueta de pelo corto.

Muebles sencillos en negro y un discreto azul marino. Paredes desnudas. Bueno, desnudas hasta que llegaron a una habitación pequeña y luminosa.

–Este era el cuarto de Peg –dijo Richard abriendo la puerta.

Pero a Ginny no le hizo falta que se lo dijera. Era una versión en miniatura del apartamento que estaba encima de El Cuarto Fideo. De hecho, la habitación se parecía tanto al apartamento que casi ponía los pelos de punta. No era que la hubiera pintado y decorado exactamente igual: era la manera de proceder. Las paredes estaban pintadas de rosa y cubiertas de un elaborado mosaico de..., bueno, de basura, lisa y llanamente. (Cuando la madre de Ginny se enfadaba con su hermana pequeña, solía hacer comentarios sobre la costumbre de la tía Peg de recoger basura. «¡Tiene las paredes llenas de basura de otras personas!»)

Pero no era basura inservible y maloliente: eran etiquetas, recortes de revistas, envoltorios de chocolatinas... Si alguna otra persona lo hubiera intentado, el resultado habría sido desmañado, desagradable. Pero la tía Peg se las ingeniaba para disponerlo todo según los colores, el estilo de letra, la imagen..., con lo cual parecía que unas cosas iban bien con las otras. Como si todo armonizase. Había dejado una pared libre de mosaicos, y en ella había un cartel que Ginny reconoció. Era una pintura francesa de una mujer joven detrás de una barra. Era un cuadro antiguo de finales del siglo XIX. La mujer llevaba un elegante vestido azul y atendía una barra espléndida: de mármol, llena de botellas. El espejo que tenía a su espalda reflejaba un público numeroso y un espectáculo. Pero la mujer parecía tremendamente aburrida.

–Es de Manet –indicó Ginny–. Se llama *La barra del Folies-Bergère.*

–¿En serio? –Richard parpadeó, como si fuera la primera vez que se fijaba en el cartel–. La verdad es que no entiendo nada de arte –dijo como pidiendo disculpas–. Es bonito, supongo. Bonitos... colores.

Te has lucido, pensó Ginny. Ahora seguramente Richard pensaría que ella era una especie de friki del arte y que estaba allí únicamente porque los campamentos para frikis del arte se le quedaban pequeños. Y en realidad solo sabía cómo se llamaba ese cuadro y quién era el autor porque la tía Peg tenía justo el mismo cartel en su apartamento, y el título y el autor estaban escritos al pie.

Richard seguía mirando perplejo el cartel.

–Tranquilo –dijo Ginny–, yo tampoco sé mucho de arte.

–Ah. Vale. –Richard pareció tranquilizarse un poco al oírla–. Pareces agotada. Quizá quieras descansar un rato. Lo siento, insisto, ojalá hubiera sabido cuándo... Pero ya estás aquí, así que...

Ginny miró la cama, con su extravagante colcha hecha de retales. También aquello era obra de la tía Peg. Tenía artículos similares repartidos por todo el apartamento, hechos de retales desparejados elegidos al azar. Tenía tantas ganas de tumbarse encima que casi se podían palpar.

–Bien... Yo tengo que irme –dijo Richard–. Quizá te apetezca venir conmigo. Trabajo en Harrods. Los grandes almacenes. Es un lugar tan bueno como cualquier otro para empezar a conocer Londres. A Peg le encantaba Harrods. Podemos organizar las cosas a la vuelta. ¿Qué dices?

–Claro –respondió Ginny echando una última y triste mirada a la cama–. Vamos.

Harrods

Ginny se pasó el trayecto en metro entrando y saliendo de un estado de percepción lúcida. Era plena hora punta y tuvieron que ir de pie. La cadencia del tren la arrullaba. Tuvo que hacer esfuerzos sobrehumanos para no ceder a sus tambaleantes rodillas y desplomarse encima de Richard.

Se notaba que él quería darle conversación e iba indicándole todo lo que se veía desde las distintas estaciones, cualquier cosa, desde las más importantes (el palacio de Buckingham, Hyde Park) hasta las más modestas (la consulta de su dentista, «un tailandés con comida para llevar francamente buena»). Sus palabras se filtraban en medio del torbellino agónico de sensaciones que envolvía a Ginny. Oía una espiral de voces británicas. Volvió la vista hacia los anuncios que había en la parte superior del vagón. Aunque era el mismo idioma, se le escapaba el significado de muchos de los carteles. Parecía que todos ellos encerraran una especie de broma oculta.

–Te pareces mucho a Peg –comentó Richard, lo cual atrajo su atención.

En cierto modo, era verdad. Por lo menos tenían el pelo muy parecido, largo y de un tono chocolate intenso. Pero la tía Peg era más baja. Su constitución delgada y su porte regio hacían pensar a quienes no la conocían que era bailarina. Sus facciones eran muy delicadas. Ginny era más alta, más curvilínea. En resumen: más voluminosa. Menos delicada.

–Supongo que sí –contestó ella.

–No, en serio. Es extraordinario...

Richard iba agarrado a una correa de la barra del vagón y la observaba con intensidad. Algo en su mirada consiguió vencer el agotamiento de Ginny, quien se sorprendió a sí misma mirándolo con la misma intensidad. El gesto desconcertó a ambos, y los dos apartaron la vista al mismo tiempo. Él no volvió a abrir la boca hasta la estación siguiente, cuando le indicó a Ginny que estaban en Knightsbridge. Esa era su parada.

Salieron a una vibrante calle londinense. La calzada estaba totalmente abarrotada de autobuses rojos, taxis negros, motos, coches diminutos... En las aceras no cabía un alfiler. Aunque todavía no discernía con claridad, cuando vio todo aquello Ginny sintió que una inyección de energía recorría su cuerpo.

Richard la condujo hasta la esquina de un edificio que parecía no tener fin. Era una pared maciza de ladrillo dorado rojizo, con cornisas ornamentadas y una cúpula. Bajo unos toldos verdes, docenas de enormes escaparates mostraban una exuberancia de ropa, perfumes, cosméticos, peluches y hasta un coche. En cada uno de aquellos toldos se leía, rotulado en letras color mostaza, el nombre de Harrods. Richard guio a Ginny más allá de los escaparates y de las puertas con su portero, y dobló la esquina para detenerse frente a un entrante que pasaba desapercibido junto a un gran contenedor de basura.

–Aquí es –dijo Richard, y señaló el lateral del edificio y una puerta en la que se leía USO EXCLUSIVO DEL PERSONAL–. Vamos a acceder por esta entrada lateral. Ahí dentro a veces es una locura. Harrods es uno de los destinos favoritos de los turistas. Cada día nos visitan miles y miles de personas.

Accedieron a un vestíbulo blanco deslumbrante con una hilera de ascensores. Un letrero en la pared junto a la puerta enumeraba los distintos pisos y departamentos. Ginny se preguntó si los estaba leyendo correctamente: SERVICIO DE HELICÓPTEROS AIR HARRODS, AVIONES A REACCIÓN AIR HARRODS, CORDAJE DE RAQUETAS, AFINACIÓN DE PIANOS, CONFECCIÓN DE ROPA CANINA...

–Tengo que resolver unos asuntos –dijo él–. ¿Te apetece dar una vuelta, echar un vistazo a la tienda y que nos volvamos a ver aquí mismo dentro de una hora? Esa puerta da a la planta baja. Hay mucho que ver en Harrods.

Ginny no podía dejar de pensar en la «confección de ropa canina».

–Si te pierdes –indicó Richard–, pide que llamen a Pedidos Especiales y pregunta por mí, ¿de acuerdo? Por cierto, me apellido Murphy. Pregunta por el señor Murphy.

–De acuerdo.

Luego introdujo un código en un pequeño teclado numérico y la puerta se abrió.

–Me alegro de que estés aquí –dijo él con una amplia sonrisa–. Nos vemos dentro de una hora.

Ginny asomó la cabeza por la puerta. Una vitrina mostraba una lancha motora en miniatura en la que únicamente cabría un niño pequeño. Era de color verde oliva y tenía el nombre Harrods impreso en la proa. Un letrero decía: TOTALMENTE OPERATIVA. 20.000 £.

Y luego, la gente. Inmensas y escalofriantes masas de gente que entraba y se alineaba frente a las vitrinas. Avanzó con paso vacilante hacia la multitud y fue absorbida y arrastrada de inmediato por el torrente humano. La obligó a pasar por el mostrador de reparación de encendedores, hacia un monumento en memoria de la princesa Diana, por el interior de un Starbucks, y, finalmente, la subió a una escalera mecánica decorada con antigüedades egipcias (o, al menos, imitaciones de buena calidad).

Observó los jeroglíficos y las estatuas hasta que el río de gente la depositó en una especie de teatro para niños donde se representaba un espectáculo de títeres. Se las ingenió para atravesar la estancia prácticamente sola, pero la muchedumbre volvió a atraparla cuando entró en una sala llena de esmóquines para niños.

Los diferentes departamentos, muchos sin pies ni cabeza, se iban sucediendo a lo largo de una serie de salas grandes y pequeñas. Cada dependencia conducía a otra aún más extravagante, y no parecía haber modo de salir de allí. Salió de una sala que exhibía electrodomésticos de todos los colores para entrar en otra completamente llena de pianos. Desde allí, el gentío la arrastró hacia una sección de artículos para mascotas exóticas. Luego vio una sala dedicada únicamente a accesorios femeninos, pero todos de color azul claro: bolsos, pañuelos de seda, monederos, zapatos... Hasta las paredes eran de tono azul claro. La muchedumbre la arrastró de nuevo, primero a una librería y después otra vez a la escalera egipcia.

Bajó hasta el sótano y se vio en una especie de palacio de la alimentación que se prolongaba a lo largo de una serie de salas enormes dedicadas a todo tipo de comida, colocada en un despliegue de expositores propios de *Mary Poppins,* grandes arcadas de vidrieras con dibujos de pavos reales y metal resplandeciente. Carretillas decorativas cargadas de pirámides de fruta perfecta. Mostradores de mármol cubiertos de gruesas tabletas de chocolate.

Le empezaron a llorar los ojos. Las voces retumbaban en su cabeza. Toda aquella gente había agotado la descarga de energía que poco antes había recibido en la calle, aquella profusión de colores la estaba consumiendo. Se sorprendió fantaseando con todos los lugares donde podría descansar. Debajo de la carreta donde habían colocado el expositor del queso parmesano. En el suelo, junto a las estanterías llenas de cacao. Quizá allí mismo, en medio de la sala. Quizá la gente se limitaría a pasar por encima de ella sin pisarla.

Logró dejar atrás el gentío y llegó a un mostrador donde se despachaba chocolate. Una joven rubia, peinada con una cola de caballo corta y tirante, se acercó a ella.

–Disculpe –le dijo Ginny–. ¿Podría llamar al señor Murphy?

–¿A quién? –preguntó la mujer.

–A Richard Murphy.

La mujer adoptó una expresión escéptica, aunque fue lo suficientemente amable como para sacar lo que parecía un tocho de mil páginas repletas de nombres y números. Pasó las hojas con atención.

–¿Charles Murphy, de Pedidos Especiales? –preguntó.

–*Richard* Murphy.

Cientos de páginas después, Ginny tuvo que aferrarse con fuerza al mostrador.

–Ah, aquí está. Richard Murphy. ¿Qué quieres que le diga?

–¿Puede decirle que soy Ginny? –preguntó–. ¿Que necesito salir de aquí?

Buenos días, Inglaterra

El pequeño despertador marcaba las 8.06. Ginny estaba en la cama, todavía con la ropa puesta. Hacía fresco, y el cielo era de color gris perla.

Recordaba vagamente que Richard la había metido en uno de esos taxis negros a la puerta de Harrods. Más tarde, llegar a la casa. Forcejear torpemente con las llaves y con lo que parecían seis cerraduras. Subir las escaleras. Desplomarse vestida sobre la colcha con los pies colgando, para no mancharla con las zapatillas.

Sacudió los pies. Seguían colgando del borde de la cama.

Miró a su alrededor. Era extraño despertarse allí; no solo porque se trataba de un país extranjero (país extranjero..., todo el mundo estaba al otro lado del océano... pero no iba a dejarse llevar por el pánico). No, no era solo por eso. Aquel cuarto parecía transportarla al pasado, como si la tía Peg acabara de pasearse por allí, canturreando, cubierta de manchones de pintura. (La tía Peg no paraba de canturrear, cosa que a veces resultaba un poco molesta.)

Cuando Ginny salió al pasillo y se asomó a la cocina, vio que Richard se había cambiado de ropa. Ahora llevaba un pantalón de deporte y una camiseta.

–Buenos días –saludó.

Aquello no tenía sentido.

–¿Buenos días? –repitió ella.

–Es por la mañana –dijo Richard–. Debías de estar agotada. El *jet lag*. No debí haberte propuesto ir a Harrods con lo cansada que estabas ayer.

Ayer. Su cerebro empezó a reaccionar. Ocho de la mañana. Había perdido un día entero.

–Lo siento –se disculpó Ginny a toda prisa–. Lo siento mucho.

–No tienes por qué. El baño es todo tuyo.

Volvió a su habitación y recogió sus cosas. Aunque la tía Peg le había indicado en la carta que no podía llevar guías de la ciudad, no decía que no pudiera consultarlas antes de emprender el viaje. De modo que eso había hecho, y después hizo la mochila siguiendo las instrucciones. Su equipaje estaba lleno de «artículos básicos neutrales» que no hacía falta planchar, podían guardarse en capas y no eran ofensivos para nadie en ninguna parte. Vaqueros. Pantalones cortos. Calzado práctico. Una falda negra que no le gustaba. Sacó unos vaqueros y una camisa.

Cuando tuvo todo lo necesario, de repente sintió una punzada de vergüenza de que alguien la viera entrar en el baño. Se asomó al pasillo y, al ver que Richard seguía de espaldas, lo cruzó como un rayo y cerró la puerta a toda prisa.

Fue en el cuarto de baño donde Ginny fue plenamente consciente de que estaba en la casa de un chico. La casa de un hombre. La de un varón inglés algo desordenado. En casa de Ginny, los cuartos de baño estaban llenos de artículos de artesanía de mimbre que colgaban de las paredes, de conchas, de flores secas que olían como las tiendas Hallmark. Pero ese baño era de un discreto azul, con moqueta azul y toallas azul marino. Nada de decoración. Solo una estantería con un bote de crema de afeitado (en un recipiente de aspecto vagamente futurista de marca desconocida), una maquinilla de afeitar, unos cuantos artículos para hombre de Body Shop (muy sobrios y de tonos ámbar o marrón: podría asegurar que todos ellos olerían a madera o a algo apropiadamente varonil).

Los artículos de neceser que Ginny había traído estaban cuidadosamente sellados en una bolsa de plástico que colocó encima de la moqueta (de buena calidad, pero desgastada. ¿A quién se le podía ocurrir enmoquetar un cuarto de baño?). Eran todos de color rosa. ¿Los había comprado así a propósito? Jabón rosa, botellita de champú rosa, una pequeña cuchilla rosa. ¿Por qué? ¿Por qué todo tan rosa?

Tardó un segundo en bajar la persiana del ventanal. Luego se volvió hacia la bañera. Miró la pared, después el techo.

No había ducha. A eso debía de haberse referido Richard al decir que «el baño» era todo suyo. Ella lo había tomado por una expresión británica, pero era literal. Se fijó en un tubo de goma en forma de Y. También había unas ventosas en los extremos superiores de la Y, y una especie de mango al final de la base que se parecía mucho a un teléfono. Después de examinar la bañera y aquel artilugio, Ginny concluyó que había que fijar los extremos de la Y a los grifos, y que entonces saldría agua del teléfono, y todo ello daría como resultado algo parecido a una ducha.

Así que intentó llevarlo a la práctica.

El agua salió disparada hacia el techo. Rápidamente apuntó a la bañera y se metió dentro. Pero resultaba imposible intentar enjabonarse y al mismo tiempo hacer malabarismos con el teléfono de la ducha, de manera que se rindió y llenó la bañera. No se había dado un baño desde que era muy pequeña, y se sintió un poco ridícula allí sentada en el agua. Además, la bañera hacía muchísimo ruido; cada movimiento provocaba un sonido de chapoteo que resonaba y le hacía pasar vergüenza. Intentó moverse con el mayor cuidado posible, pero sus esfuerzos no sirvieron de nada cuando tuvo que sumergirse para lavarse el pelo. Estaba segura de que habría transatlánticos que hacían menos ruido al hundirse en el océano.

Cuando terminó el drama del baño, Ginny se dio cuenta de que se le presentaba otro problema totalmente inesperado: no tenía forma de secarse el pelo empapado. No había llevado secador porque, total, allí no le iba a servir. Parecía que no tenía otro remedio que hacerse unas trenzas a toda prisa.

Cuando salió, vio a Richard vestido con lo que parecían el mismo traje y la misma corbata del día anterior.

–Espero que te las arreglaras ahí dentro –dijo como disculpándose–. No hay ducha.

Probablemente la había oído chapotear desde la cocina.

Richard empezó a abrir alacenas y a indicarle cosas que podían considerarse apropiadas para desayunar. Era evidente que no estaba preparado para su visita, porque lo mejor que pudo ofrecerle fueron unos restos de pan, un tarro de una pasta marrón llamada Marmite, una manzana y «lo que haya en la nevera».

–Tengo un poco de Ribena, si te apetece –añadió.

Le puso delante una botella que contenía una especie de zumo de uva, y luego se disculpó y se retiró. Ginny sacó un vaso y se sirvió un poco de zumo. Estaba caliente y era increíblemente denso. Bebió un sorbo y sintió una arcada cuando el sirope de sabor intenso y exageradamente dulce alcanzó su garganta.

–Hay... –Richard estaba junto a la puerta de la cocina y la miraba turbado–. Hay que mezclarlo con agua. Debería habértelo dicho.

–Ah –repuso Ginny mientras tragaba con dificultad.

–Ahora debo irme. Lo siento, no hemos tenido tiempo para hablar. ¿Por qué no vienes a Harrods y comemos juntos? Podemos vernos en Mo's Diner a las doce. Si te quedas fuera y no tienes llave, siempre dejo una de repuesto encajada en la grieta de los escalones.

Richard repasó con ella el trayecto que tenía que hacer para ir a Harrods en metro e hizo que se lo repitiera; luego le explicó todas las combinaciones de autobuses, que eran un batiburrillo de números. Después se marchó y Ginny se quedó sola, sentada a la mesa con su vaso de sirope. Lo observó con repugnancia, todavía avergonzada al recordar la expresión del rostro de Richard cuando vio cómo se lo bebía sin diluirlo antes en agua. Levantó la botella y la examinó para ver si había alguna advertencia, alguna indicación de que se trataba de cualquier cosa menos de un zumo normal, algo que hiciera su comportamiento menos extraño.

Para su alivio, en la botella no había nada que hubiera podido serle de ayuda. Solo decía que era «extracto de zumo de grosellas negras». Que costaba «¡solo 89 peniques!». Y que estaba hecho en el Reino Unido. Que era precisamente donde Ginny se encontraba en ese momento. En un reino muy, muy lejos de su país.

Y a todo esto, ¿quién era Richard, aparte de un tipo trajeado que trabajaba en unos grandes almacenes? Tras echar una mirada a la cocina, Ginny concluyó que tenía que estar soltero. Había relativamente poca comida, solo cosas como aquel zumo soluble caliente. Había ropa encima de las sillas pegadas a la pared y migas y granitos de café desperdigados sobre la mesa.

Fuera quien fuera, había dejado que la tía Peg se quedara el tiempo suficiente para decorar una habitación entera. Debió de llevarle algún tiempo hacer el mosaico y coser la colcha. Por lo menos tres meses.

Se puso en pie y recuperó el paquete. Después de frotarlo para quitarle una manchita, desplegó los sobres encima de la mesa. Observó cada uno de los once que quedaban por abrir. La mayoría de ellos estaban decorados con un dibujo, además del número. El siguiente, el tercero, estaba pintado con acuarela como si fuese una carta de caja de comunidad del Monopoly. La tía Peg había creado su propia versión del hombrecillo de la chistera y el monóculo, con un avión regordete y redondeado que volaba al fondo. Incluso había logrado rotular las letras de modo que parecieran las del Monopoly. Decían: Abrir la mañana siguiente a completar con éxito las instrucciones del sobre #2.

Para eso necesitaba averiguar qué le había vendido Richard a la reina, y luego encontrar un cajero automático. De todos modos, necesitaba dinero: solo le quedaba un puñado de monedas con una forma extraña. Esperaba que fuesen suficientes para llegar a Harrods.

Ginny recogió las indicaciones que Richard había escrito minutos antes, tiró por el fregadero el zumo causante del incidente y se dirigió a la puerta.

Richard y la reina

Un autobús rojo se acercaba en dirección a Ginny. El letrero de la parte delantera enumeraba varios destinos con nombres famosos, incluido Knightsbridge, y el número coincidía con uno de los que Richard le había dado. Había una marquesina a pocos metros, y parecía que el autobús se disponía a parar allí.

Dos postes negros con esferas amarillas iluminadas en lo alto indicaban la existencia de un paso de peatones. Ginny corrió hacia ellos, echó un vistazo para cerciorarse de que no había peligro y empezó a cruzar la calle.

Claxon repentino. Un gran taxi negro pasó zumbando ante ella. Al saltar hacia atrás, vio algo escrito en la calzada. Mire a la derecha.

–Parece que me conocen –murmuró entre dientes.

Logró llegar a la otra acera e intentó obviar el hecho de que todos los pasajeros de un lado del autobús acababan de presenciar su experiencia casi mortal. No tenía ni idea de cuánto debía pagar. Con un gesto de impotencia, sacó el poco dinero que le quedaba y el conductor tomó una de las monedas más grandes. Ginny subió la estrecha escalera de caracol que arrancaba desde el centro del autobús. Había muchos asientos libres, y eligió uno delante del todo. El vehículo se puso en movimiento.

Parecía como si fuera flotando. Desde donde estaba sentada, daba la impresión de que el autobús iba atropellando a incontables peatones y ciclistas y aplastándolos hasta reducirlos a la nada. Se echó hacia atrás en el asiento e intentó fijarse en otra cosa (menos cuando estuvieron a punto de atropellar a ese tipo que iba hablando por teléfono. Ginny esperaba sentir la sacudida cuando el autobús pasara por encima de su cuerpo, pero tal cosa no llegó a suceder).

Contempló las imponentes fachadas de los edificios señoriales que la rodeaban. El cielo pasó en un momento de nublado a gris, y la lluvia comenzó a golpear con fuerza la amplia ventana que tenía ante ella. Ahora parecía como si fueran segando enormes multitudes de gente que llevaba paraguas.

Miró las escasas monedas que le quedaban.

Aparte del ático de El Cuarto Fideo, había otra cosa que no solía cambiar en la vida de la tía Peg: siempre estaba sin blanca. Siempre. Ginny ya se había dado cuenta cuando aún era muy pequeña y se suponía que no debía saber nada acerca de la economía de sus familiares. De alguna manera, sus padres lo habían dejado claro sin necesidad de decirlo.

Aun así, jamás daba la impresión de que a la tía Peg le faltara de nada. Siempre parecía tener dinero suficiente para invitar a Ginny a un chocolate helado en Serendipity, o comprarle montones de artículos de arte, o hacerle elaborados disfraces en Halloween, o para aquel tarrito de exquisito caviar que compró una vez solo porque creía que Ginny debía probarlo. («Si vas a probar las huevas una sola vez, hazlo como es debido», había dicho, aunque a ella le seguían pareciendo repugnantes.)

Ginny no sabía si esperar que hubiera dinero disponible para ella en el cajero. Quizá sí, ya que no iba a ser dinero de verdad, sino libras. Las libras parecían más factibles. Sonaba como si vinieran en forma de saquitos de arpillera atados con un cordón tosco y llenos de trocitos de metal u objetos brillantes. La tía Peg bien podía haber tenido ese tipo de dinero.

Tras unas cuantas intentonas en las escaleras mecánicas y varias consultas al plano de Harrods, encontró por fin Mo's Diner. Richard ya estaba allí y la esperaba en un reservado. Él pidió un filete, y Ginny la «hamburguesa gigante al estilo americano».

–Se supone que tengo que preguntarte qué le vendiste a la reina –dijo ella.

Richard sonrió y echó kétchup por encima del filete. Ginny evitó hacer una mueca.

–Mi trabajo consiste en ocuparme de pedidos y clientes especiales –explicó sin reparar en el asombro de la chica ante la salsa que había elegido–. Por ejemplo, si un actor está rodando en un plató y no encuentra su chocolate favorito, o unas sábanas especiales, o jabón, o lo que sea, yo hago las gestiones necesarias para conseguirlo. El año pasado me ocupé de que las cestas de Navidad de Sting, el cantante, estuvieran bien empaquetadas. Y de vez en cuando, muy de vez en cuando, tengo que organizar la visita de algún miembro de la familia real. En esas ocasiones vienen fuera del horario comercial, y yo debo asegurarme de que haya alguien en los departamentos necesarios. Un día recibimos una llamada de palacio para comunicarnos que la reina quería venir aquella misma noche. No suele hacer eso. Siempre tiene buen cuidado en programar su visita con varias semanas de antelación. Pero esa vez quería venir esa misma noche y no había nadie más disponible, así que tuve que atenderla yo.

–¿Y qué quería? –preguntó Ginny.

–Bragas –contestó Richard sin dejar de echar kétchup sobre el plato–. Bragas, ropa interior. Grandes. Muy bonitas, pero grandes. Creo que también se llevó medias. Aunque, mientras envolvía todo, lo único que podía pensar era: «Estoy envolviendo las bragas de la reina». A Peg siempre le gustó esa historia.

Al oír el nombre de su tía, Ginny alzó la vista.

–Es curioso –continuó Richard–. No sé qué tienes que hacer aquí ni cuánto tiempo vas a estar, pero eres bienvenida y puedes quedarte todo el tiempo que te apetezca.

Sus palabras sonaron sinceras, aunque no despegó la vista del filete.

–Gracias –dijo Ginny–. Me imagino que mi tía te preguntaría si podía venir.

–Mencionó que quería que vinieras. Fui yo quien te envió el paquete. Supongo que ya lo sabías.

Ginny no lo sabía, pero tenía cierta lógica, como todo lo demás. Alguien tenía que enviarlo.

–Bueno, así que erais compañeros de piso, ¿no? –le preguntó.

–Sí. Y muy buenos compañeros. –Richard dejó el filete por unos instantes–. Me habló mucho de ti. De tu familia. Incluso antes de que llegaras, era como si ya te conociera.

Echó aún más kétchup al filete. Luego dejó el bote encima de la mesa con mucha parsimonia y la miró.

–Ya sabes, si alguna vez quieres hablar de ello...

–No hace falta –repuso ella.

La súbita franqueza de Richard, lo íntimo del tema de conversación, la palabra «ello»... Todo eso hizo que Ginny se sintiera incómoda.

–De acuerdo –respondió él con rapidez–. Por supuesto.

A una camarera que pasaba junto a ellos se le cayeron los tenedores que llevaba en una bandeja. Ambos se quedaron mirando cómo los recogía.

–¿Hay algún cajero automático por aquí? –preguntó Ginny por fin.

–Hay varios –dijo él, deseoso de cambiar de tema–. Te los enseñaré cuando terminemos de comer.

Acabaron apenas unos minutos después, pues ambos desarrollaron un repentino interés por comer a toda prisa. Richard le mostró dónde estaban los cajeros y volvió al trabajo tras asegurarle que se verían por la tarde.

Con alivio, Ginny comprobó que los cajeros ingleses parecían idénticos a los estadounidenses. Se acercó a uno de ellos y metió su tarjeta. Con toda cortesía, la máquina le pidió una clave.

–Muy bien. Vamos allá –dijo Ginny.

Tecleó la palabra *bragas.* La máquina emitió un zumbido, ofreció unos consejos sobre cómo ahorrar dinero y después preguntó qué cantidad deseaba.

Ella no tenía ni idea de cuánto quería, pero tenía que escoger una cantidad. Alguna. Había un montón para elegir.

Veinte libras, por favor. Parecía una cantidad normal, equilibrada.

No. Estaba sola en Londres. Le haría falta comprar cosas para moverse por allí, así que...

Cien libras, por favor.

La máquina le pidió que esperase un momento. Ginny sintió un vuelco en el estómago. A continuación, un fajo de billetes nuevecitos, de color morado y azul (de distintos tamaños: los morados eran grandes, los azules, pequeños) y ornamentados con el retrato de la reina, asomó por la ranura. (Ahora lo entendía: la bromita de la tía Peg también garantizaba que Ginny jamás olvidara la clave.) Los billetes grandes no le cabían en el monedero, de modo que tuvo que estrujarlos y meterlos a presión.

Su saldo, informó la máquina, era de 1.856 libras. La tía Peg se había manifestado.

#3

#3

Querida Ginny:

Ahora, manos a la obra.

Hoy es el día de la benefactora misteriosa. ¿Por qué el día de la benefactora misteriosa? Bien, Gin, déjame que te explique el motivo: porque el talento por sí solo no convierte a nadie en artista. Necesitas un pequeño hallazgo inesperado, un golpe de suerte, un pequeño estímulo. Yo me tropecé con alguien que me echó una mano, y es hora de devolver el favor. Pero también es bueno mantener el misterio. Hacer pensar a alguien a quien le están ocurriendo cosas maravillosas sin motivo aparente. Siempre he querido ser un hada madrina, Gin, así que ayúdame.

Paso n.º 1: Retira 500 libras de la cuenta.

Paso n.º 2: Busca a un artista en Londres cuya obra te guste, alguien que tú creas que merece una oportunidad. Ahí vas a tener que buscar un poco. Cualquier tipo de artista: pintor, músico, escritor, actor...

Paso n.º 3: Conviértete en benefactora misteriosa. Cómprale a un mimo una caja invisible, un kilómetro de cuerdas para un violinista, preséntate en un estudio de danza con un cargamento de lechuga para un año... Lo que prefieras.

Creo que sé lo que estás pensando: ¡No puedo hacer eso en un solo día! Qué equivocada estás, Gin. Estas son tus instrucciones. Cuando las hayas completado con éxito, podrás abrir la siguiente carta.

Con cariño,

TU TÍA LA FUGITIVA

La benefactora

A la mañana siguiente, después de leer la carta y chapotear en la bañera, Ginny se reunió con Richard en torno a la mesa de la cocina. Él aún estaba vestido con cierta informalidad –cuello desabrochado, corbata sin anudar– y leía por encima la sección de deportes del periódico mientras comía una tostada a grandes bocados.

–Hoy tengo que encontrar a un artista –comentó Ginny–. Un artista que necesite dinero.

–¿Un artista? –preguntó él con la boca medio llena–. Vaya. Muy propio de Peg. La verdad es que no sé mucho del tema.

–Ah. Bueno, no importa.

–No, no –dijo Richard–. Déjame pensar un momento. No puede ser demasiado difícil. Darle dinero a alguien no debe de resultar nada difícil.

Masticó su tostada durante unos segundos, pensativo.

–Espera un momento –dijo de pronto–. Podemos echar un vistazo al *Time Out*. Eso haremos.

Metió la mano debajo de un montón de camisas que había encima de una silla de la cocina, palpó durante unos instantes y sacó una revista. Ginny tuvo la extraña sensación de que eso de dejar la ropa sucia en las sillas de la cocina era algo que probablemente la tía Peg no había permitido mientras estuvo allí. Pese a ser una persona con escaso apego a las normas, era un poco maniática del orden.

–Aquí sale todo –explicó Richard con decisión mientras abría la revista–. Todo tipo de películas y eventos relacionados con el mundo del arte... Ah, aquí hay uno, y además muy cerca. Izzy's Café, Islington. *Estudios sobre Shelia,* cuadros de Romily Mezogarden. Y aquí hay otro... aunque suena un poco raro. Harry Smalls, artista de la deconstrucción. Es aquí al lado. Si estás lista, puedo acompañarte.

Richard parecía sinceramente satisfecho de haber encontrado algo.

Ginny no estaba preparada del todo, pero se apresuró a escurrir un poco de agua de las trenzas y se puso las zapatillas. Logró llegar a la puerta apenas un segundo antes que Richard, y ambos echaron a andar bajo la llovizna matinal.

–Me sobran unos minutos. Puedo entrar contigo –dijo él.

Izzy's Café era un local diminuto donde se servían zumos de frutas. No había ningún cliente, pero aun así la chica del mostrador estaba preparando una jarra entera de zumo de remolacha. Cuando entraron, los saludó con la mano manchada de morado.

Había una serie de cuadros colgados en círculo, obviamente los *Estudios sobre Shelia.* Tal como decía el anuncio, eran estudios de una chica llamada Shelia. El fondo en el mundo de Shelia era de color azul intenso y todo en él era plano, incluida ella. Shelia tenía la cabeza grande y aplanada, con un mechón tieso de pelo rubio disparado hacia arriba. Shelia estaba casi siempre de pie *(#4: Shelia de pie; #7: Shelia de pie en su cuarto; #18: Shelia de pie en la calle)*. A veces permanecía de pie con algo en la mano *(#24: Shelia con batidor de huevos)* o miraba cosas *(#34: Shelia mirando un lápiz)*, pero luego se cansaba y se sentaba *(#9: Shelia sentada en una caja)*.

–Soy un desastre para estas cosas –dijo Richard mirando las paredes sin mucha convicción–. Pero seguro que tú entenderás más.

Ginny se acercó a las obras y se fijó en las pequeñas cartelas colocadas bajo los cuadros. Se quedó asombrada al ver que Romily Mezogarden pedía doscientas libras por cada uno de los estudios sobre Shelia. Le pareció una cantidad bastante alta, teniendo en cuenta que en general eran feísimos y que todo ello transmitía una sensación de acoso muy incómoda.

Ella tampoco entendía nada de arte. Podían ser los mejores cuadros del mundo. Había gente capaz de darse cuenta. Pero ella no. Aun así, parecía lógico que tuviera un mínimo grado de competencia. Después de todo, era la sobrina de la tía Peg. Tuvo la extraña impresión de que Richard esperaba que ella entendiera.

–Quizá estos no –dijo Ginny–. Echaré un ojo en el otro sitio.

Caminó con Richard hasta el siguiente local para ver un montaje realizado por Harry Smalls, artista de la deconstrucción, a quien Ginny inmediatamente dio el sobrenombre de El Medio Tipo. Porque todo lo cortaba por la mitad. Todo tipo de cosas. Medio maletín. Medio sofá. Medio colchón. Medio tubo de pasta de dientes. Medio coche viejo. Ginny lo consideró unos minutos, pero terminó por preguntarse si de verdad quería darle casi mil dólares a un tipo con semejante obsesión por las motosierras.

En cuanto salieron de allí, Ginny intentó encontrar otra idea.

–Estoy pensando que quizá debería probar con esa gente que actúa en la calle. ¿Dónde te parece que puedo encontrarlos? –le preguntó a Richard.

–¿Te refieres a artistas callejeros, gente que toca en la calle y cosas así?

–Exacto. Cosas así –respondió Ginny.

–Prueba en Covent Garden –dijo él tras pensar unos instantes–. El corazón de Londres. Cantidad de gente actuando. Todo tipo de cosas que ver, que comprar. Tiene estación de metro. No tiene pérdida.

–Genial. Pues voy para allá.

–Queda de camino. Vamos.

Ginny se sumergió bajo tierra con Richard cuando ya acababa la hora punta, hasta que él le indicó dónde debía bajarse.

No entendía muy bien por qué Covent Garden se llamaba así, pues no se parecía nada a un jardín. Era una gran plaza adoquinada, abarrotada de turistas y de puestos de baratijas. Tampoco escaseaban los artistas callejeros. Cumplió su cometido lo mejor que pudo y pasó una hora observando, sentada en un bordillo. Unos tipos hacían juegos malabares con cuchillos. Varios guitarristas de distinto nivel tocaban en acústico o a través de unos amplificadores destartalados. Un mago sacaba un pato de la chistera.

Lo único que debía hacer era sacar el fajo de billetes del bolsillo y depositarlo en cualquiera de aquellos sombreros o fundas de guitarra. Ahí acabaría todo. Hasta podía imaginarse la escena, a los malabaristas de los cuchillos mirando atónitos el aleteo de los billetes de veinte libras. La idea era tentadora, pero algo en su interior le dijo que aquello tampoco estaría bien. Aferró el dinero en el bolsillo y lo estrujó hasta convertirlo en una bola. Después se puso en pie y echó a andar.

El sol hacía esfuerzos desesperados por brillar, y los londinenses parecían apreciarlo. Ginny deambuló entre los puestos y se preguntó si debería comprar una camiseta para Miriam. Después se encontró caminando por una calle llena de librerías. Luego llegó a una plaza enorme (que, según la estación de metro, se llamaba Leicester Square); eran ya las cinco de la tarde y las calles empezaban a llenarse de gente que salía de trabajar. Sus posibilidades de éxito comenzaban a desvanecerse. Estaba a punto de volver sobre sus pasos y repartir el dinero entre todos los sombreros de Covent Garden cuando se fijó en un gran anuncio de un lugar llamado Goldsmiths College, que aseguraba ser la mejor escuela de arte de Londres. Además, el cartel indicaba cómo ir hasta allí. Quizá valía la pena intentarlo.

Llegó a una calle céntrica a lo largo de la cual se diseminaban varios edificios académicos relativamente modernos. Por supuesto, pensó Ginny, era verano y además última hora de la tarde, lo que quería decir que no habría clase ni tampoco estudiantes.

Tenía que haberlo pensado antes de ir.

Dio una vuelta por la zona y miró los folletos pegados en muros y tablones. Actos reivindicativos. Clases de yoga. Lanzamientos musicales. Estaba a punto de darse por vencida y volver cuando un trozo de papel que aleteaba con el viento llamó su atención. Decía: STARBUCKS, EL MUSICAL. Debajo de las letras había una caricatura de un hombre lanzándose a una taza de café. La octavilla decía que la obra estaba producida, dirigida y proyectada por un tal Keith Dobson.

Había algo en todo aquello que le parecía prometedor. Y la obra se seguía representando incluso en esos días de verano. Las entradas, aseguraba el panfleto, estaban a la venta en un lugar llamado El sindi. Ginny le preguntó a una chica que pasaba por allí qué significaba eso.

–¿El sindi? El sindicato de estudiantes. Es justo ahí enfrente.

Para poder comprar la entrada, Ginny tuvo que preguntar varias veces hasta saber adónde dirigirse en el enorme edificio del sindicato de estudiantes de Goldsmiths. Era como si quisieran que nadie lo encontrase: había que bajar dos pisos de escaleras, doblar una esquina y girar a la izquierda donde estaba el barreño (en serio), hasta llegar a una puerta al final de un pasillo en el que solo funcionaban uno o dos tubos fluorescentes. Había un anuncio del espectáculo pegado en la puerta, y un chico paliducho y pelirrojo era lo único que se veía a través de una ventanilla de plástico de poco más de veinte centímetros de ancho que lograba convertir en taquilla lo que parecía un simple armario. El chico levantó la vista de un ejemplar de *Guerra y paz*.

Ginny pensó que tendría que gritar para que la oyera, así que se limitó a levantar un dedo para señalar que quería una entrada. Él levantó las manos y le indicó ocho. Ginny rebuscó en el bolsillo y encontró uno de los pequeños billetes de cinco libras y tres monedas de una libra, que empujó con cuidado a través de la ranura del plástico. Él abrió una caja de puros, sacó una entrada fotocopiada y se la pasó por el mismo sitio. Luego alzó un dedo y señaló unas puertas dobles de color rojo al final del pasillo.

Jittery Grande

Entró en una sala subterránea, grande y negra. Se notaba un poco de humedad. Había unas palmeras artificiales apartadas a un lado. La mayor parte de las butacas estaban vacías, y había unas cuantas personas sentadas en los escalones del fondo de la sala. En total no habría más de diez. Casi todas fumaban y hablaban entre ellas. Por lo visto, Ginny era la única que no conocía a nadie. Parecía una fiesta privada en un sótano.

Estaba pensando en levantarse y marcharse cuando apareció una chica por una puerta cercana al lugar por donde ella había entrado. Accionó varios interruptores y un estallido de música punk brotó de unos altavoces desperdigados por la sala. Instantes después, la música enmudeció de repente y un foco se encendió en el centro del escenario.

La luz mostró a un chico, más o menos de su edad o algo mayor, que iba vestido con una falda escocesa verde, una camiseta de Starbucks, botas negras y una chistera. Un mechón de pelo rojo se escapaba del sombrero y le llegaba al hombro. Tenía una sonrisa amplia y traviesa.

–Mi nombre es Jittery Grande –anunció–. ¡Soy vuestro anfitrión!

Dio un salto para acercarse al público y aterrizó prácticamente a los pies de Ginny, lo que hizo que una chica que estaba sentada en el suelo cerca de ella soltara una risita.

–¿Os gusta el café? –preguntó Jittery Grande al auditorio.

Se oyeron varias respuestas afirmativas y un «¡Vete a la mierda!».

–¿Os gusta el café de Starbucks? –insistió.

Más insultos. Al chico parecían gustarle.

–Bueno, pues entonces... ¡empecemos!

La obra trataba de un empleado de la cadena de cafeterías Starbucks llamado Joe que se enamoraba de una clienta. Había una canción de amor («Te quiero la leche»), una de ruptura («¿Adónde te has ido a moler?») y otra que parecía una canción de protesta («Enfrentándome a la molienda diaria»). La obra terminaba de forma dramática cuando la clienta dejaba de ir a tomar café y el chico saltaba del escenario para arrojarse a lo que se suponía que era la Gran Reserva de Café. Todo ello conducido de alguna manera por Jittery, que permaneció la función entera en el escenario hablando con el público, explicándole a Joe lo que tenía que hacer y exhibiendo carteles que mostraban estadísticas que indicaban cómo la economía global estaba destruyendo el medio ambiente.

Ginny había visto suficientes representaciones a lo largo de su vida como para saber que el espectáculo no era demasiado bueno. En realidad, no tenía pies ni cabeza. Se veían un montón de cosas disparatadas, como un chico que de vez en cuando recorría el escenario en bicicleta sin que Ginny pudiera entender por qué. Y en un momento determinado se oía un tiroteo al fondo, pero el tipo al que habían atacado seguía cantando, de modo que era obvio que sus heridas no podían ser graves.

A pesar de todo, Ginny permaneció totalmente absorta desde el principio, y ella sabía por qué. Le fascinaban los actores. Desde siempre. Probablemente tuviera algo que ver la cantidad de representaciones a las que le había llevado la tía Peg desde que era pequeña. Siempre le había maravillado el hecho de que hubiera gente que no tuviera miedo de presentarse ante una multitud y... hablar, simplemente. O cantar, o bailar, o contar chistes. Lucirse sin sentir vergüenza.

Jittery no cantaba especialmente bien, pero eso no le impedía desenvolverse como pez en el agua. Saltaba por el escenario. Se movía entre el público. Se los metió a todos en el bolsillo.

Cuando la obra terminó, Ginny recogió un programa que alguien había dejado en una butaca y lo leyó. Keith Dobson –director, guionista, productor– también interpretaba el papel de Jittery Grande.

Keith Dobson era su artista. Y Ginny tenía 492 saquitos de arpillera para él.

A la mañana siguiente, cuando recorrió el largo pasillo de linóleo en dirección a la pequeña taquilla, Ginny se dio cuenta de que su calzado chirriaba. Mucho.

Se detuvo y se miró las zapatillas. Blancas, con bandas rosas, destacaban bajo el apagado verde militar de sus pantalones cortos de loneta. Recordó la frase exacta de la guía de viajes que había hecho que las escogiera entre todos los demás modelos de zapatos: «En Europa tendrás que caminar mucho, así que procura llevar un calzado que te resulte cómodo. Las zapatillas deportivas son aceptadas en todas partes, y si además son blancas te mantendrán los pies frescos en verano».

Ahora odiaba esa frase. Y también a la persona que la había escrito. Aquellas zapatillas sí que la hacían destacar, pero no solo por el ruido. Las zapatillas blancas eran el Calzado Oficial de los Turistas. Esto era Londres, y los londinenses de verdad llevaban tacones de piel, o zapatos de colores raros, o botas de piel color café...

Y esos pantalones cortos. Tampoco los llevaba nadie.

Seguro que por eso la tía Peg le había dicho que no podía llevar ninguna guía. Ginny había consultado una, y como resultado ahora parecía un bicho raro con zapatillas blancas chirriantes.

De todos modos *(cri-cri),* ¿qué se suponía que debía hacer? No podía ir a la taquilla, pasarle el dinero por la ranura *(cri)* al chico que vendía las entradas y marcharse sin más. Bueno, sí podía, pero así nunca tendría la seguridad de que llegaría a su destinatario. Podía meterlo en un sobre dirigido a Jittery (o a Keith), pero tampoco le parecía lo más indicado.

Lo que haría sería comprar las entradas cuanto antes y de manera anónima. Era lo mejor. Cada entrada costaba ocho libras. Ginny hizo el cálculo mental con rapidez y se dirigió a la taquilla con paso firme.

–Sesenta y dos entradas, por favor –pidió.

El chico levantó la vista de su ejemplar de *Guerra y paz.* Había avanzado mucho desde el día anterior, observó Ginny. Sin embargo, llevaba la misma camiseta de los Simpsons.

–¿Cuántas has dicho que quieres?

Tenía una de esas voces nasales que hacían que la pregunta sonara más inquisitiva de lo normal.

–¿Me das sesenta y dos entradas, por favor? –dijo ella, bajando el tono de voz sin darse cuenta.

–Solo caben veinticinco espectadores –respondió el chico–. Y eso con gente sentada en el suelo.

–Ah, vale, perdona. Entonces dame... ¿Cuántas puedo comprar?

El chico abrió la tapa de la caja de puros que había encima del mostrador y contó con el pulgar los dos montoncitos de entradas que contenía. Luego la cerró con decisión.

–Puedo darte veintitrés.

–Muy bien –dijo Ginny, y buscó con torpeza la cantidad en el fajo de billetes–. Me las llevo todas.

–¿Para qué quieres veintitrés entradas? –preguntó él mientras le quitaba la goma a uno de los montones y contaba.

–Bueno... Para la gente.

Se oyó el ruido de una gotera en el pasillo. De pronto, parecía estrepitoso.

–En fin, no voy a discutir –dijo el chico tras una breve pausa–. ¿Eres estudiante?

–No estudio aquí.

–Vale cualquier sitio.

–Estudio en un instituto de Nueva Jersey.

–Entonces tienes descuento para estudiantes. Cinco libras cada una. –Sacó una calculadora y tecleó los números–. Son ciento quince libras.

Ginny se las entregó. Pero el descuento planteaba un nuevo problema. Tendría que comprar más entradas. Muchas más.

–¿Cuántas puedo comprar para mañana? –preguntó al chico.

–¿Cómo?

–¿Cuántas quedan para mañana?

–Aún no hemos vendido ninguna.

–Pues me las llevo todas.

La miró detenidamente mientras ella deslizaba las ciento veinticinco libras por la ranura del plástico. A su vez, él deslizó las veinticinco entradas.

–¿Y para pasado mañana?

El chico se levantó y apoyó la cara contra la ventanilla para observarla mejor. Estaba muy pálido. Ginny pensó que eso era lo que ocurría si te pasabas el verano metido en un sótano sentado en un cuchitril, al lado de un barreño.

–¿Con quién vienes? –le preguntó a Ginny.

–Vengo... yo sola.

–Entonces ¿qué es esto? ¿Algún tipo de broma?

–No.

El chico se apartó de la ventanilla y volvió a sentarse en la banqueta.

–El jueves no hay función –le informó con una voz cada vez más nasal–. El club de artes marciales va a celebrar una prueba en la sala.

–¿Y el viernes?

–El viernes es la última función –contestó el chico–. Ya se han vendido tres entradas. Puedes llevarte las veintidós restantes.

Otras ciento diez libras se deslizaron por la rendija del plástico.

Ginny le dio las gracias, pasó por encima del barreño y contó las entradas y el dinero sobrante. Setenta entradas. Aún quedaban ciento cuarenta y dos libras para «benefactar».

Oyó un ruido a su espalda. El taquillero, liberado de sus funciones, salió del cuartucho, le hizo un gesto con la cabeza y, con la caja de puros bajo el brazo, se encaminó hacia el final del pasillo, hacia el piso de arriba, hacia la luz del día. Ginny se fijó en que en la ventanilla había aparecido un cartel garabateado a toda prisa.

Decía: AGOTADAS TODAS LAS ENTRADAS, PARA SIEMPRE.

Ideas geniales

Solo cuando salió a la calle con todas las entradas para la obra de Keith en su poder, Ginny se dio cuenta de que su plan tenía un fallo. Sí, le había dado el dinero, más o menos. Pero ahora, a corto plazo, nadie podría verlo actuar. Había comprado todas las localidades para ella solita, entregada en cuerpo y alma a su misión.

Le entró tal pánico que olvidó dónde estaba la estación de metro. Dio tres vueltas a la misma manzana y, cuando por fin la encontró, solo se le ocurrió ir a un lugar.

De vuelta a Harrods. De vuelta a Richard. De vuelta al mismo mostrador del chocolate en la sección de comestibles, porque sabía que allí al menos tenían un teléfono y una lista de empleados. Richard acudió solícito y la acompañó al Krispy Kreme. (Sí, en Harrods había un Krispy Kreme. La verdad es que aquella tienda lo tenía todo.)

–Si tuvieras que regalar setenta entradas para un espectáculo llamado *Starbucks, el musical* –comenzó Ginny, cortando su buñuelo en dos–, ¿adónde irías?

Richard dejó de remover el café y la miró.

–No creo que una cosa así llegue a ocurrir nunca –respondió.

–Pero ¿si ocurriera? –insistió Ginny.

–Supongo que iría a los lugares donde la gente suele esperar por si al final consigue entrar a ver el espectáculo. ¿En serio has comprado setenta entradas para una obra llamada *Starbucks, el musical?*

Ginny decidió que lo mejor sería no contestar aquella pregunta.

–¿Y dónde suele haber gente buscando entradas? –preguntó.

–En el West End. Ayer estuviste por allí cerca. Covent Garden, Leicester Square, toda esa zona. Allí es donde están todos los teatros, como en Broadway. Pero no estoy muy seguro de si tendrás éxito. Aunque, bueno, si son gratis...

El West End no era tan luminoso ni impactante como Broadway. Faltaba la cartelera de tres pisos de altura que centelleaba y giraba con su orla dorada. No había enormes cucuruchos de vivos colores llenos de fideos *ramen,* ni tampoco rascacielos. Era mucho más discreto; apenas unos carteles y señales que marcaban el territorio. Los teatros parecían serios y austeros.

Ginny supo de inmediato que aquello no iba a dar resultado.

Para empezar, ella era norteamericana y tenía pinta de turista. Llovía de forma intermitente. Además, las entradas no eran informatizadas, como las oficiales; no eran más que unas fotocopias mal recortadas. ¿Cómo se suponía que tenía que anunciar a la gente qué era aquel espectáculo, dónde se representaba, de qué trataba? ¿Y quién iba a estar interesado en *Starbucks, el musical* cuando estaban haciendo cola para conseguir entradas para *Los miserables*, o *El fantasma de la ópera*, o *Chitty Chitty Bang Bang*, o cualquier otro espectáculo normal en un teatro normal donde se vendían camisetas y tazas de recuerdo?

Se situó cerca de un enorme teatro de ladrillo al lado de Leicester Square, junto a un quiosco lleno de información sobre teatros. Allí permaneció durante una hora más o menos, mordiéndose los labios, con las entradas en la mano. De vez en cuando daba un paso adelante cuando alguien se detenía junto a los carteles, pero no logró reunir el ánimo suficiente para intentar convencer a nadie de que fuera a ver la obra.

Dieron las tres y solo había conseguido dar seis entradas, todas ellas a un grupo de chicas japonesas, que las aceptaron con educación y que parecían no tener la menor idea de lo que estaban recibiendo. Y Ginny se había atrevido a hablarles únicamente porque estaba casi segura de que ellas no entendían ni una palabra de lo que les estaba diciendo.

Volvió a Goldsmiths arrastrando los pies. Al menos allí podría señalar el edificio y decir: «La obra es ahí». La hora que pasó enfrente del sindi no arrojó resultados positivos hasta que se volvió y se topó de frente con un chico que tendría más o menos su edad. Era negro y llevaba rastas cortas y gafas lisas sin montura.

–¿Te apetece ver esta obra? –preguntó Ginny señalando el papel con el dibujo del hombre lanzándose en picado a una taza de café–. Es buenísima. Tengo entradas gratis para esta noche.

El chico miró el papel, y luego a ella.

–¿Entradas gratis?

–Es una promoción especial –explicó Ginny.

–¿Ah, sí?

–Sí.

–¿Qué clase de promoción?

–Una... especial. Gratis.

–¿Para qué?

–Simplemente para que la gente vaya a verla.

–Ya –dijo el chico con lentitud–. No puedo. Esta noche la tengo ocupada. Pero lo tendré en cuenta, ¿de acuerdo?

La miró detenidamente antes de alejarse.

Aquello fue lo más cerca que Ginny estuvo del éxito. Se dejó caer sobre el banco de la parada del autobús y sacó su cuaderno.

25 de junio
19.15

Querida Miriam:

Siempre he presumido de no haberme quedado nunca embobada por un chico. Jamás he sido una de esas personas que se ponen histéricas en el cuarto de baño o hacen bobadas como:

1. *fingir un intento de suicidio tomándose un bote entero de vitamina C (Grace Partey, en 4°)*
2. *suspender química por faltar continuamente a clase para darse el lote detrás de la cafetería Dumpster (Joan Fassel, en 1° de bachillerato)*
3. *aparentar un repentino interés por la cultura latina y cambiar francés II por español I para estar en la misma clase que un macizo de primero de bachillerato, total, para que al final la pusieran en una clase distinta (Allison Smart, en 4°)*
4. *negarse a romper con un novio (Alex Webber) pese a que lo habían detenido por incendiar tres cobertizos en su*

urbanización y tuviera que estar en observación en un hospital psiquiátrico (Catie Bender, vicepresidenta del consejo escolar, mejor expediente de la clase, en 2º de bachillerato)

Está claro que las hormonas no benefician a nuestro coeficiente intelectual.

Siempre he sido muy mía para todo eso. Los chicos con los que me habría gustado salir eran completamente inalcanzables, así que, puestos a escoger entre hacer un tremendo esfuerzo por chicos que no me interesaban demasiado y seguir siendo un ser humano autónomo (saliendo con mis amigos, haciendo planes para huir de Nueva Jersey, cortándome con los electrodomésticos), decidí ser una criatura independiente.

Sé que crees que ya es hora de que dé un «paso importante en el terreno del amor» en algún momento, preferiblemente antes de que termine el instituto. Y tú sabes que pienso que necesitas un «avance importante en terapia hormonal», porque te pasas con tus obsesiones. Estuviste obsesionada por Paul todo el verano pasado. A ver, Miriam, te quiero mucho, pero te obsesionas.

Pero, para que te sientas mejor, te voy a contar algo:

Estoy más o menos interesada en una persona que jamás de los jamases podría sentir nada por mí. Se llama Keith y no me conoce.

Y antes de que empieces con «¡Pues claro que sentirá algo! ¡Eres genial!», frena un momento. Sé que es imposible. ¿Por qué? Pues porque es:

1. *un inglés guapísimo*
2. *actor*
3. *además, universitario*

4. vive en Londres, donde ha escrito una obra de teatro
5. para la cual ACABO DE COMPRAR TODAS LAS ENTRADAS por esto de las cartas de mi tía y solo he conseguido regalar SEIS.

Pero, solo para divertirnos un rato, demos un repaso a mi historial amoroso, ¿vale?

1. Den Waters. Nos enrollamos exactamente tres veces, y todas ellas hizo esa cosa de la lengua de lagarto que me da tanto repelús. Luego me dio las gracias.

2. Mike Riskus, con quien me pasé dos años obsesionada y con quien no hablé hasta justo antes de las anteriores Navidades. Estaba sentado detrás de mí en clase de trigonometría y me preguntó: «¿Qué problemas hay que hacer?». Y yo le contesté: «Los de la página 85». Y él me dijo: «Gracias». Lo que hizo que estuviera satisfecha durante meses.

Así que, como verás, mis posibilidades son increíblemente buenas, dados mi amplia experiencia y encanto personal.

Te mando también un programa de la obra de Keith.

Te echo tanto de menos que hasta me duele el páncreas. Pero eso ya lo sabes.

Un beso,
Ginny

El vándalo y la piña

Solo aparecieron tres personas. Teniendo en cuenta que dos de ellas ya habían comprado su entrada antes de que llegara Ginny y que ella también tenía la suya, la conclusión era que no había venido ninguna de aquellas a las que les había regalado las localidades. Sus chicas japonesas la habían dejado plantada.

El resultado fue que el elenco de *Starbucks, el musical* superaba en número al auditorio, y Jittery parecía plenamente consciente de ese detalle. Seguramente por eso decidió saltarse el descanso y seguir con la representación, eliminando así cualquier posibilidad de que su público se escapase. Por otra parte, a Keith no parecía importarle lo más mínimo que apenas hubiera gente. Aprovechó la oportunidad para lanzarse sobre las butacas, y hasta trepó a lo alto de una de las palmeras que había en un lateral de la sala.

Cuando la función terminó, y justo cuando Ginny se agachaba a toda prisa para recoger su bolsa y salir corriendo, Jittery saltó del escenario. Se plantó en la butaca vacía que había junto a ella.

–Conque una promoción especial, ¿eh? –le dijo–. ¿De qué va todo esto?

Ginny había oído hablar alguna vez de gente a la que a veces se le queda la lengua atenazada, que abre la boca pero es incapaz de articular palabra. Sin embargo, jamás había creído que eso pudiera suceder literalmente. Siempre pensó que era solo una manera de decir que no se les ocurría nada.

Bueno, pues estaba equivocada. Se podía perder la facultad de hablar. Lo sintió justo en la parte superior de la garganta: un tirón suave, como cuando se cierra una bolsa con cordón ajustable.

–A ver, cuéntame –continuó el chico–. ¿Por qué te gastaste más de trescientas libras en entradas y luego intentaste repartirlas por la calle?

Ginny abrió la boca. Y de nuevo tuvo que cerrarla, porque no le salía nada. Él cruzó los brazos sobre el pecho, como si estuviera dispuesto a esperar lo que hiciera falta para oír su explicación.

¡Habla!, gritó Ginny en su interior. ¡Habla, mierda!

El chico sacudió la cabeza y se pasó la mano por el pelo hasta que se le quedó de punta en mechones tiesos.

–Me llamo Keith –se presentó–. Y tú eres... una loca, eso es evidente, pero ¿cómo te llamas?

Bien. Su nombre. Hasta ahí llegaba.

–Ginny –respondió–. Virginia.

Solo hacía falta un nombre. ¿Por qué le había dicho dos?

–Estadounidense, ¿no? –preguntó él.

Signo de asentimiento con la cabeza.

–¿Te pusieron el nombre de un estado?

Otro movimiento de cabeza, aunque no fuera verdad. La habían llamado así por su abuela. Pero, ahora que lo pensaba, técnicamente era cierto. Llevaba el nombre de un estado. Tenía el nombre norteamericano más ridículo del mundo.

–Muy bien, Ginny Virginia la loca de Estados Unidos, creo que te debo una invitación a tomar algo por haberme convertido en la primera persona en agotar las entradas para su espectáculo desde que existen registros.

–¿En serio?

Keith se puso en pie y se dirigió a una de las palmeras artificiales. Sacó de detrás una mochila de lona hecha jirones.

–¿Entonces vienes? –preguntó mientras se quitaba la camiseta de Starbucks y se ponía una blanca que estaba ya medio gris.

–¿Adónde?

–Al pub.

–Nunca he entrado en un pub.

–¿Nunca has ido a un pub? Bueno, pues entonces deberías venir. Esto es Inglaterra. Y eso es lo que hacemos aquí. Vamos a los pubs. –El chico volvió a meter la mano detrás de la palmera y sacó una cazadora vaquera bastante vieja. Se dejó puesta la falda escocesa–. Venga, vamos –dijo, e hizo un gesto a Ginny como si estuviera intentando convencer a un animal tímido para que saliera de debajo de un sofá–. Te apetece, ¿no?

Ginny se sorprendió levantándose y siguiendo a Keith como un corderito.

La noche era brumosa. Los círculos luminosos amarillentos de las señales de los pasos de peatones y de las farolas dibujaban formas extrañas en la niebla. Keith caminaba a paso rápido con las manos hundidas en los bolsillos. De vez en cuando miraba por encima del hombro para cerciorarse de que Ginny seguía allí. Ella iba uno o dos pasos por detrás.

–No tienes por qué ir detrás de mí –dijo el chico–. Somos un país muy avanzado. Las mujeres pueden caminar a la misma altura que los hombres, estudiar, hacer de todo.

Ginny se colocó a su lado con timidez y se esforzó por avanzar al paso de las zancadas del chico. Había muchísimos pubs. Estaban por todas partes. Pubs con nombres curiosos, como El Tribunal Reunido o El Viejo Barco. Pubs coquetos pintados de colores vistosos, con letreros de madera artesanales. Keith los dejó atrás para dirigirse a un lugar mucho más ajado, a cuya puerta había gente en la acera con pintas en la mano.

–Aquí es –indicó–. El Amigo Necesitado. Descuentos para estudiantes.

–Espera un momento –dijo Ginny, y puso la mano sobre el brazo de Keith–. Yo... aún voy al instituto.

–¿Y qué me quieres decir con eso?

–Solo tengo diecisiete años –susurró–. Creo que no es legal.

–Eres estadounidense. No pasa nada. Compórtate como si llevaras viniendo toda la vida y nadie te dirá una palabra.

–¿Estás seguro?

–Lo estoy –dijo el chico–. Yo empecé a ir a los pubs cuando tenía trece años.

–Pero ¿ahora tienes la edad legal?

–Ahora tengo diecinueve.

–Y eso aquí es legal, ¿no?

–No solo es legal –aseguró Keith–. Es obligatorio. Vamos.

Ginny ni siquiera era capaz de ver la barra desde donde estaban: una sólida muralla de gente la custodiaba. Una nube de humo flotaba sobre ella, como si el pub tuviera su propio microclima.

–¿Qué tomas? –preguntó Keith–. Voy a pedir, tú busca algún sitio donde podamos estar.

Ella pidió lo único que conocía; algo que estaba oportunamente escrito en un enorme espejo colgado de la pared.

–¿Guinness?

–Vale.

Keith se lanzó hacia la multitud y fue engullido por ella. Ginny se apretujó al lado de una pequeña repisa, junto a un grupo de chicos que llevaban camisetas de fútbol de colores muy vivos. No hacían más que darse puñetazos. Ginny se echó hacia atrás hasta situarse lo más cerca posible de la pared, aunque estaba segura de que aun así podrían alcanzarla. Pero no había otro sitio. Se apretó contra la repisa y observó las marcas pegajosas de los vasos en la madera y los restos de ceniza en los ceniceros. Comenzó a sonar una vieja canción de las Spice Girls y los chicos que se intercambiaban puñetazos se pusieron a bailar dándose golpes, con lo que se acercaron aún más a Ginny.

Keith la encontró allí tres minutos después. Llevaba un vaso grande de medio litro lleno de un líquido muy oscuro que despedía hacia la superficie unas burbujitas amarillentas. También tenía una densa capa de espuma. El chico le pasó el vaso. Pesaba mucho. Keith había pedido una coca-cola para él. Miró a su espalda y se situó entre Ginny y los chicos que bailaban.

–No bebo alcohol –explicó al darse cuenta de que Ginny se había quedado mirando su refresco–. Completé mi cupo a los dieciséis años. El Gobierno me dio un carné especial.

Miró a Ginny fijamente y con decisión. Tenía los ojos muy verdes, con una especie de destello dorado en el centro algo penetrante e incómodo.

–Bueno, ¿me vas a explicar por qué hiciste esa cosa tan rara o no? –le preguntó.

–Pues... porque me apeteció.

–¿Te apeteció comprar todas las entradas de la semana, sin más? ¿Porque no conseguiste entradas para el London Eye o algo así?

–¿Qué es el London Eye?

–La puñetera noria gigante que hay enfrente del Parlamento, adonde van los turistas normales –respondió Keith, apoyándose en la pared y mirando a Ginny con curiosidad–. ¿Cuánto tiempo llevas aquí?

–Tres días.

–¿Has ido a ver el Parlamento? ¿La torre de Londres?

–No...

–Y sin embargo te las ingeniaste para ver mi obra en el sótano de Goldsmiths.

Ginny dio un sorbo a su cerveza negra para ganar unos segundos antes de contestar, y a continuación hizo esfuerzos para no escupir o hacer una mueca. Nunca había probado la corteza de árbol, pero pensó que debía de saber parecido a aquello si la metías en una licuadora.

–Heredé un poco de dinero –confesó por fin–. Y quería gastar parte en algo que mereciera la pena.

No era mentira del todo.

–¿Entonces eres rica? –preguntó él–. Está bien saberlo. Yo... Bueno, yo no soy rico. Soy un vándalo.

Antes de componer musicales con nombres de marcas de café, Keith había tenido una vida muy interesante. De hecho, según Ginny averiguó enseguida, entre los trece y los diecisiete años fue la peor pesadilla que puede tener un padre. Su carrera empezó saltando la valla del jardín del pub del barrio y rogándoles que le dejaran contar chistes o le invitaran a beber. Luego se las arregló para quedarse encerrado en el local por la noche (escondido en un armario que apenas se usaba) y agenciarse alcohol suficiente para él y sus amigos. Los dueños estaban tan hartos de que les robara que se rindieron y lo contrataron de extranjis.

Después siguieron unos cuantos años durante los cuales rompía cosas sin motivo y de vez en cuando provocaba algún pequeño incendio. Recordaba con nostalgia haber grabado la palabra *gilipollas* en un costado del coche del director de su instituto, de manera que el mensaje saliera a la luz a las pocas semanas, cuando lloviera y se oxidara. Decidió cometer pequeños hurtos. Al principio, cosas de escaso valor: chocolatinas, periódicos. Luego pasó a pequeños electrodomésticos y aparatos electrónicos. Su carrera llegó a su fin cuando lo detuvieron después de entrar por la fuerza en un establecimiento de comida para llevar y cometer el grave hurto de unos cuantos *kebabs* de pollo.

Después de aquello, decidió dar un giro a su vida. Realizó un corto documental titulado *De cuando robaba y hacía cosas malas.* Lo envió a Goldsmiths, y les pareció lo bastante interesante como para aceptarlo e incluso concederle una beca por «mérito artístico especial». Y allí seguía, escribiendo musicales sobre cadenas de cafeterías.

Dejó de hablar durante unos segundos, los suficientes para darse cuenta de que Ginny no se estaba bebiendo su Guinness.

–Trae –dijo.

Le quitó el vaso de la mano y lo vació de un trago.

–Había entendido que no bebías –comentó Ginny.

–Esto no es beber –dijo Keith con un mohín desdeñoso–. Quería decir *beber.*

–Ah.

–Escucha –continuó él–, ya que has pagado todas las funciones (un brindis a tu salud por ello), creo que debo decirte que voy a presentar la obra en el Fringe, el Festival de Artes Alternativas de Edimburgo. ¿Has oído hablar de él?

–La verdad es que no.

–Es posiblemente el festival de artes escénicas alternativas más importante del mundo. De ahí han salido muchos espectáculos y actores famosos. Tardé siglos en conseguir que la facultad nos pagara el viaje, pero al final lo logré.

Ginny asintió con la cabeza.

–Entonces, ¿debo suponer que volverás a ver la obra? –preguntó el chico.

Ella volvió a asentir.

–Mañana tendré que desmontar todo después de la representación y sacarlo de allí. Quizá te apetezca acompañarnos.

–No sé qué voy a hacer con el resto de las entradas...

Keith sonrió con seguridad.

–Como ya están pagadas, te resultará fácil endosarlas. Estamos en junio y no hay demasiada gente, pero la oficina de relaciones internacionales acepta cualquier cosa que sea gratis. Y normalmente los estudiantes extranjeros no se van tan pronto; se quedan algún tiempo más por aquí sin nada que hacer.

Miró las manos de Ginny, que aún sujetaban el vaso vacío.

–Vamos –dijo Keith–, te acompaño al metro.

Dejaron atrás el humo del bar para sumirse de nuevo en la niebla de la calle. Keith la llevó por un camino distinto que ella jamás habría sido capaz de encontrar sola, hasta llegar al círculo rojo vivo con la barra horizontal que señalaba la estación de metro.

–¿Nos vemos mañana entonces? –preguntó el chico.

–Sí –respondió Ginny–. Mañana.

Ginny dio de comer a la máquina que se tragaba los billetes y traspasó las puertas que se abrían con un repiqueteo para descender a la estación de azulejos blancos. Cuando llegó al andén, vio una piña encima de uno de los raíles de las vías. Una piña enterita, en perfecto estado. Ginny se situó en el mismo borde del andén y la miró.

Era difícil imaginar cómo podía haber terminado una piña en semejante situación.

Ginny notó el zumbido que ahora asociaba con la llegada del tren. Aparecería en cualquier momento, saldría del túnel como una exhalación y pasaría justo por delante de ella.

Si la piña logra sobrevivir, pensó, es que le gusto a Keith.

En ese instante apareció el morro blanco del tren. Ginny se apartó del borde, sin subir al vagón, y esperó hasta que arrancó de nuevo y continuó su trayecto.

Volvió a mirar las vías. La piña no estaba rota, ni tampoco estaba entera. No estaba. Había desaparecido, directamente.

La benefactora no tan misteriosa

Descubrimiento: era posible desmontar una palmera artificial y meterla en un coche. En realidad, era posible desmontar un decorado entero y meterlo en un coche. Además, en un coche pequeño. Un Volkswagen pequeño, blanco y muy sucio. Así fue como «desmontaron» *Starbucks, el musical.*

–Quizá te preguntes: «¿Y por qué se las lleva Keith?» –dijo el chico cuando terminó de meter las hojas de la palmera en el maletero–. «¿Por qué, si ni siquiera las ha utilizado en la obra?»

–Sí, algo así me estaba preguntando –dijo Ginny.

En realidad, se había preguntado un montón de cosas mientras arrastraba una de las palmeras por el pasillo del sótano. Pesaban mucho.

–Bueno, las utilicé una temporada –explicó Keith mientras observaba cómo la parte inferior del coche bajaba con el peso hasta casi tocar el asfalto–. Luego las suprimí. Pero tengo que asegurarme de que nadie las robe, ya que las pagó la facultad. ¡Por Dios, unas palmeras artificiales! Ya me dirás. Y cualquier día, los conos esos naranjas de las carreteras. Son una presa muy tentadora.

Después miró el montón de ropa que aún seguía sobre la acera.

–Sube al coche y meteré todo esto como pueda en los huecos que queden –le dijo a Ginny.

Ella hizo lo que le indicaba (por el lado contrario al que estaba acostumbrada), y Keith se sentó a su derecha. El coche no tenía muy buen aspecto por fuera, pero por lo visto el interior estaba en condiciones perfectamente operativas. En cuanto Keith pisó el acelerador, cobró vida de repente y salió disparado hacia el final de la calle. Chirrió ligeramente al doblar la esquina para incorporarse de golpe al tráfico de la vía principal, librándose por los pelos de que un autobús de dos pisos lo echase fuera de la calzada.

Ginny se dio cuenta de que Keith era uno de esos tipos a los que les encantaba conducir; cambiaba las marchas con decisión y con tanta frecuencia como era humanamente posible, y avanzaba en zigzag para evitar el atasco. De repente quedaron a pocos centímetros de un taxi negro. Ginny se topó frente a frente con la expresión de sorpresa de una pareja que la señaló con miedo.

–¿No estamos demasiado pegados? –preguntó cuando Keith viró y se situó aún más cerca del taxi, en un intento de cambiar de carril.

–Ya se moverá –respondió el chico con un tono despreocupado.

Recorrieron la zona de Essex Road que Ginny conocía.

–Por aquí cerca es donde me alojo –dijo.

–¿En Islington? ¿Con quién?

–En casa de un amigo de mi tía.

–Qué sorpresa –exclamó Keith–. Pensaba que estarías en un hotelazo, ya que eres una rica heredera o algo así.

El chico recorrió una sucesión interminable de calles minúsculas y oscuras, llenas de casas y bloques de apartamentos anodinos, y pasó por delante de establecimientos de pescado y patatas fritas de colores chillones. Por todas partes había carteles y rótulos que anunciaban discos de *reggae* y música india. Ginny se sorprendió registrando la ruta en su cabeza y trazando un croquis de señales, carteles, pubs, casas... No porque pensase que iría a volver por allí, desde luego. Era solo un hábito.

Por fin se detuvieron en una calle sin iluminar en la que se alineaba una larga hilera de casas de piedra gris. Keith viró y aparcó en batería. Había un montón de envoltorios de chocolatinas tirados por la acera, así como botellas en los pequeños jardines. Varias casas estaban claramente deshabitadas, con tablones que tapaban las ventanas y los letreros en las puertas.

Keith rodeó el coche para abrir la puerta del lado de Ginny, y luego empezó a sacar todas las cosas entre las que estaba encajada. Después abrió la verja de una de las casas y se dirigió a una puerta de un rojo intenso que lucía una ventanita de plástico amarillo en forma de rombo. Poco a poco, de cualquier manera, fueron descargando las bolsas y las cajas embaladas. Una vez en el interior, pasaron por delante de la cocina hacia una escalera oscura que Keith subió sin encender la luz.

El piso superior despedía un olor a tabaco fuerte y rancio. En el descansillo se apilaban muchos y muy variados objetos: una estantería en la que no cabía un libro más con una calavera encima, un perchero lleno de zapatos, un montón de ropa. Keith apartó la ropa de una patada y abrió la puerta que había detrás.

–Mi cuarto –anunció con una sonrisa.

La mayor parte de las cosas eran de color rojo. La moqueta era rojo ladrillo. El sofá desvencijado era rojo.

Las incontables bolsas que se apilaban en el suelo eran rojas y negras. Las paredes estaban cubiertas de folletos de Dios sabía cuántas obras de estudiantes, además de carteles de cómics y dibujos animados japoneses. El mobiliario se componía de cajas para cartones de leche, con alguna que otra tabla puesta encima para convertirlas en mesas o estanterías. Había libros y películas en DVD amontonados por todas partes.

–Es ella –dijo una voz.

Ginny se volvió y se topó con el chico al que había intentado regalar una entrada delante del sindi, el de las rastas y las gafas sin montura. Sonreía con complicidad. Tras él se encontraba una chica rubia, delgada como una anguila y con cara de pocos amigos. De los hombros de su camiseta negra, desgarrados en jirones con mucho estilo, colgaban unos bracitos que parecían dos lápices blancos. Tenía los ojos redondos y muy maquillados y un mohín de enfado en el rostro. Su pelo rubio platino se veía castigado en exceso, hasta el punto de parecer pajizo y visiblemente frágil. Sin embargo, ese deterioro complementaba a la perfección a su caótico y a la vez sofisticado recogido alto.

Ginny se miró de forma instintiva: pantalones cortos de loneta verde militar, las zapatillas de siempre, camiseta y sudadera corta con capucha. La ropa de turista le pareció más patética que nunca.

–Esta es Ginny –los presentó Keith–. Creo que ya conoces a David. David es mi compañero de piso. Y esta es Fiona.

–Ah –dijo Fiona–. ¿Trabajas en la obra?

Era una pregunta bastante razonable, pero Ginny detectó una impertinencia encubierta. Tuvo la extraña certeza de que cualquier cosa que dijera haría que Fiona estallase en carcajadas. Sintió un nudo en el estómago e intentó pensar en una réplica incisiva y rápida. Después de darle vueltas durante unos segundos, por fin respondió con un cortante: «No lo sé».

Fiona esbozó una sonrisa lánguida y miró a Ginny de arriba abajo; sus ojos se recrearon en sus pantalones cortos y después en una herida fina y alargada que surcaba la rodilla de Ginny. (Accidente mientras hacía la mochila. Tarde y con prisas. Error de cálculo sobre la escalera al sacar unas cosas del altillo del armario.)

–Nos vamos –dijo David–. Hasta luego.

–Han discutido –comentó Keith cuando se marcharon–. Hay electricidad en el aire.

–¿Cómo lo sabes?

–Porque se pasan la vida así –contestó el chico mientras volcaba en el suelo el contenido de una caja de tazas de Starbucks–. Discutiendo. Discutiendo. Discutiendo. Y discutiendo, y discutiendo, y discutiendo.

–¿Por qué?

–Bueno, para la versión corta tendría que referirme a Fiona con una palabra que a los estadounidenses suele pareceros muy ofensiva. La versión completa es que David quiere dejar la universidad y matricularse en una academia de cocina. Lo han admitido, y le han concedido una beca y todo. Es su sueño. Pero Fiona quiere que se vaya a España con ella.

–¿A España?

–Va a trabajar para una agencia de viajes. Como guía, básicamente. Y quiere que David vaya, aunque él necesite quedarse aquí. Pero al final irá, porque siempre hace lo que ella le manda. Antes éramos buenos compañeros, pero ahora no. Ahora todo tiene que girar en torno a Fiona.

Keith sacudió la cabeza, y Ginny tuvo la sensación de que no era mera palabrería; parecía sinceramente dolido. Pero ella seguía pensando en el hecho de que Fiona se fuera a trabajar a España. ¿Quién decidía sin más irse a trabajar fuera? A Ginny ni siquiera le habían permitido trabajar hasta el verano anterior, y había sido en el SnappyDrug que había al lado de su casa. Un ingrato verano entero vendiendo recambios para maquinillas de afeitar y ofreciendo a todo el mundo la tarjeta de cliente. Y allí estaba Fiona, que no podía ser mucho mayor que ella, a punto de largarse a la soleada España. Ginny intentó imaginarse la conversación: «Estoy harta del centro comercial... Creo que voy a pedir trabajo en el Gap de Madrid».

Todo el mundo tenía una vida mucho más interesante que la suya.

–Es mona –comentó Ginny.

No tenía ni idea de por qué había dicho tal cosa. Era cierto, más o menos. Fiona era llamativa y elegante. Vale, tenía un poco de pinta de haberse levantado hacía poco de entre los muertos –huesuda, pelo platino chillón, ropa hecha jirones...–, pero todo ello con mucho estilo, eso sí.

–Parece un bastoncillo de algodón –dijo Keith en tono despectivo–. Tiene una personalidad poco definida y un gusto espantoso para la música. Tendrías que oír la mierda que escucha cuando viene por aquí. Sin embargo, tú tienes buen gusto.

El cambio de tema pilló a Ginny con la guardia baja.

–Dime –continuó él–, ¿qué tiene mi obra que te llevó a comprar todas las entradas? ¿Me querías todo para ti?

Como era de esperar, Ginny no fue capaz de articular palabra. Pero no se debió solo a su reacción nerviosa habitual. Keith se había puesto de rodillas y ahora estaba apoyado en la caja que hacía las veces de mesa de café, con la cara a un palmo de la suya.

–Es eso, ¿no? –insistió Keith–. ¿Querías una función privada?

Sonreía. Había cierta provocación en su mirada. Y, por alguna razón inexplicable, el único impulso de Ginny fue meter la mano en su bolsillo, sacar el dinero hecho un ovillo y dejarlo encima de la mesa. El fajo se fue desplegando poco a poco, como un pequeño monstruo morado que acabara de salir de su cascarón. Por todas partes brotaron pequeñas imágenes de la reina.

–¿Qué es esto? –preguntó Keith.

–Es para tu espectáculo –contestó ella–. O para lo que sea. Para otra obra. Para ti.

Keith se echó hacia atrás, se sentó sobre los talones y la miró.

–Me estás entregando, como quien no quiere la cosa... –Recogió el dinero, alisó los billetes y los contó–. ¿Ciento cuarenta libras?

–Oh...

Ginny volvió a meter la mano en el bolsillo y rescató dos monedas de una libra. Tenía que haber ciento cuarenta y dos. Cuando extendió el brazo para añadirlas al dinero que había sobre la mesa, se dio cuenta de que el ambiente que se había creado en el cuarto momentos antes había cambiado por completo. Cualquier conversación que estuvieran a punto de tener había quedado anulada. Aquel gesto inesperado y extraño la había echado a perder.

Clin. Clin. Ginny añadió las dos libras al montón.

Silencio.

–Creo que debería irme –dijo Ginny por fin–. Ya conozco el camino.

Keith abrió la boca para decir algo, y luego se frotó los labios con el dorso de la mano, como si quisiera borrar un comentario.

–Deja que te lleve yo –dijo–. No creo que sea conveniente que te vayas sola.

No hablaron en todo el trayecto. Keith puso la radio muy alta. En cuanto distinguió frente a ella la casa de Richard, Ginny se despidió y se bajó del coche tan deprisa como pudo.

Le iba a estallar el corazón. Se le iba a salir del pecho disparado para aterrizar en la acera como un pez que colea desesperado. Seguiría latiendo todo lo que pudiera, dando botes entre las colillas y los envoltorios tirados por el suelo, hasta que por fin se calmara. Y entonces ella lo recogería del suelo y se lo volvería a colocar en su sitio. Visualizó la escena con claridad. Con mucha más claridad que la que acababa de producirse.

¿Por qué..., por qué en medio de lo que era posiblemente su primer momento romántico de verdad... había decidido que la reacción adecuada era arrojar un puñado de billetes sobre la mesa? ¿Un montón de libras sudadas y hechas una bola y un par de monedas? ¿Y luego decir que debía marcharse?

Miriam la iba a matar. O la metería a la fuerza en una residencia para idiotas incurables e inútiles para el amor y la dejaría allí para siempre. Y haría bien. Ese era su sitio. Allí podría vivir con los de su especie.

Miró las ventanas de Richard. Las luces estaban apagadas. Se había acostado temprano. Si hubiera estado despierto, quizá habría podido hablar con él de lo ocurrido. Tal vez él habría podido tranquilizarla, explicarle un modo de deshacer lo que acababa de hacer. Pero estaba dormido.

Ginny sacó la llave de la grieta del escalón, forcejeó con la cerradura y entró en la casa. Se fue a su cuarto y, sin encender la luz, sacó el paquete con los sobres del bolsillo superior de su mochila. Separó el de arriba y lo sostuvo a la luz de la farola que entraba por la ventana. La carta estaba decorada con un dibujo en tinta marrón que representaba un castillo en lo alto de una colina y, en un sendero a sus pies, la pequeña silueta de una chica.

–Ya está –dijo Ginny en voz baja–. Olvídalo. Sigue adelante. ¿Qué toca ahora?

#4

#4

Querida Gin:

¿Has visto alguna vez una de esas películas de kung-fu en las que el aprendiz viaja al lugar remoto donde vive el maestro?

Quizá no. Yo sí, pero solo porque mi compañera de habitación en mi segundo año de universidad era una loca del kung-fu. Pero captas la idea: Harry Potter va a Hogwarts, Luke Skywalker va a Yoda. Eso es lo que intento explicarte. El estudiante viaja para recibir formación.

Eso hice yo. Después de unos meses en Londres, decidí ir a conocer a mi ídolo, la pintora Mari Adams. Llevaba toda la vida deseando hacerlo. Mi habitación de la universidad estaba llena de fotos de sus obras (y de ella: es muy... peculiar).

No sé exactamente qué fue lo que me impulsó a hacerlo. Sabía que necesitaba ayuda con mi pintura, y de repente me di cuenta de que Mari no estaba tan lejos. Vive en Edimburgo, una ciudad espléndida y que impone bastante. El castillo de Edimburgo tiene mil años, o por ahí, y está en el mismo centro de la ciudad, en lo alto de una roca que se conoce como The Mound. Toda la ciudad es antigua y extraordinaria, llena de callejones tortuosos llamados *wynds*. Asesinatos, fantasmas, intrigas... Edimburgo está impregnado de todo eso.

Así que me subí a un tren y fui a verla. Y ella me abrió las puertas de su casa. Incluso me permitió quedarme ahí unos días.

Quiero que tú también la conozcas.

Eso es lo único que tienes que hacer. No hace falta que sea más explícita. Y tampoco hace falta que le preguntes nada a Mari. Ella es la Maestra, Gin, y sabrá lo que necesitas aunque tú no lo sepas. Ese es el poder que le da su kung-fu. Confía en mí. ¡Comienzan las clases!

Con cariño,

TU TÍA LA FUGITIVA

La espantada

Algunas personas creen que existen fuerzas que las guían, que el universo traza senderos a través del frondoso bosque de la vida y les muestra por dónde deben ir. Ginny no pensó ni por un momento que el universo entero estuviera sometiéndose a su voluntad. Sin embargo, sí contempló una posibilidad más específica e inverosímil: todo aquello era obra de la tía Peg. Su tía había sido capaz de saber lo inescrutable. Iba a enviar a Ginny precisamente al lugar adonde Keith tenía que ir para concretar unos detalles de su obra.

Con la tía Peg a veces pasaban esas cosas. Tenía una sorprendente capacidad para saberlo todo, un asombroso don de la oportunidad. Cuando Ginny era pequeña, la tía Peg siempre se las ingeniaba para llamarla cada vez que la necesitaba: cuando discutía con sus padres, cuando estaba enferma, cuando necesitaba consejo. Así que no fue del todo una sorpresa el hecho de que de alguna manera su tía hubiera planeado que Ginny fuera a Edimburgo, que hubiera sabido que Ginny conseguiría echarlo todo a perder con lo del dinero y le diera una segunda oportunidad.

Pero ¿de verdad significaba algo todo aquello? Claro; en un sentido meramente hipotético, Ginny podía incluso proponerle que viajaran juntos. Si Ginny fuera otra persona, claro está. Miriam lo haría. Mucha gente lo haría. Pero ella no. Le apetecía más que nada en el mundo, pero no lo haría.

Para empezar, ya había cumplido su misión de benefactora misteriosa. Ya no tenía ninguna excusa para ver de nuevo a Keith. Además, ya había creado una situación bastante surrealista con el asunto del dinero. Y por si todo eso fuera poco... ¿cómo se le proponía a alguien viajar juntos a otro país? Aunque, la verdad, apenas se podía considerar otro país. Era más o menos como ir a Canadá. Tampoco era para tanto. Nada que ver con Fiona y David y su intención de ir a España.

Se pasó el día entero metida en casa, debatiendo el asunto consigo misma. Primero se sentó a ver la tele. La televisión británica parecía consistir fundamentalmente en programas de cambios de imagen. Cambio de imagen del jardín. Cambio de imagen en moda. Cambio de imagen de la casa. Todo relacionado con cambios. Parecía una indirecta. Cambia algo. Atrévete a dar un paso.

Apagó el aparato y miró a su alrededor.

Limpiar. Eso haría. Limpiar solía relajarla. Fregó los platos, recogió las migas de la mesa y las sillas, dobló la ropa... Todo lo que se le ocurrió. Pasó al menos media hora examinando el extraño aparato con ventanita de cristal y teclado alfabético que había debajo de la encimera de la cocina. Al principio le pareció un horno muy curioso. Tardó un buen rato en darse cuenta de que era una lavadora.

Hacia las cinco, la sensación persistía. Fue entonces cuando llamó Richard para decir que llegaría tarde. Y Ginny ya no podía permanecer quieta por más tiempo.

Saldría a pasear sin más. Iría andando hasta allí, solo para demostrarse a sí misma que había aprendido el camino. No estaba lejos. Se acercaría, miraría la casa y se daría la vuelta. Y luego al menos podría decirse a sí misma que había ido. Patético, pero mejor que nada.

Escribió a toda prisa una nota para Richard y se puso en marcha. Con mucha atención, recorrió lo mejor que pudo, en sentido inverso, la ruta del día anterior. El quiosco de prensa, los conos amarillos en medio de la calzada, las líneas en zigzag de la calle... Todo estaba allí, en algún lugar de su mente. Pero enseguida las casas comenzaron a parecer todas iguales. Y todas se parecían a la casa de Keith.

Ginny dobló una esquina y recibió la señal que había pedido; concretamente, David. El chico estaba en la acera con el teléfono pegado a la oreja. Paseaba de un lado a otro por delante del garaje, y no parecía muy alegre. No hacía más que repetir las palabras «no» y «vale», una y otra vez, en un tono que a Ginny le pareció que no auguraba nada bueno.

Se dio cuenta de que era él cuando estaba casi a la altura de la casa. Pensó en volver sobre sus pasos y esperar a que el chico hubiera entrado, pero ya la había visto acercarse. No podía echar a correr sin razón aparente. Sería ridículo. Lo único que podía hacer era seguir avanzando hacia él, despacio, con cautela. Cuando llegó a la verja de entrada, el chico enmudeció. Luego colgó con brusquedad, muy enfadado, se sentó en el murete del jardín y hundió la cabeza entre las manos.

–Hola –saludó Ginny.

–Se acabó. –David sacudió la cabeza–. No voy. Se lo he dicho. Le he dicho que no me voy con ella a España.

–Ah –repuso Ginny–. Bien. Me alegro por ti.

–Sí –dijo él mientras asentía con la cabeza de forma exagerada–. Está muy bien. O sea, tengo que empezar a hacer mi vida aquí, ¿no?

–Claro.

David volvió a asentir, y a continuación estalló en violentos sollozos. Se oyó un chirrido procedente de arriba, y Ginny vio que la persiana negra y torcida de la ventana de Keith oscilaba de un lado a otro. Instantes después, Keith se reunió con ellos en la acera. Echó una ojeada a Ginny. Ella percibió la perplejidad del chico ante aquella situación: el hecho de verla allí, y que su compañero de piso estuviera hecho un mar de lágrimas en la puerta de su casa. Durante un segundo, Ginny llegó a sentirse culpable. Hasta que recordó que ella no tenía culpa de nada.

–Muy bien –dijo Keith, dirigiéndose hacia el coche y abriendo la puerta del copiloto–. Venga, arriba.

Ginny no estaba segura de a quién se dirigía. David tampoco. Ambos intercambiaron una mirada.

–Los dos –aclaró Keith–. Es hora de ir a Brick Lane.

Minutos más tarde, Ginny formaba parte del pequeño grupo que se internaba a buena velocidad en el East End londinense, donde las casas se tornaron un poco más grises y los letreros estaban escritos en caracteres curvos e idiomas completamente desconocidos para ella. Había hileras de restaurantes indios alineados a ambos lados de la calle –todos parecían estar abiertos, incluso a medianoche–, y el olor a especias fuertes impregnaba el aire. De un edificio a otro colgaban guirnaldas de luces de colores, y en las puertas había hombres que ofrecían cerveza o aperitivos gratis a todo el que quisiera entrar. Keith, sin embargo, sabía muy bien adónde iba y los condujo hasta un restaurante pequeño y muy limpio donde parecía haber cuatro camareros por cada comensal.

Ginny no tenía apetito, pero sintió la necesidad de participar. Aunque no tenía ni idea de qué pedir.

–Creo que tomaré lo mismo que tú –le dijo a Keith.

–Si haces eso, morirás –repuso el chico–. Mejor prueba el curry suave.

Ginny decidió que lo mejor sería no desafiarlo.

Keith pidió una lista interminable de comida, y a los pocos minutos la mesa estaba cubierta de paneras llenas de unas tortas grandes y planas que se llamaban *papadams*. También sirvieron un amplio surtido de salsas picantes de vivos colores con grandes trozos de guindilla flotando en la superficie, así como distintas cervezas. En cuanto vio aquel despliegue, Ginny comprendió. Keith le estaba ofreciendo a David una cena quitapenas. Ella había hecho lo mismo con Miriam cuando su amiga rompió con Paul el verano anterior, con la salvedad de que su versión había consistido en dos litros de helado Breyers, una caja de galletas rellenas Little Debbie y seis refrescos de frambuesa azul. Pero los chicos nunca tendrían suficiente con un consuelo como ese. Si iban a celebrar una cena quitapenas, tenían que asegurarse de que contenía un componente duro y masculino.

Keith hablaba deprisa y sin parar. Comenzó contando una historia acerca de lo mucho que les gustaba a él y a su «colega Iggy» presentarse en casa de las chicas con los pantalones en llamas. Un truco, según explicó con todo lujo de detalles, que consistía en rociar los pantalones con un aerosol –Lysol, por ejemplo– y luego prender fuego a los gases, lo que producía una nube de llamas justo en la superficie de la tela que era posible apagar siempre y cuando uno se tirase al suelo en el momento apropiado, cosa que *normalmente* hacían.

Llegaron los currys, y el vapor que despedían los platos de Keith y David hizo que a Ginny le escocieran y lloraran los ojos. David comenzó a comer y escuchó la cháchara de Keith con una expresión sombría e imperturbable. Su teléfono sonó. Miró el número y abrió los ojos como platos.

–No –le advirtió Keith clavando las púas de su tenedor manchado de curry en el móvil de David.

David adoptó una expresión afligida.

–Tengo que contestar –dijo, y rescató el teléfono con un movimiento rápido–. Vuelvo ahora mismo.

–Bien, recapitulemos –dijo Keith cuando David se alejó–. Anoche me hiciste una enigmática entrega de ciento cuarenta y dos libras y luego echaste a correr. Y esta noche apareces delante de mi casa en el momento exacto en que mi compañero sufre un colapso emocional. Me estaba preguntando qué significa todo esto.

Antes de que Ginny pudiera contestar, uno de los camareros se abalanzó sobre la silla vacía de David tan pronto como vio su oportunidad de limpiar las migas que habían quedado en el asiento. Llevaba un buen rato merodeando junto a la mesa como un buitre, esperando a que se comieran la última miga de los *papadams* para llevarse la panera. Miró con tristeza el último trozo, como si fuera el único obstáculo antes de obtener la felicidad eterna. Ginny lo alcanzó y se lo llevó a la boca. El hombre respiró aliviado y retiró la panera, pero volvió enseguida para mirar con gesto doliente sus vasos de agua. Y en ese momento volvió David, quien se dejó caer pesadamente sobre la silla. El camarero se lanzó en picado y le ofreció otra cerveza. David asintió con gesto cansado. Keith apartó los ojos de Ginny y miró a su amigo.

–¿Y bien?

–Nada, solo llamaba por unas cosas que quiere que le devuelva –contestó David.

Nadie dijo nada hasta que instantes después regresó el camarero con una enorme botella de cerveza. David la alcanzó y se bebió al menos un tercio del contenido a grandes tragos.

La llamada y la cerveza desataron a David. Normalmente era muy educado, pero ahora se estaba transformando en otra persona. Se lanzó a enumerar una lista de todas las cosas de Fiona que despreciaba desde hacía tiempo y que por lo visto había advertido, pero sobre las que nunca había dicho nada.

Y, por supuesto, pidió otra cerveza.

Al principio, aquella catarsis parecía ser buena. Aparentemente, David volvía a la realidad. Pero luego se puso a mirar con lascivia a una mujer que estaba cenando en otra mesa y a quien le molestaba visiblemente el tono de voz tan alto con el que él hablaba. David se acabó el curry de un par de bocados y siguió hablando cada vez más alto.

–Está borracho –observó Keith–. Toca marcharse.

Keith pidió la cuenta al camarero de guardia permanente y dejó encima de la mesa unos cuantos billetes arrugados. Parecían los mismos que le había dado Ginny la noche anterior; prácticamente reconoció las marcas de sus dedos.

–Voy a buscar el coche –dijo Keith–. Quédate con él, ¿vale?

David miró a su alrededor, y al ver que Keith se había ido, se levantó y se dirigió hacia la puerta dando tumbos. Ginny lo siguió. David esperaba en la acera y miraba la calle como si estuviera perdido. Ginny se quedó junto a la puerta, nerviosa.

–La gente no cambia –dijo el chico–. Tienes que aceptarla como es. ¿Sabes a qué me refiero?

–Creo que sí –respondió Ginny vacilante.

–¿Puedes entrar a comprarme un helado? –preguntó David, señalando con la cabeza una tienda que había junto al restaurante con un gran expositor de helados–. Quiero un helado.

David había perdido algo de energía al levantarse. Además, Ginny pensó que en un momento como aquel era comprensible que le apeteciera un helado. Entró en la tienda y escogió uno con cobertura de chocolate y aspecto muy apetitoso. Cuando salió, el chico había desaparecido.

Ginny aún no había tenido tiempo de moverse, sujetando el helado que ya empezaba a derretirse, cuando Keith detuvo el coche a su lado.

–¿Ha pegado la espantada? –le preguntó a Ginny.

Ella asintió.

–Iré por ahí con el coche. Tú busca por el otro lado. Nos encontraremos más tarde aquí mismo.

Aquella noche, Brick Lane estaba increíblemente concurrida, sobre todo por grupos de hombres trajeados. Ginny distinguió a David unas tiendas más allá, leyendo el menú de otro restaurante. Cuando vio a Ginny, el chico echó a correr y a ella no le quedó más remedio que ir detrás de él. Por lo visto, el exceso de alcohol había despertado al duendecillo travieso que David llevaba dentro.

Cada vez que ella se rezagaba, el chico se detenía y se quedaba mirándola con una sonrisa. Cuando ella se acercaba lo suficiente para distinguir esa sonrisa, él echaba a correr de nuevo.

Con gran alivio, Ginny distinguió el coche de Keith mientras doblaba una esquina. Keith casi lo había alcanzado cuando David se volvió y huyó en dirección contraria, hacia Ginny. Keith no tenía posibilidad de cambiar de sentido, así que tuvo que seguir conduciendo por el mismo carril. Ginny era la única que podía ir detrás de él.

David la hizo correr por toda la zona, a través de calles residenciales y de calles llenas de tiendas cerradas de tejidos y saris. Se internaron por sitios cada vez menos acogedores. Ginny jadeaba y el curry le estaba machacando el estómago, pero siguió persiguiéndolo. Unos diez minutos después aceptó el hecho de que David no iba a cansarse del juego, de modo que ella iba a tener que hacer trampas. Soltó un grito de dolor y se dejó caer sobre la acera, agarrándose una pierna. David se volvió, pero esta vez, incluso aturdido como estaba, se dio cuenta de que algo iba mal. Vaciló, pero al ver que Ginny no se levantaba, se quedó donde estaba.

Ni siquiera vio a Keith cuando este llegó corriendo por la espalda y lo placó. Inmovilizó a David contra la acera y se sentó encima de él.

–Muy bueno lo de la pierna –dijo Keith entre jadeos–. Ostras... ¿Quién iba a suponer que sería capaz de correr así?

Instantes después de verse inmovilizado, David se sumió en un estado de pasividad próximo a la inconsciencia. Keith lo puso en pie y le ayudó a caminar hasta el coche. Ginny se sentó en el asiento de atrás para que Keith pudiera acomodar a David en el delantero.

–Me va a echar la pota en el coche –se lamentó Keith cuando arrancaron–. Y justo acabo de limpiarlo.

Ginny miró la cantidad de bolsas y porquería que se acumulaba en la pequeña parte trasera.

–¿En serio? –preguntó.

–Sí... Bueno, puse todo eso ahí atrás.

Ginny extendió el brazo y volvió a colocar en posición erguida a David, que se estaba inclinando rápidamente.

–Voy a llevarlo a casa. Que duerma la mona. Y a ti también te llevaré a la tuya.

David fue capaz de aguantar hasta casa de Richard sin que se cumplieran los temores de Keith. Pero en cuanto el coche se detuvo, abrió la puerta y echó hasta la primera papilla. Cuando se recuperó, Keith y Ginny lo hicieron caminar de un extremo a otro de la calle unas cuantas veces, hasta que les pareció que se le había pasado el mareo del todo. Luego lo trajeron de vuelta y lo apoyaron en la verja de entrada.

–Se pondrá bien enseguida –afirmó Keith–. El paseo le ha venido bien. Ayuda a despejarse.

David se escurría hacia el suelo poco a poco. Keith lo agarró del brazo y volvió a enderezarlo.

–Va a ser mejor que me lo lleve –le dijo a Ginny–. Oye, lo de la pierna estuvo bien. Muy bien. Y rápido. No estás loca del todo.

–Eeeh...

–¿Sí?

–Antes...

–¿Sí?

–Iba a preguntarte si te apetecía que fuéramos juntos a Escocia –dijo Ginny atropelladamente–. Tengo que ir a Edimburgo, y como dijiste que tú...

–¿Por qué tienes que ir?

–Voy... porque sí.

–¿Cuándo?

–Mañana.

David se precipitó hacia delante y aterrizó sobre el capó del coche. Keith dio un paso hacia él. Parecía que iba a recoger a su amigo, pero en el último momento se volvió, atrajo la cara de Ginny hacia él y la besó. No fue un beso lento y tierno, tipo «tus labios son como delicados pétalos de rosa». Fue más bien un beso tipo «gracias». O incluso tipo «¡buena jugada!».

–¿Por qué no? –dijo Keith–. La función no es hasta mañana a las diez de la noche. Mañana por la mañana en la estación de King's Cross. A las ocho y media delante de Virgin Rail.

Antes de que Ginny pudiera reaccionar, Keith ya había metido a David en el coche; luego le dirigió un gesto rápido de despedida desde el interior. Ginny se quedó paralizada durante varios minutos, incapaz de moverse. Se llevó los dedos a los labios, como para atesorar la sensación que había experimentado.

Ni siquiera se dio cuenta en un primer momento de que un pequeño animal había salido de detrás de un coche aparcado y avanzaba cauteloso hacia el contenedor de basura que había junto a ella. Rebuscó en sus viejos archivos mentales para intentar esclarecer qué podía ser aquello, e instantes después concluyó que –por imposible que pudiera parecer– se trataba de un zorro. Solo había visto zorros en las ilustraciones de una colección de cuentos de hadas. El animal se parecía a aquellos dibujos: tenía el hocico alargado, la nariz pequeña, el pelaje rojizo y andares furtivos, como de ladrón. Se paró casi al lado de ella y ladeó la cabeza con gesto inquisitivo, como preguntándole si quería ser la primera en rebuscar en el contenedor.

–No –dijo en voz alta, e inmediatamente se preguntó por qué estaba hablando con lo que probablemente era un zorro; un zorro que bien podía tener la rabia y estar dispuesto a lanzarse a su yugular. Pero, curiosamente, no sintió miedo.

El zorro pareció entender su respuesta, se subió al borde del contenedor de un elegante salto y se dejó caer al interior. El gran recipiente de plástico traqueteó mientras inspeccionaba su contenido. Ginny se sintió invadida por una creciente y extraña ternura hacia aquel animal. Había sido testigo del beso. No le tenía miedo. Estaba cazando. Estaba hambriento.

–Espero que encuentres algo bueno –dijo en voz baja.

Y se volvió para entrar en la casa.

La Maestra y el peluquero

El viaje a Escocia duró cuatro horas y media. Keith se pasó la mayor parte del trayecto dormido como un tronco, con la cabeza apoyada en la ventanilla y un cómic («es una revista gráfica mensual») entre sus guantes sin dedos. Despertó con un resoplido y una sacudida de cabeza justo cuando el tren entraba en Edimburgo.

–¿Waverly Station? –preguntó mientras parpadeaba con lentitud–. Ah, vale. Bajemos, o terminaremos en Aberdeen.

Salieron de la estación (que se parecía mucho a aquella de la que habían partido) y subieron un largo tramo de escaleras hasta el nivel de la calle. Se encontraron en una avenida llena de grandes almacenes. Pero, a diferencia de Londres, que resultaba densa, agobiante y abarrotada de gente, Edimburgo le pareció una ciudad abierta y despejada. El cielo se extendía azul e infinito sobre ellos, y cuando se volvió, Ginny observó que la ciudad, que se elevaba y descendía en multitud de pendientes, parecía haber sido construida a cien niveles distintos. A su derecha, encaramado sobre una enorme roca que parecía un pedestal, se alzaba un castillo.

Keith respiró hondo y se dio un golpe en el pecho.

–Muy bien –dijo–. ¿Y a quién dices que tienes que ver?

–A una amiga de mi tía. Es pintora. Tengo el plano para ir a su casa...

–Déjame echar un vistazo. –Le quitó la carta de las manos antes de que Ginny pudiera decir una palabra–. ¿Mari Adams? Me suena ese nombre –dijo Keith.

–Debe de ser más o menos famosa –repuso Ginny, casi como una disculpa.

–Ah. –El chico examinó las indicaciones con más atención y frunció el ceño–. Vive en Leith, al otro extremo de la ciudad. Bien. No podrás encontrarlo tú sola. Será mejor que te acompañe. Déjame pasar antes por las oficinas del festival, y después iremos para allá.

–No tienes que...

–Te lo digo en serio, te perderás. Y no quiero tener ese peso sobre mi conciencia. Vamos.

Tenía razón. Jamás habría podido encontrar por sí sola el camino a casa de la amiga de su tía. Keith tuvo dificultades para interpretar el plano de las líneas de autobuses que llegaban a la zona apartada donde vivía Mari, y ambos tuvieron que discurrir hasta encontrar la situación exacta de la casa. La pintora vivía junto a un amplio estuario que Keith identificó como la ría de Forth.

Como estaban muy lejos del punto de partida, Keith no podía darse la vuelta sin más, así que quiso acompañar a Ginny hasta la puerta de la casa de Mari. El marco estaba pintado con una elaborada greca: salamandras doradas, un zorro, pájaros, flores. El llamador era una gigantesca cabeza de mujer con un enorme anillo en la nariz. Ginny golpeó una vez y retrocedió unos pasos.

Un instante después, una chica abrió la puerta. Vestía un peto vaquero rojo con letras magnéticas de juguete cosidas con puntadas toscas y visibles. No llevaba camiseta; se había abrochado los tirantes lo más arriba posible. Su rostro ceñudo estaba coronado por una mata de pelo decolorado que alcanzaba un tono blanco inmaculado. Lo llevaba corto e irregular por delante y largo y trenzado por detrás; una mezcla de horror y corte de pelo ochentero.

–¿Sí? –dijo al verlos.

–Eeeh... Hola.

–Sí.

De momento, todo bien.

–Mi tía pasó aquí unos días –dijo Ginny, intentando no fijar la vista demasiado tiempo en ningún detalle del aspecto de la chica–. Se llamaba Peg. Margaret. Margaret Bannister.

Mirada indiferente. Ginny se fijó en que las cejas de la chica tenían un tono marrón chocolate casi tan oscuro como las suyas.

–Me encargó que viniese –insistió Ginny, y blandió el sobre como si fuera un visado que le fuese a abrir las puertas de las casas de completos desconocidos.

Una ráfaga de fuerte viento veraniego sacudió el endeble papel y estuvo a punto de arrebatárselo de las manos.

–Ah, vale –dijo la chica con un fuerte acento escocés–. Espera un momento.

Y les cerró la puerta en la cara.

–Muy hospitalaria, hay que reconocerlo –comentó Keith.

Ginny se sorprendió a sí misma diciendo:

–¿Te quieres callar?

–Qué genio.

–Estoy nerviosa.

–No veo por qué –dijo Keith, observando los dibujos que rodeaban la puerta–. Todo parece perfectamente normal.

Cinco minutos después, la puerta se abrió de nuevo.

–Mari está trabajando –anunció la chica–, pero dice que paséis.

Dejó la puerta abierta, lo cual interpretaron como una señal de que tenían que seguirla.

Era una casa muy antigua, desde luego. En todas las salas había grandes chimeneas con montoncitos de ceniza. En el aire había indicios de un olor persistente a madera quemada, aunque Ginny sospechaba que la ceniza llevaba semanas allí. Los suelos estaban desnudos, a excepción de algunas alfombras blancas y mullidas distribuidas aquí y allá, sin lógica aparente. Cada cuarto estaba pintado de un color: una sala azul pastel, la siguiente granate, el vestíbulo verde cebollino. Las repisas de las ventanas y los zócalos eran de un amarillo huevo. El único mueble que vio en las primeras salas fue una enorme mesa tallada de madera de cerezo con el tablero de mármol y un espejo muy grande. Estaba cubierta de pequeños juguetes: una dentadura de cuerda, peonzas, cochecitos, una marioneta de una monja boxeadora y un Godzilla de cuerda.

Pero por todas partes –por todas partes– había cuadros. Casi todos, cuadros enormes de mujeres. Mujeres con melenas largas de las que salían todo tipo de cosas, mujeres haciendo juegos malabares con estrellas. Mujeres que flotaban, mujeres que se internaban furtivamente en bosques oscuros, mujeres rodeadas de oro resplandeciente. Cuadros tan grandes que en cada pared apenas había espacio para uno o dos.

La chica los condujo hacia la parte trasera de la casa, y después la siguieron por tres tramos de una escalera de madera desvencijada y flanqueada por más cuadros. Al llegar a lo alto, se encontraron ante una puerta pintada de un dorado metálico y chillón.

–Aquí –indicó la chica. Y, sin más, se volvió y bajó.

Ginny y Keith se quedaron mirando la gran puerta dorada.

–¿A quién decías que veníamos a visitar? –preguntó él–. ¿A Dios?

A modo de respuesta, la puerta se abrió.

Ginny no habría podido imaginar que la chica que les había abierto la puerta pudiera perder con tanta rapidez el Premio a la Imagen Extravagante y Sorprendente, pero Mari la superaba con creces. Debía de tener al menos sesenta años; Ginny lo notó en su rostro. Llevaba el pelo negro azabache recogido en forma de enorme diadema de la que escapaban algunos mechones veteados de naranja. Su ropa resultaba algo pequeña y ajustada para su cuerpo rechoncho: una camiseta de cuello barco a rayas verticales y unos vaqueros con un cinturón negro festoneado de pesadas tachuelas. Le apretaba la cintura de una forma nada favorecedora, aunque ella lo llevaba bien. Los ojos estaban completamente perfilados con grandes círculos de delineador negro. Tenía lo que parecían tres pecas idénticas en cada pómulo, justo debajo de los ojos. Cuando Ginny entró en la sala, se dio cuenta de que eran pequeños tatuajes de estrellas. Calzaba unas sandalias planas doradas, y Ginny se fijó en que también tenía los pies tatuados con palabras escritas con una letra pequeña y morada. Cuando Mari extendió los brazos para atraer hacia ella la cara de Ginny y plantarle un beso en cada mejilla, Ginny distinguió mensajes similares en sus manos.

–¿Tú eres la sobrina de Peg? –preguntó Mari, apartándose.

Ginny asintió.

–¿Y tú eres...? –dijo dirigiéndose a Keith.

–Su peluquero –respondió él–. No va a ningún sitio sin mí.

Mari le dio a Keith unos golpecitos en las mejillas y sonrió.

–Me gustas –dijo–. ¿Os apetece un poco de chocolate?

Se acercó a su luminosa mesa de trabajo y sacó un gran cubo lleno de chocolatinas en miniatura. Ginny declinó el ofrecimiento con la cabeza, pero Keith tomó un puñado.

–Voy a pedirle a Chloe que nos traiga té.

Unos minutos después, Chloe (quizá el último nombre que Ginny habría relacionado con la chica del peto rojo; le pegaba más llamarse algo así como «Déspota») entró con una bandeja de loza que contenía una tetera, una jarrita para la leche y un azucarero de color marrón. También traía más minichocolatinas. Cuando Mari extendió la mano para alcanzarlas, se dio cuenta de que la mirada de Keith se detenía en las palabras tatuadas en sus manos.

–Son los nombres de mis perros. De los que han muerto –explicó Mari–. Les he dedicado mis manos. Los de mis zorros me los he tatuado en los pies.

En lugar de la reacción lógica («¿Tenía zorros? ¿Y lleva sus nombres tatuados en los pies?»), Ginny logró decir:

–Creo que vi un zorro anoche. En Londres.

–Es muy probable –dijo Mari–. Londres está plagado de zorros. Es una ciudad mágica. Yo tuve tres. Cuando vivía en Francia, instalé una jaula en el jardín. Me encerraba allí con ellos durante el día y pintaba. Los zorros son una compañía extraordinaria.

Parecía que Keith estaba a punto de decir algo, pero Ginny le pisó con fuerza la puntera de sus Converse.

–Es bueno estar en una jaula –continuó Mari–. Te mantiene centrado. Os lo recomiendo.

Ginny trituró los dedos de Keith. El chico apretó los labios y se volvió para mirar los cuadros de la pared que tenía al lado. Mari sirvió té para los tres y una generosa ración de azúcar para ella, que removió ruidosamente.

–Siento mucho lo de tu tía –dijo por fin–. Fue terrible enterarme de su muerte. Pero estaba tan enferma...

Keith apartó la vista del cuadro de una mujer que se estaba transformando en una lata de alubias y alzó una ceja en dirección a Ginny.

–Comentó que seguramente vendrías. Y me alegro de que lo hayas hecho. Era una pintora muy buena, ¿sabes? Muy buena.

–Ella me dejó unas cartas –dijo Ginny mientras procuraba evitar la mirada de Keith–. Me pidió que viniera a verla.

–Me contó que tenía una sobrina –asintió Mari–. Se sentía fatal por tener que dejarte.

La ceja de Keith se alzó aún más.

–Yo pasé mucho tiempo sin techo –continuó la mujer–. Viví en las calles de París. No tenía dinero. Solo mis cuadros metidos en una bolsa, un vestido de repuesto y un gran abrigo de piel que llevaba todo el año. Pasaba corriendo por delante de las terrazas de los cafés y robaba la comida de los platos de los clientes. En verano me sentaba debajo de los puentes y pintaba durante todo el día. Por aquel entonces estaba loca, pero era algo que tenía que hacer.

Ginny sintió que se le secaba la garganta, y tuvo la incómoda sensación de que tanto Keith como Mari no le quitaban ojo de encima. Tampoco ayudaba mucho estar sentada justo bajo los rayos de sol que se filtraban por la vidriera antigua que se abría sobre la mesa de trabajo de Mari. La mujer empujó con el dedo el envoltorio de una de las chocolatinas, pensativa.

–Ven, quiero enseñarte una cosa. A los dos –añadió.

Al fondo del estudio, dentro de lo que parecía un armario, arrancaba la escalera más estrecha que Ginny había visto en su vida. Era de piedra y formaba una espiral, y tenía la anchura suficiente para que el cuerpo de Mari pasara con dificultades. Desembocaba en un ático de techo bajo y abovedado pintado de rosa chicle. El ático olía a tostadas quemadas y a polvo de varios siglos, y estaba lleno de estanterías cargadas de voluminosos libros de arte cuyos lomos tenían títulos en todos los idiomas que Ginny fue capaz de reconocer, y en muchos más que no identificó.

Mari sacó un libro especialmente grande que tenía una gruesa capa de polvo y lo abrió encima de una mesa. Lo hojeó durante unos instantes hasta que encontró la ilustración que estaba buscando. Era una pintura muy antigua, de colores intensos, que mostraba a un hombre y una mujer que se daban la mano. Era increíblemente real, casi tan nítida como una fotografía.

–Es de Jan van Eyck –dijo, poniendo el dedo sobre la ilustración–. Representa un compromiso matrimonial. Una escena que no tiene nada de particular; hay unos zapatos en el suelo, un perro. Se limita a registrar el acontecimiento. Dos personas normales y corrientes que se comprometen. Nunca nadie se había tomado tantas molestias en retratar a gente corriente.

Ginny se dio cuenta de que Keith llevaba un rato sin intentar hacer ningún comentario. Observaba el cuadro con mucha atención.

–Mirad aquí –dijo Mari señalando el centro de la pintura con una uña larga de color verde esmeralda–. Aquí, justo en medio. El punto focal. ¿Veis lo que hay ahí? Es un espejo. Y quien aparece reflejado es el artista. Se pintó a sí mismo dentro del cuadro. Y justo encima hay una inscripción. Dice: «Jan van Eyck estuvo aquí».

La mujer cerró el libro como para poner punto final, y una pelusa de polvo se elevó en el aire.

–A veces, a los artistas les gusta reflejarse a sí mismos mirando al espectador; dejar que por una vez el mundo los vea a ellos. Es una especie de firma. Esta es muy explícita. Pero también es un testimonio. Queremos recordar y ser recordados. Por eso pintamos.

Mari estaba llegando a lo que parecía un mensaje claro, algo que Ginny lograría captar. «Queremos recordar y ser recordados. Por eso pintamos.»

Pero Mari seguía hablando.

–Me tatué las manos y los pies para recordar a mis compañeros, a los que más quería –dijo mirándose los tatuajes.

Los ojos de Keith se iluminaron, y él llegó a abrir la boca y a emitir un sonido parecido a «eeeh» antes de que Ginny volviera a pisarlo.

–¿Qué día naciste? –preguntó la mujer a Ginny.

–El 18 de agosto –respondió, perpleja.

–Ah. Leo. Volvamos abajo.

Bajaron despacio los escalones de piedra. No había pasamanos, así que Ginny se aferró a la pared para apoyarse. Mari volvió a su mesa de trabajo arrastrando los pies y dio unas palmaditas a un taburete que había a su lado para indicarle a Ginny que se sentara. Ella se acercó, vacilante.

–Bien. Veamos. –La mujer miró a Ginny de arriba abajo–. ¿Por qué no te quitas la camiseta?

Keith se cruzó de brazos y se sentó en el suelo en un rincón, sin desviar la vista a propósito. Ginny le dio la espalda y se quitó la camiseta muerta de vergüenza, deseando haberse puesto un sujetador más bonito. Había metido uno bueno en la mochila pero, por supuesto, aquel día tenía que llevar el deportivo elástico de color gris.

–Sí –dijo Mari mientras examinaba la piel de la chica–. El hombro, creo. Tu tía era acuario. Y si lo piensas, tiene mucha lógica. Ahora no te muevas.

Mari alcanzó sus plumas y se puso a dibujar.

Ginny sintió los trazos de las plumas en la parte posterior de su hombro. No dolían, aunque las plumas tenían filo. Pero no podía quejarse; después de todo, una artista famosa estaba dibujando sobre su piel. Aunque no tuviera ni idea del motivo.

Mari trabajaba despacio, pintaba punto por punto, toque a toque, sobre la piel estirada. Se levantaba con frecuencia por chocolate, o para observar un pájaro que se había posado junto al comedero de la ventana, o para contemplar a Ginny de frente. Tardó tanto que Keith se quedó dormido en su rincón y se puso a roncar.

–Listo –anunció Mari por fin mientras se echaba hacia atrás para examinar su obra–. No durará para siempre. Se borrará. Pero así es como debía ser esta vez, ¿no te parece, cariño? A menos que quieras que te lo tatúen. Conozco un sitio muy bueno.

Sacó un espejo diminuto de un cajón lleno de material de dibujo e intentó sujetarlo de tal manera que Ginny pudiera verse. Ella tuvo que girar el cuello hasta que le dolió, pero captó una visión fugaz. Era un león dorado brillante. Su melena se desplegaba en todas direcciones (el pelo largo parecía ser un tema recurrente en Mari), hasta que terminaba por transformarse en unos escurridizos riachuelos azules.

–Me gustaría mucho que os quedarais –dijo Mari–. Le diré a Chloe que...

–El tren –repuso Keith con rapidez–. Tenemos que tomar el tren.

–Tenemos que tomar el tren –repitió Ginny–, pero gracias por todo.

Mari los acompañó a la puerta, y desde el escalón superior se acercó a Ginny y la rodeó con sus brazos carnosos. Su pelo imposible ocupó todo su campo de visión, y el mundo se volvió negro con vetas naranjas.

–Y trata de conservar a ese chico –le susurró al oído–. Me gusta.

Luego se apartó, le guiñó el ojo a Keith y cerró la puerta. Genny y Keith permanecieron allí unos instantes, parpadeando ante los dibujos de las salamandras.

–Bueno –dijo Keith, dando el brazo a Ginny para guiarla hacia la parada del autobús–, y ahora que ya hemos conocido a Lady McRarita, ¿por qué no me explicas de qué va todo esto?

El ataque de los monstruos

Durante el viaje de vuelta a Londres en tren, el paisaje fue cambiando rápidamente. Primero la ciudad, luego colinas verdes y pastos con cientos de ovejas que mordisqueaban interminables prados de hierba. Después siguieron la línea de la costa, y más tarde atravesaron ciudades pequeñas con casitas de ladrillo e iglesias impresionantes. El sol brillaba a ratos con fuerza, de repente se sumían en la niebla, y ya al final contemplaron un estallido esplendoroso de violeta cuando poco a poco empezó a atardecer. Las ciudades inglesas que iban dejando atrás no eran más que una sucesión de farolas anaranjadas.

Se pasaron casi todo el viaje explicándose lo más elemental. Ginny se remontó al principio: Nueva York, los juegos de «Hoy vivo en» de la tía Peg... Hizo un repaso rápido de los acontecimientos de los últimos meses –la llamada de Richard, la horrible sensación de que la tierra se abría bajo sus pies, el viaje al aeropuerto para recibir el féretro–, hasta que por fin llegó a la parte más interesante: la llegada del paquete con los sobres. Esperaba una reacción expresiva por parte de Keith, pero lo único que escuchó fue:

–Vaya tontería, ¿no?

–¿Cómo?

–La excusa de la artista. Si es que se le puede llamar excusa.

–En serio, tenías que haberla conocido –dijo Ginny procurando utilizar un tono suave.

–No. Es una tontería. Entiendo bastante de tonterías, he visto varias. Cuanto más me hablas de tu tía, menos me gusta.

Ginny sintió que sus ojos se entornaban un poco.

–No la conociste –insistió.

–Pero ya me has contado suficiente. No me gusta lo que te hizo. Parece que ella lo era todo para ti cuando eras pequeña, pero un día se marcha por las buenas sin decir ni media palabra. Y su única explicación llega en forma de sobrecitos extraños.

–No –protestó Ginny mientras sentía que la furia empezaba a crecer en su interior–. Todas las cosas interesantes que me han pasado en la vida sucedieron gracias a ella. Sin ella, sería mucho más anodina. Tú no lo entiendes porque has vivido episodios interesantes.

–Todo el mundo ha vivido episodios interesantes –dijo Keith con arrogancia.

–No como los tuyos. No tan interesantes. Te detuvieron. A mí nunca me pasaría algo así, ni aunque me lo propusiera.

–No hace falta esforzarse mucho. Además, mi problema no fue el hecho de que me detuvieran.

–¿Tu problema?

Keith tamborileó con los dedos encima de la mesa unos instantes, y después se volvió para mirarla.

–De acuerdo –dijo el chico–. Tú me has contado tu historia, así que bien puedo contarte yo la mía en lo que nos queda de viaje. Cuando tenía dieciséis años, salía con una chica. Se llamaba Claire. Yo estaba peor que David. Ella era lo único en lo que pensaba. No me importaban los estudios, no me importaba nada más. Dejé de hacer gamberradas porque pasaba todo el tiempo a su lado.

–¿Y por qué era eso un problema?

–Porque se quedó embarazada –dijo sin dejar de dar golpecitos en el borde de la mesa con el dedo–. Se nos vino el mundo encima.

Una cosa era saber que Keith había tenido relaciones sexuales. Debería parecerle obvio tratándose de Keith y no de ella, tan patéticamente virginal. Pero un embarazo iba un paso más allá de cualquier cosa que Ginny pudiera procesar. Eso implicaba practicar mucho sexo. Muchísimo. Tanto, que el chico lo mencionaba como lo más natural del mundo.

Ginny fijó la vista en la mesa. Por supuesto, sabía que esas cosas pasaban, pero nunca a ella ni a ninguno de sus amigos. Pasaban en la tele, o a gente del instituto con la que ella no tenía trato. De alguna manera, ese tipo de historias siempre terminaban por estar en boca de todos meses después de que hubieran sucedido y conferían a los implicados un aura permanente de madurez que ella jamás alcanzaría. Ni siquiera tenía permiso para conducir después de las diez de la noche.

–¿Te has quedado horrorizada? –preguntó Keith echándole una ojeada–. Estas cosas pasan, ya sabes.

–Lo sé –contestó ella con rapidez–. ¿Y qué pasó? Quiero decir, ¿tuvo...?

Ginny enmudeció de pronto. ¿Qué estaba diciendo?

–No soy padre, si eso es lo que querías saber –aclaró él.

Vale, sí. Eso era exactamente lo que Ginny trataba de preguntar con tanto tacto. Por eso a ella nunca le pasaba nada. No era capaz de gestionar su excitación. Ni siquiera era capaz de mantener con normalidad una conversación sobre un tema serio o sobre sexo sin meter la pata.

–Es una pregunta lógica –continuó Keith–. Me ofrecí a dejar de estudiar y buscar un trabajo. Estaba dispuesto a hacerlo. Pero ella no quería dejar los estudios, así que concluyó que solo había una solución. Y no se lo reprocho.

Continuaron en silencio durante unos minutos, mientras se mecían al compás del tren, con la vista clavada en un cartel promocional que rezaba ¡PIDE ALGO DE COMER! y mostraba la imagen de un hombre calvo que al parecer era «el rey de la carne de cerdo del norte».

–El problema –dijo Keith por fin– fue que las cosas nunca volvieron a ser como antes. Puse todo mi empeño en arreglarlas, en razonar con ella, pero Claire no quería hablar del asunto. Solo quería seguir con su vida. Y eso hizo. Tardé meses en captar la indirecta. Fue un desastre. Pero ahora todo está en orden.

Keith esbozó una amplia sonrisa y juntó las manos sobre la mesa.

–¿A qué te refieres? –preguntó Ginny.

–A que cuando pasas por una situación así, siempre aprendes algo. Después de aquello, empecé a salir para emborracharme. Robé un coche; solo me lo llevé unas horas, aún no sé por qué. Y ni siquiera disfruté demasiado. Hasta que una mañana, al despertar, me di cuenta de que tenía que hacer los exámenes y de que el mundo no se había acabado. Me centré. Entré en la universidad. Ahora soy el rabioso éxito que tienes ante tus ojos. Solo quiero dedicarme a mis obras. Es lo único que necesito. ¿Y te das cuenta de lo bien que ha salido todo? Así fue como te conocí, ¿no?

Le puso el brazo sobre los hombros y le dio una sacudida cariñosa. Tampoco esta vez resultó excesivamente romántico. Ginny pensó en el «¡buen chico!» que se le suele decir a un perro. Pero había algo más. Algo que decía: «No estoy aquí solo porque me regalas puñados de billetes sin motivo. Ahora las cosas son distintas». Quizá fue porque Keith no retiró el brazo de sus hombros hasta el final del viaje, y porque ninguno de los dos sintió la necesidad de decir nada.

Media hora después, estaban en el andén de King's Cross esperando el metro.

–Casi me olvido –dijo Keith de pronto, y se puso a buscar algo en el bolsillo de la cazadora–. Tengo algo para ti.

Sacó un pequeño Godzilla, idéntico al que había visto en casa de Mari.

–¿Es el de Mari? –preguntó Ginny.

–Sí.

–¿Lo *robaste?*

–No pude evitarlo –dijo con una sonrisa–. Necesitabas llevarte algo de recuerdo.

–¿Y qué te hizo pensar que yo querría algo robado?

Ginny se dio cuenta de que estaba retrocediendo para apartarse de él. Keith también dio un paso atrás y borró la sonrisa.

–Eh, un momento... –empezó a decir.

–¡Quizá formaba parte de alguna obra!

–Una obra de arte de primera categoría echada a perder.

–Da igual –insistió Ginny–. Era de Mari. Estaba en su casa.

–Le escribiré una carta y me entregaré a la Policía –dijo Keith alzando las manos–. Yo robé el Godzilla. Suspendan la investigación. Fui yo, aunque la culpa es de la sociedad.

–No tiene gracia.

–Birlé un muñequito –dijo él sujetando el Godzilla con la punta de los dedos–. No tiene ninguna importancia.

–¡Sí la tiene!

–De acuerdo.

Keith se acercó al borde del andén, dejó caer el muñeco a las vías y retrocedió.

–¿Por qué has hecho eso? –preguntó Ginny.

–No lo querías.

–Eso no significa que tuvieras que deshacerte de él.

–Lo siento. ¿Se supone que debería devolverlo?

–¡Para empezar, se supone que no deberías habértelo llevado!

–¿Pues sabes lo que debería hacer ahora? Tomar el autobús. Hasta luego.

Keith desapareció entre la gente, sin que Ginny tuviera tiempo de volverse para verlo marchar.

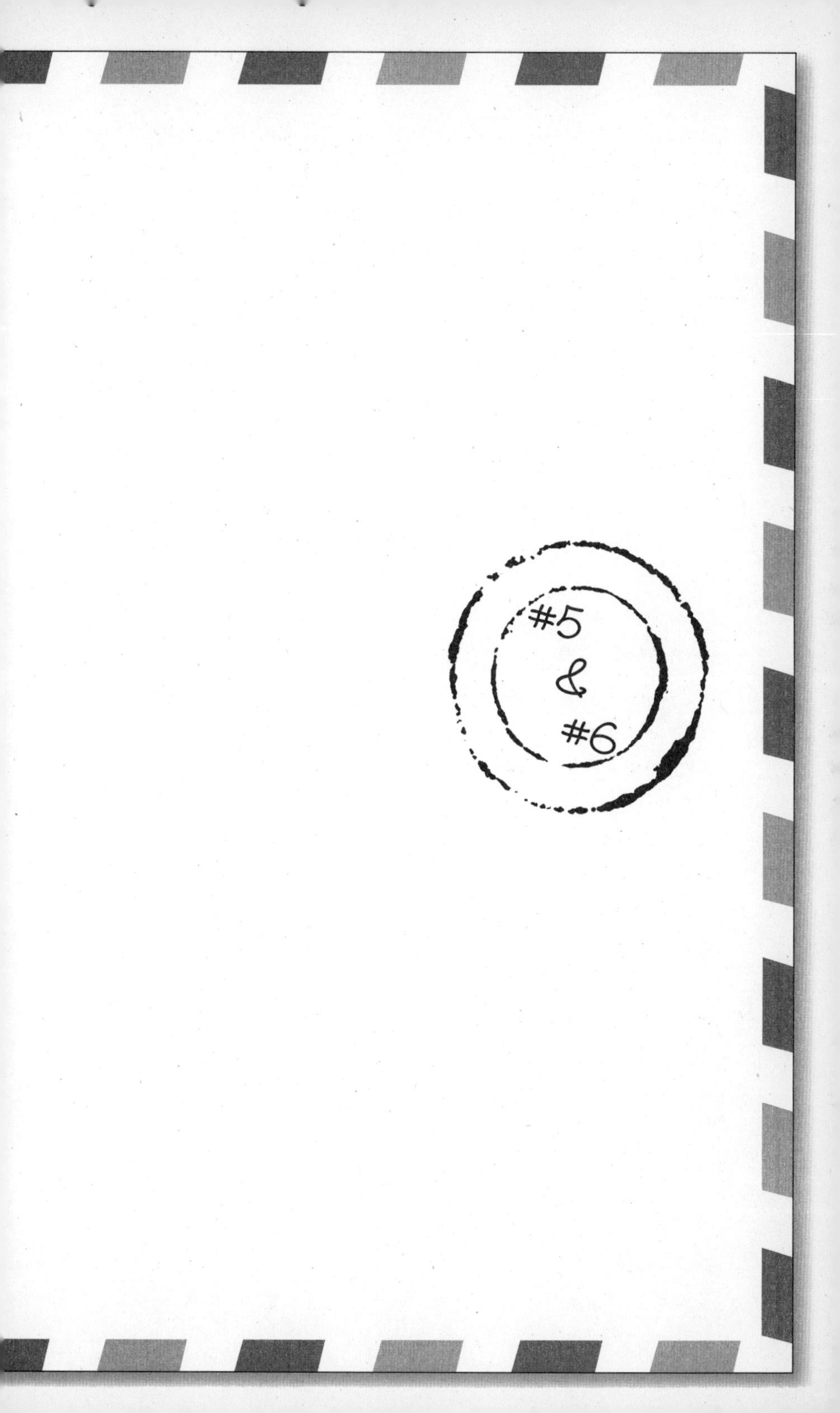
#5
&
#6

#5

Queridísima Ginger:

Cuando era niña, tenía un libro ilustrado sobre mitología romana. Estaba totalmente obsesionada con él. Mi diosa favorita, lo creas o no, era Vesta, la diosa del hogar y del fuego sagrado.

Lo sé. No me pega nada. Vamos, que nunca tuve aspiradora. Pero es cierto. De todas las diosas, era la que más me gustaba. Un montón de dioses jóvenes andaban detrás de ella, pero Vesta hizo votos perpetuos de castidad. Su símbolo, su sitio, era la chimenea. Era, básicamente, la diosa de la calefacción central.

Vesta era venerada en todas las ciudades y casas a través del fuego. Estaba en todas partes, y la gente dependía de ella cada día. En Roma se construyó un gran templo en su honor, y las sacerdotisas de ese templo se conocían como vírgenes vestales.

Ser vestal era un trabajo bastante placentero. La tarea principal consistía en asegurarse de que el fuego eterno del pebetero ceremonial de Vesta nunca se apagara. Siempre había seis vestales dedicadas a ello, para que pudieran trabajar por turnos. A cambio de este servicio, eran tratadas como divinidades. Vivían en un palacio y tenían los mismos privilegios que los hombres. En tiempos de crisis, se las requería para escuchar sus consejos sobre asuntos de seguridad nacional. Disfrutaban de un lugar preferente en el teatro, la gente organizaba fiestas en su honor, participaban en desfiles y eran veneradas en todas partes.

¿La única pega? Prueba a ver cómo te sientan treinta años de celibato. Treinta años viviendo con sus compañeras, atizando el fuego y haciendo crucigramas. Si rompían su voto de castidad, las llevaban a un lugar cuyo nombre podría traducirse como «Campos del Mal» y las hacían bajar por una escalera hasta un pequeño cuarto subterráneo en el que solo había una cama y un candil. Una vez dentro, la puerta se cerraba, retiraban la escalera y se las enterraba en vida. Un castigo un poquito riguroso.

De todos modos, hay que reconocerles su mérito a las vírgenes vestales. Puede parecer triste y escalofriante, pero piensa en el poder que ha visto siempre la gente en aquellas mujeres que permanecen solas.

Los restos del templo se hallan en el Foro Romano, y aún se pueden ver las estatuas. El Foro está prácticamente pegado al Coliseo. Ve a verlas, y hazles una ofrenda. Esa será tu próxima tarea. Cuando termines, podrás abrir el siguiente sobre allí mismo, en el templo.

En cuanto al alojamiento, ¿me dejas que te recomiende un sitio que encontré por casualidad cuando llegué a Roma? No es un hotel, ni un albergue: es una casa particular en la que alquilan una habitación. La dueña se llama Ortensia. Su casa no está lejos de la estación principal. Encontrarás las señas en el reverso de esta carta.

Adiós, guapísima

TU TÍA LA FUGITIVA

El camino a Roma

Ginny odiaba su mochila. Tan engorrosa, tan irregular, tan semejante a un tumor, no hacía más que caerse de la báscula. Se veía más verde y morada que nunca a la luz del fluorescente del mostrador de la aerolínea. Y estaba segura de que sus millones de correas (que nunca sabía a ciencia cierta si había sujetado bien, con lo que todo podía desparramarse en cualquier momento) se engancharían en la cinta transportadora, la bloquearían y todos los equipajes quedarían atascados. Y entonces el vuelo se retrasaría, lo cual desbarataría los horarios del aeropuerto y causaría múltiples trastornos en varios países.

Además, la mujer de facturación de BudgetAir que hablaba con voz nasal había dicho con un tono de ligera satisfacción: «Cinco kilos de más. Tienes que pagar cuarenta libras». Y fue evidente que no le hizo ninguna gracia cuando Ginny forcejeó con varias correas y logró sacar una de las bolsas de la mochila, con lo que la báscula marcó el peso permitido.

Mientras se alejaba del mostrador de facturación, Ginny se dio cuenta de que el vuelo no podía ser muy seguro si cinco kilos tenían tanta importancia. También aquel billete lo había comprado *online* aquella misma mañana, por la ridícula cantidad de treinta y cinco libras (por algo se llamaba BudgetAir, «Aerolíneas Económicas»).

Richard estaba en la tienda libre de impuestos, junto a un expositor giratorio de licores, con la misma expresión de leve perplejidad que había puesto cuando se conocieron días atrás.

–Bueno, creo que ya debo irme –dijo Ginny–. Pero gracias. Por todo.

–Parece como si acabaras de llegar –repuso él–. Y como si ni siquiera hubiéramos tenido tiempo para hablar.

–Supongo que no.

–No.

De nuevo comenzaron a inclinar ambos la cabeza, hasta que de pronto Richard se acercó a Ginny y le dio un abrazo.

–Si necesitas cualquier cosa, lo que sea, no dudes en llamar. Ya sabes dónde encontrarme.

–Lo sé –dijo ella.

No había mucho más que decir, de modo que Ginny se acercó al gentío con precaución. Richard permaneció inmóvil hasta que ella se volvió para dirigirse a la puerta de embarque, y cuando echó otra ojeada mientras pasaba el control de seguridad comprobó que él aún seguía allí, mirándola.

No supo por qué, pero aquella imagen la entristeció. Se giró con brusquedad y se mantuvo de espaldas a él, hasta que estuvo segura de haberlo perdido de vista.

Cuando en BudgetAir decían que el avión aterrizaba en Roma, no hablaban en sentido literal. Lo que en realidad querían decir era: «El avión aterriza en Italia; eso podemos garantizarlo. El resto es cosa suya». Ginny se encontró en un aeropuerto pequeño que desde luego no era el principal de Roma. Aquí y allá se veían los logotipos de unas cuantas compañías aéreas desconocidas, y la mayoría de los pasajeros que se bajaban tenían cara de estar pensando «¿dónde demonios estoy?» mientras deambulaban por la terminal.

Siguió los pasos de otros pasajeros perdidos y salió a la noche templada. Se quedaron todos en la acera, moviendo la cabeza a un lado y a otro. Por fin, un autobús con el morro plano y un aspecto muy europeo paró ante ellos. Lucía un letrero que rezaba ROMA TERMINI, y todo el mundo subió. El conductor le dijo algo en italiano, y al ver que Ginny no respondía, le hizo un gesto con las manos mostrando los diez dedos. Ella le dio diez euros. Su suposición resultó ser acertada, pues el hombre le dio un billete y la dejó pasar.

Ginny jamás habría imaginado que un autobús tan cuadrado pudiera ir tan rápido. Circularon a toda velocidad por una autopista y varias carreteras convencionales con muchas curvas. Estaba muy oscuro; de vez en cuando se veían casas y alguna que otra gasolinera. Estaban coronando una colina, y a sus pies Ginny pudo ver un resplandor radiante que flotaba en el aire. Tenían que estar llegando a la ciudad.

Cuando entraron en Roma, el autobús circuló a una velocidad suficiente como para convertir cada cosa en un destello asombroso. Los edificios, de colores vivos, estaban iluminados por luces multicolores. Había calles adoquinadas y cientos de cafés. Tuvo una visión fugaz de una fuente imponente y majestuosa que apenas parecía real; se alzaba delante de un edificio palaciego y estaba formada por enormes esculturas humanas que recordaban a los dioses. Después vio un edificio que parecía recién salido del tema de la antigua Roma de su libro de texto: columnas altas, una cúpula. No le habría extrañado ver a gente vestida con toga en sus escalones. Comenzó a sentir una excitación efervescente. Londres había sido increíble, pero esto era algo completamente distinto. Esto sí era viajar. Esto sí que era extranjero, antiguo y cultural.

Otro giro brusco les hizo enfilar un bulevar inmenso, y los edificios se tornaron más funcionales e industriales. El autobús se detuvo con brusquedad delante de una construcción impresionante que parecía una caja de vidrio y metal. El conductor abrió la puerta, se reclinó sobre el respaldo y no dijo nada. Los pasajeros se levantaron de los asientos y bajaron sus bultos del portaequipajes. Ginny se echó la mochila a la espalda y salió con movimientos torpes.

Consiguió parar un taxi (al menos ella creyó que lo era, y el coche se detuvo), y extendió el brazo con la carta para enseñarle la dirección al conductor. Unos minutos después, tras burlar la muerte lanzándose a una velocidad de vértigo por unas calles con la anchura justa para que apenas cupiera un coche, se detuvieron delante de una casita pintada de verde. Tres gatos se acicalaban unos a otros sobre los escalones, ajenos a la máquina chirriante que acababa de llegar.

La mujer que abrió la puerta aparentaba unos cincuenta años. Tenía el pelo corto y negro, con elegantes vetas grises. Estaba maquillada discretamente y vestía un bonito conjunto de falda y blusa. Llevaba tacones altos. Le hizo un gesto a Ginny para invitarla a entrar. Tenía que ser Ortensia.

–Hola –saludó Ginny.

–Hola –respondió la mujer.

La mirada de la mujer traslucía un nerviosismo que quería decir: «Esto es lo único que sé decir en inglés. No digas nada más, porque lo único que haré será quedarme mirándote».

La mochila, sin embargo, se hacía entender en todos los idiomas. La mujer sacó una tarjetita impresa que decía veinte euros por noche en inglés y en otros idiomas. Ginny hizo un gesto de conformidad y le entregó el dinero.

Ortensia la acompañó a un cuarto diminuto situado dos pisos más arriba. Daba la impresión de que originariamente hubiera sido un entretecho, pues tenía la altura justa para que Ginny pudiera permanecer de pie y solo había espacio suficiente para un catre, una pequeña cómoda y su mochila. Cualquier agente inmobiliario habría descrito la estancia utilizando las palabras «con encanto». Y tenía cierto encanto, la verdad. Estaba pintada de un color verde menta muy alegre (no un verde menta pared-de-gimnasio-en-un-bloque-de-hormigón). Varias plantas ocupaban el resto del espacio disponible. Debía de ser muy agradable en invierno, pero ahora funcionaba como tanque de retención de todo el calor, cada vez más intenso. La mujer abrió la ventana, por la que entró una suave brisa que dio una vuelta por el cuarto y volvió a salir.

Ortensia dijo unas palabras en italiano que Ginny dio por hecho que significaban «buenas noches», y después bajó la estrecha escalera de caracol que conducía a su cuartito. Ginny se sentó encima de la cama recién hecha. El silencio reinaba en la habitación, y eso hizo que su corazón latiera más fuerte. De pronto se sintió sola, muy sola. Se dijo que no podía pensar en eso, se cambió de ropa y se tumbó encima de la cama, despierta, escuchando el tráfico de Roma.

Virginia y las vírgenes

De vez en cuando, Ginny recordaba que, aparte de encantadora y fantástica, en ocasiones la tía Peg era también un tanto extravagante. Era el tipo de persona que, con la mente en otro lado, removía el café con el meñique y se sorprendía cuando se quemaba, o que dejaba el coche en punto muerto sin poner el freno de mano y se echaba a reír cuando alguna vez aparecía en un lugar distinto de donde lo había dejado. Esas cosas siempre le habían hecho mucha gracia. Pero ahora, con la vasta y antigua Roma que se extendía a su alrededor, y sin guía, Ginny no pudo evitar replantearse la conveniencia (o la gracia) que en realidad tenía la regla de «nada de guías de viaje». Su sentido de la orientación no le iba a servir de mucho; había demasiada ciudad que recorrer y ningún punto de referencia del cual partir. Todo eran paredes ruinosas y carteles enormes y estatuas y plazas inmensas.

Para colmo, le aterraba la idea de tener que cruzar la calle, porque todo el mundo (incluidas las monjas, que había muchas) conducía como los dobles de las escenas peligrosas de las películas de persecuciones. Ginny se limitó a caminar sin cambiar de acera, y solo se aventuraba en los cruces cuando había un grupo de más de veinte personas.

Y hacía calor. Mucho más que en Londres. Allí sí que era verano.

Después de pasar una hora deambulando por lo que le pareció una misma calle donde se apiñaban farmacias y videoclubes, Ginny vio un grupo de turistas con banderas y bolsas a juego. Como no tenía un plan mejor, decidió seguirlos a distancia con la esperanza de que se dirigieran a algún lugar grande y turístico. Así al menos llegaría a *alguna parte*.

Mientras los seguía, se fijó en varias cosas. Los turistas calzaban sandalias o zapatillas de deporte y llevaban consigo mapas o bolsas grandes. Estaban muy acalorados, y se atiborraban de botellas de agua o refrescos. Incluso vio a unas cuantas personas refrigerándose entre zumbidos con pequeños ventiladores de mano que funcionaban con pilas. Tenían un aspecto ridículo, aunque Ginny sabía que el suyo no era mucho mejor. Llevaba la mochila de paseo pegada a la espalda. Sus trenzas estaban lacias a causa del calor. El escaso maquillaje que se había puesto le resbalaba a churretes por la cara. Se le estaba formando una desagradable bolsa de sudor en el centro del sujetador que de un momento a otro iba a empezar a traspasarle la camiseta. Y sus zapatillas chirriaban más que nunca.

Las mujeres romanas pasaban zumbando montadas en Vespas, con sus bolsos de marca apoyados junto a los pies. Lucían enormes y espectaculares gafas de sol. Fumaban. Hablaban por el móvil. Echaban miradas teatrales por encima del hombro a todo el que pasaba a su lado. Y, lo que era más sorprendente, todo lo hacían sobre aquellos tacones tan altos, con elegancia, sin tambalearse sobre los adoquines ni quedarse atrapadas en las grietas de las aceras irregulares. No se venían abajo ni se echaban a llorar a causa de las ampollas que se les tenían que estar formando por efecto del calor sofocante, que hacía que la piel de sus *stilettos* se adhiriera a sus pies de pedicura perfecta.

A Ginny le costaba contemplarlas. La ponían nerviosa.

Siguió a otro grupo al interior de una estación de metro y los perdió de vista a causa de sus prisas para comprar el billete. Se acercó a un plano y vio con gran alivio que había una estación señalada como Coliseo, con un dibujo que se parecía mucho a una rosquilla. Cuando salió de nuevo a la cegadora luz romana, se encontró en una calle muy transitada. Estaba convencida de que había cometido algún error, hasta que se volvió y vio que el Coliseo estaba justo detrás de ella. Tardó varios minutos en cruzar la calle.

Una vez más, encontró otro grupo de turistas y les siguió el rastro bajo uno de los gigantescos pasillos abovedados que conducían al interior. El guía parecía disfrutar un poco de más mientras les hablaba de los derramamientos de sangre que habían dado tanta fama al Coliseo en la Antigüedad.

–¡... y en la inauguración fueron sacrificados más de cinco mil animales!

Una mujer vestida con un delantal largo reversible se acercó a ellos. Abrió la gran bolsa que llevaba consigo. Instantes después, una legión de gatos se reunió a su alrededor. Parecían brotar de las paredes. Saltaban desde salientes ocultos en lo alto de los muros de piedra. Llegaron corriendo por detrás de Ginny y se congregaron allí, formando un torbellino entre escandalosos maullidos. La mujer sonrió y comenzó a sacar cajas de cartón llenas de carne cruda y pasta. Las fue colocando en el suelo, algo separadas entre sí, y los gatos se arremolinaron a su alrededor. Ginny los oyó masticar como locos y ronronear a todo volumen. Cuando instantes después terminaron de comer, rodearon a la mujer y se frotaron contra sus tobillos.

Ginny y el grupo de turistas se metieron por un pasadizo para acceder al Foro. El Foro parecía un lugar muy antiguo que hubiera sido arrasado por una bola gigante. Algunas columnas, aunque agrietadas y erosionadas por el paso del tiempo, seguían en pie. Otras no eran más que protuberancias que apenas sobresalían del suelo, pequeños y extraños tocones de piedra. Había edificios antiguos que se sustentaban sobre las siluetas de piedra de otros aún más antiguos, pero ya desaparecidos. El grupo se dividió para explorar. Ginny decidió preguntarle al guía; el hombre no parecía demasiado enterado de quiénes formaban parte de su grupo.

–Estoy buscando a las vírgenes vestales –dijo Ginny–. Al parecer, el templo está por aquí cerca.

–¡Las vírgenes! –exclamó el guía eufórico, levantando las manos–. Ven conmigo.

Recorrieron el laberinto de muros, sendas y columnas hasta llegar junto a dos estanques rectangulares de piedra, indudablemente antiguos pero ahora llenos de flores, que también crecían a su alrededor. A un lado había una hilera de estatuas sobre altos pedestales de sección cuadrada. Todas ellas representaban mujeres envueltas en vaporosas túnicas romanas. A muchas les faltaba la cabeza. A otras, la mayor parte del cuerpo. Permanecían en pie ocho figuras, con varios pedestales vacíos entre ellas.

El otro lado estaba lleno de pedestales vacíos, o simplemente restos de ellos. Una barra baja de metal protegía las bases y las estatuas del público; no era gran cosa, poco más que una tímida petición de no tocar.

–Las vírgenes –anunció el guía, orgulloso–. Preciosas.

Ginny se inclinó sobre la barra y observó las estatuas. Experimentó ese inexplicable sentimiento de culpa que a veces la asaltaba cuando sabía que estaba contemplando algo muy antiguo e importante... y a ella no le decía nada. Su historia era interesante, pero no eran más que un montón de estatuas rotas.

Y ahora que lo pensaba... Era un poco mosqueante que la tía Peg la hubiera enviado a ver un montón de vírgenes famosas. ¿Qué quería decir aquello exactamente?

Sin saber por qué, eso le hizo pensar en Keith. El recuerdo le escocía. Se quitó la mochila muy despacio y buscó en su interior. Varios billetes y monedas de euro. Una goma elástica. La llave de su cuarto en casa de Ortensia. El siguiente sobre. El antifaz que le habían dado en el avión. Nada que se pudiera considerar una ofrenda apropiada para un montón de estatuas antiguas. De repente, todo aquello le pareció muy fastidioso. Hacía demasiado calor. El simbolismo era un poco mordaz. Toda aquella ceremonia era una estupidez.

Por fin encontró una moneda de veinticinco centavos estadounidenses en el fondo de la bolsa. Le pareció una ofrenda tan adecuada como cualquier otra. La lanzó con cuidado, y la moneda describió un arco en el aire antes de caer sobre la hierba en medio de dos estatuas. Después sacó la siguiente carta. El sobre estaba totalmente cubierto de dibujos de pastelitos.

–Muy bien –se dijo, abriéndolo–. ¿Y ahora qué?

#6

Querida Virginia:

Perdona. Si había un momento oportuno para utilizar tu nombre real, me pareció que era este. (Esta es una de esas cosas que no tienen ninguna gracia, ¿verdad?)

Pues aquí estás, en medio de un enorme patio lleno de cosas rotas, probablemente rodeada de turistas. (Tú no lo eres. Estás cumpliendo una misión. Eres una misio... nera. Ufff. Mejor paro ya, ¿no?)

Bueno, ¿qué podemos aprender de todo esto, Gin? ¿Qué pueden contarnos nuestras amigas las vestales?

Bien, para empezar, que las chicas sin pareja son chicas fuertes. Y en algunas situaciones, salir con un chico no te conviene nada. Sin embargo, ya que al menos un puñado de vestales lo arriesgó todo por un poco de amor, también sabemos que... a veces debe de merecer la pena.

Pero mira, tengo un problema, Gin. Yo estaba muy a favor de esa idea de ser una mujer independiente, comprometida con causas más nobles, como las vestales. Tal como yo lo veía, las grandes artistas no querían vivir con comodidades. Querían luchar, solas; ellas contra el mundo. De modo que quise luchar.

Cada vez que me sentía demasiado cómoda en algún sitio, sentía la necesidad de marcharme. Lo hice en todo tipo de situaciones. Cuando un trabajo empezaba a gustarme demasiado, me despedía. Rompí con chicos cuando las cosas se ponían demasiado formales. Me fui de Nueva York porque estaba demasiado satisfecha. No avanzaba. Sé que debió de resultar duro que me marchara sin avisar..., pero eso es lo que hice siempre. Me escabullía como una ladrona en mitad de la noche, quizá porque sabía que había algo en mi actitud que no estaba bien.

Al mismo tiempo, tengo esta debilidad por Vesta... Ese amor por el hogar. Parte de mí quería seguirla. Me encantaba pensar en una diosa como guardiana del fuego, protectora del hogar. Soy un cúmulo de contradicciones.

Otro de sus símbolos era el pan, o cualquier cosa hecha de masa. Para los romanos, el pan era como la vida. En la festividad de Vesta, engalanaban a los animales con guirnaldas de pasteles. ¡Guirnaldas de pasteles! (Al diablo las flores. ¿Hay algo mejor que una guirnalda hecha de pasteles?) Así que quedémonos con esta idea y honremos a Vesta con pasteles. Pero hagámoslo a la romana.

Quiero que le pidas a un chico romano que salga contigo y que le invites a un pastel (o a una chica, si resulta que esa es tu preferencia; pero entonces te deseo suerte: las mujeres romanas son unas tigresas). Por aquello de argumentarlo, te recomiendo un chico porque los chicos romanos se cuentan entre las criaturas más divertidas de la Tierra. Eres preciosa, Gin, y un romano te lo dirá a su manera especial.

A menos que hayan cambiado mucho las cosas, Gin, supongo que esto te resultará difícil. Siempre fuiste muy tímida. Eso me inquietaba mucho, porque me preocupaba que la gente no llegara a conocer la maravilla que era y es mi sobrina Virginia Blackstone. Pero no tengas miedo. Los romanos te ayudarán. Si hay una ciudad donde se puede aprender cómo invitar a salir a un extraño, esa es Roma.

Salta a la arena, tigresa. Y que coman pasteles.

Con cariño,
TU TÍA EL MANOJO
DE PROBLEMAS

Chicos y pasteles

Aquello empezaba a parecer el escenario de una pesadilla. Era como echar sal en la herida.

Siguió al grupo de turistas cuando salió del Coliseo y callejeó tras ellos durante casi una hora sin dejar de dar vueltas a la última orden de su tía. ¡Ve a ver a las vírgenes de la Antigüedad! ¡Y ahora invita a salir a un chico, criatura tímida y retraída!

No quería invitar a salir a ningún chico. Y sí, era tímida (gracias por recordármelo, querida tía). Además, el chico que le gustaba estaba en Londres, y la había tomado por una chiflada. Sal. Herida. Juntas por fin.

El grupo se detuvo en una plaza muy grande en cuyo centro un montón de gente se arremolinaba en torno a una fuente visiblemente antigua y tallada en forma de un barco al hundirse. Algunos metían las manos en el agua y bebían. El grupo se dispersó de pronto, y de nuevo Ginny quedó abandonada a su suerte.

Tenía mucha sed. Su instinto le aconsejó de inmediato no beber agua de ninguna fuente, y menos todavía de una tan antigua, pero había mucha gente haciéndolo. Además, lo necesitaba. Sacó la botella vacía de la mochila, buscó un entrante en el borde y la acercó tímidamente al chorro. Bebió un largo trago y se vio recompensada con un agua fresca y deliciosa cuyo sabor no hacía temer ningún riesgo. Se bebió lo que quedaba en la botella y la llenó de nuevo.

Cuando se volvió, tres niñitas corrieron hacia ella. Por extraño que pudiera parecer, una de ellas llevaba un periódico en una mano. Eran todas preciosas, con el pelo muy largo y oscuro y los ojos verdes muy brillantes. La más alta, que no debía de tener más de diez años, se plantó junto a Ginny y se puso a agitar el periódico y a sacudir las hojas. Al momento, un chico alto y delgado que tenía un libro enorme entre las manos saltó del sitio donde estaba sentado y también echó a correr en su dirección sin dejar de gritar en italiano. Instintivamente, Ginny dio un paso atrás y oyó un chillido. Notó que su pie entraba en contacto con otro pie más pequeño, y que su mochila chocaba con una cara menuda e indefensa. Se dio cuenta de que las niñas estaban dando vueltas a su alrededor, casi como si estuvieran bailando, y que cada movimiento que hiciera podría provocar que volviera a golpear a alguna de ellas con el pie o la mochila. De modo que se quedó inmóvil y pidió disculpas, aunque supuso que probablemente ellas no entenderían ni una palabra.

El chico casi había llegado hasta ellas y blandía el libro, grueso y de tapa dura, como si estuviera intentando abrirse paso entre una maleza invisible. Las pequeñas agitadoras de periódicos se vieron comprensiblemente alarmadas por aquel agitador de libros más grande y escaparon en tropel. El chico frenó su carrera con unas zancadas tambaleantes y se detuvo en seco cuando llegó a la altura de Ginny. Movía la cabeza con satisfacción.

Ginny seguía sin moverse. Se quedó mirándolo con los ojos como platos.

–Estaban a punto de robarte –dijo el chico. Hablaba un inglés muy claro, aunque aderezado con un fuerte acento italiano.

–¿Esas niñitas? –se asombró Ginny.

–Sí. Créeme, veo cosas así continuamente. Son gitanas.

–¿Gitanas?

–¿Estás bien? ¿Te falta algo?

Ginny extendió el brazo y palpó la mochila. Se angustió al encontrarse la cremallera a medio abrir. La abrió del todo y comprobó el contenido. Curiosamente, lo primero que miró fue si la carta estaba allí, y luego el dinero. Todo estaba en orden.

–No –respondió Ginny.

–Muy bien –dijo el chico con una inclinación de cabeza–. Perfecto.

Luego se encaminó de nuevo a su sitio al borde de la fuente y volvió a sentarse. Ginny lo siguió con la vista. No parecía italiano. Era trigueño, casi rubio. Y sus ojos eran de color claro y muy rasgados.

Si existía algún chico que se mereciera un pastel, ese era el que acababa de evitar que le robaran, aunque lo hubiera hecho defendiéndola de tres niñas pequeñas con ayuda de un libro de texto.

Ginny se acercó a él. El chico levantó la vista del libro.

–Me estaba preguntando... –comenzó–. Bueno, antes de nada, gracias. ¿Quieres...?

Quieres era una expresión un poco fuerte. Significaba: «¿Quieres hacer esto conmigo?». Solo tenía que ofrecerle un pastel. A todo el mundo le gustan los pasteles.

–Quiero decir... –rectificó Ginny–, ¿te apetece un pastel?

–¿Un pastel? –repitió él.

El chico parpadeó despacio. Quizá con intención, quizá a causa del sol. O quizá tenía la vista cansada. Luego desvió los ojos a las salpicaduras de los chorros de la fuente. Ginny también miró hacia allí. Cualquier cosa le servía para apartar la vista de él en medio de aquella penosa pausa, que seguramente el muchacho estaba aprovechando para pensar cómo decirle a esa norteamericana tan rara que lo dejara en paz.

–Un pastel no –contestó por fin–. Pero un café sí.

Café... Pastel... Tampoco había tanta diferencia. Le había pedido a un chico que la acompañara, y el chico había dicho que sí. Era un milagro, ni más ni menos. Estuvo a punto de ponerse a saltar.

No les costó encontrar una cafetería. Las había por todas partes. El chico se acercó al largo mostrador de mármol y se volvió con naturalidad para preguntarle a Ginny qué quería tomar, antes de traducírselo al camarero del delantal almidonado.

–Normalmente tomo *latte* –dijo Ginny.

–¿Quieres un vaso de leche? No, lo que quieres decir es un *caffè latte.* ¿Te apetece sentarte?

Ginny sacó unos euros.

–Si nos sentamos es más caro –explicó el chico–. Es ridículo, pero estamos en Italia.

Fue mucho más caro. Ginny tuvo que pagar el equivalente a diez dólares, y a cambio les sirvieron dos modestas tazas de cristal, cada una de ellas apoyada en un soporte metálico con un asa.

Se sentaron a una de las mesas de mármol gris y el chico se puso a hablar. Se llamaba Beppe. Tenía veinte años. Estudiaba magisterio. Tenía tres hermanas mayores. Le gustaban los coches y unas bandas británicas de las que Ginny jamás había oído hablar. Había ido a hacer surf a Grecia. No le preguntó a Ginny demasiadas cosas, algo que ella podía sobrellevar sin problemas.

–Hace calor –comentó el chico–. Deberías tomar un *gelato*. ¿Los has probado ya?

Beppe se horrorizó cuando ella contestó con una negativa.

–Venga, vámonos –dijo él poniéndose en pie–. Esto es ridículo.

Beppe la llevó unas manzanas más allá, por calles cada vez más llenas de gente y de color. Era el tipo de calles por el que no deberían circular motos grandes y pequeñas a toda velocidad, pero lo hacían de todos modos. La gente se apartaba con toda tranquilidad, esquivando la muerte por escasos centímetros, y a veces alguien hacía un gesto o soltaba una palabra bien escogida, como si de verdad lo hubiesen alcanzado.

Por fin, Beppe se detuvo delante de una galería pequeña y modesta. Pero en cuanto entraron Ginny se dio cuenta de que su tamaño no se correspondía con su aspecto exterior. Había docenas de *gelati* distintos en un expositor de cristal. Al otro lado del mostrador, dos hombres servían con agilidad bolas de proporciones épicas con una cuchara que tenía el extremo plano. Beppe tradujo las etiquetas. Había sabores tradicionales, como fresa o chocolate, junto a otros como jengibre y canela, nata con miel silvestre, regaliz negro... Había uno de arroz, y al menos media docena de licores especiales o de vino.

–¿Cómo has llegado aquí? –preguntó Beppe mientras ella elegía el sabor, que al final fue la poco original fresa.

–¿En... avión?

–Has venido con un grupo en un viaje organizado –dijo él, pero no en un tono interrogativo. Parecía estar seguro.

–No. Yo sola.

–¿Has venido sola a Roma? ¿Sin nadie más? ¿Sin amigos?

–Sí. Yo sola.

–Mi hermana vive en Trastevere –dijo él de sopetón al tiempo que hacía una leve inclinación de cabeza, como si Ginny tuviera que saber qué significaba eso.

–¿Y eso qué es?

–¿Trastevere? ¡El mejor barrio de Roma! –exclamó–. Le caerás bien a mi hermana. Y ella te caerá bien a ti. Escoge tu helado y luego vamos a verla.

La hermana de Beppe

Era imposible que Trastevere fuera real. Era como si Disney hubiera atacado un rincón de Roma con restos de pintura de color pastel y hubiera creado el barrio más pintoresco y acogedor del mundo. Parecía enteramente formado por recovecos. Había persianas en las ventanas, macetas en los balcones rebosantes de flores, letreros pintados a mano que iban perdiendo su color original en la medida perfecta. De un edificio a otro colgaban cuerdas con ropa tendida, llenas de camisas y sábanas blancas. Por todas partes había gente con cámaras que hacía fotos a las coladas.

–Lo sé –dijo Beppe mirando a los fotógrafos–. Es ridículo. ¿Dónde está tu cámara? También puedes sacar una foto.

–No tengo.

–¿Por qué no? Todos los norteamericanos traen su cámara.

–No lo sé –mintió Ginny–. No la traje y punto.

Siguieron caminando hasta que por fin se pararon delante de un edificio de fachada lisa pintada de naranja y tejado con un leve tinte verde. Beppe sacó unas llaves del bolsillo y abrió una puerta de madera labrada. El interior del edificio no se parecía nada al exterior. De hecho, le recordó al viejo edificio del apartamento de la tía Peg: suelo de baldosas descascarilladas y buzones de metal abollado. Ginny siguió al chico y subieron tres tramos de escaleras hasta llegar a un pasillo oscuro y sofocante. Desde allí, la hizo pasar a un apartamento muy limpio y bastante austero. Se componía de una sola estancia, ingeniosamente dividida en distintos ambientes mediante biombos y muebles.

Beppe abrió una gran ventana sobre la mesa de la cocina y pudieron disfrutar de una buena panorámica de la calle y del dormitorio de la vecina de enfrente. Estaba tumbada en la cama, leyendo una revista. Un moscón entró por la ventana, desprovista de cortinas.

–¿Dónde está tu hermana? –preguntó Ginny mientras miraba la estancia vacía.

–Mi hermana es médico –explicó el chico–. Está atareadísima todo el tiempo. Yo soy el estudiante, el vago.

No era exactamente una respuesta, pero en el piso había varias fotos familiares, y Beppe salía en algunas. A su lado se veía a una chica alta con el pelo color miel y un ceño de preocupación. Casi parecía que estuviera trabajando.

–¿Esta es tu hermana? –preguntó Ginny, señalándola.

–Sí. Es médico... de niños. No sé cómo se dice en inglés.

Beppe abrió un aparador oculto bajo el fregadero y sacó una botella de vino.

–¡Esto es Italia! –exclamó–. Y aquí bebemos vino. Vamos a tomar una copa mientras esperamos.

Llenó dos vasos para zumo hasta la mitad. Ginny bebió un sorbo del suyo. Estaba a temperatura ambiente, y de pronto se sintió agotada, pero muy a gusto. Ahora

Beppe hablaba con las manos, y le tocaba la mano, el hombro, el pelo. Ginny se notó la piel pegajosa. Miró por la ventana el azul claro del edificio de enfrente. La mujer se había levantado de la cama y estaba ajustando la persiana. Los observaba con un interés distante, como si estuviera pendiente de algo que tuviera en el horno.

Beppe frunció el ceño y tomó entre sus dedos el extremo de una de las trenzas de Ginny.

–¿Por qué te peinas así? –preguntó.

–Siempre lo hago.

El chico retiró la goma que sujetaba la trenza, pero el pelo de Ginny, tan bien adiestrado (y aún algo húmedo, supuso ella) se resistía a soltarse.

El primer pensamiento de Ginny cuando Beppe la besó fue que hacía demasiado calor. Deseó que hubiera aire acondicionado. Y además era incomodísimo, en la mesa de la cocina, inclinados en las sillas. Pero eran besos. Besos de verdad, incuestionables. No estaba segura de si le apetecía besar a Beppe, pero, sin saber por qué, aquello le pareció importante, como si fuera algo que debiera hacer. Se estaba besuqueando con un chico italiano en Roma. Miriam se sentiría orgullosa, y Keith... ¿Quién sabe? Keith quizá hasta se pondría celoso.

Luego se dio cuenta de que parecía estar deslizándose hacia el suelo. No como si se estuviera cayendo, sino más bien como controlada por Beppe para tener más sitio para besarse.

Y aquello sí que no le apetecía nada.

–Parece que hay algún problema –dijo él–. ¿Qué pasa?

–Tengo que irme –dijo Ginny sin dar más explicaciones.

–¿Por qué?

–Porque sí. Tengo que irme.

Por la expresión de extrañeza de Beppe, Ginny se dio cuenta de que el chico no había tenido mala intención. Parecía desconcertado.

–¿Dónde está tu hermana? –preguntó Ginny.

Él se echó a reír, pero no con malicia, sino como si ella fuera algo ingenua. Ginny se sintió molesta.

–Vamos –susurró Beppe en tono conciliador–. Siéntate. Lo siento, debería haber sido más explícito. Mi hermana viene poco por aquí.

Volvió a la carga. La besó con suavidad en el cuello. Ginny se estiró para mirar por la ventana, pero la vecina de enfrente había perdido interés y se había ido.

Ahora Beppe había llevado la mano al botón de los pantalones de Ginny.

–Oye, Beppe... –protestó ella mientras lo apartaba.

Él siguió forcejeando con el botón.

–No –dijo Ginny, e hizo un movimiento para ponerse de pie–. Para.

–Vale. No volveré a tocar ese botón.

Ella se levantó.

–Americanas... –dijo Beppe en tono despectivo–. Sois todas iguales.

Ginny bajó corriendo las escaleras, con la cabeza como un bombo. En la calle, sus zapatillas chirriaron sin piedad a causa de la humedad condensada. El ruido produjo eco en aquella calle tan estrecha, hasta el punto de que los comensales que cenaban en la terraza de un pequeño café levantaron la vista para verla pasar.

Curiosamente, a pesar de que el vino la había dejado algo atontada, también parecía haber agudizado su sentido de la orientación. Se dirigió con paso firme a la estación del metro y logró volver al Coliseo.

Aún no habían cerrado las puertas del Foro, así que Ginny entró de nuevo, zigzagueó entre los muros medio derruidos y las ruinas que parecían resquebrajarse y recorrió el camino hacia los restos de las vírgenes que aún quedaban en pie.

Una vez allí, tiró del botón con el que había forcejeado Beppe y lo arrancó. Se inclinó sobre la barra metálica que impedía a los visitantes acercarse a las estatuas y lo tiró al suelo, entre las dos menos deterioradas.

–Ahí va –dijo–. De una virgen a otra.

#7
&
#8

#7

Querida Ginny:

Dirígete a la estación. Vas a viajar a París en un tren nocturno.

O al menos me gustaría que fueras a París en un tren nocturno. Son muy agradables. Pero si es de día, súbete a un tren diurno. En cualquier caso, súbete a un tren.

¿Por qué París? París no necesita un motivo. París es un motivo en sí mismo.

Alójate en la margen izquierda, en Montparnasse. Esa zona es quizá el barrio de artistas más famoso del planeta. Todo el mundo vivía, trabajaba y actuaba allí. Había artistas plásticos, como Pablo Picasso, Degas, Marc Chagall, Man Ray, Marcel Duchamp o Salvador Dalí. También escritores, como Hemingway, Fitzgerald, James Joyce, Jean-Paul Sartre y Gertrude Stein. Había actores, músicos, bailarines... Demasiados para enumerarlos aquí. Baste con decir que si estabas por allí a principios del siglo xx y te ponías a tirar piedras, con toda seguridad alcanzarías a alguna persona famosa e increíblemente influyente que ayudó a modelar el curso de la historia del arte.

No es que crea que te hubiera apetecido ponerte a tirarles piedras...

Pero bueno, ve.

Debo insistir en que te dirijas al Louvre de inmediato. Allí, en el ambiente propicio, podrás leer cuál será tu próxima tarea.

Con cariño,
TU TÍA LA FUGITIVA

Las literas de tabla de surf

Aún quedaban asientos libres en el siguiente tren a París, para sorpresa del hombre que le vendió el billete a Ginny. Parecía seriamente preocupado por las prisas, y le preguntó mil veces por qué quería irse de Roma tan pronto.

En su pequeño compartimento (lo que llamaban *couchette)* había sitio para seis personas. La jefa parecía ser una mujer alemana de mediana edad que tenía el pelo color acero casi rapado y unas reservas inagotables de naranjas. Comía una detrás de otra, y al pelarlas despedía chorritos visibles de líquido que impregnaban el aire del compartimento de un olor a cítrico. Al terminar cada naranja, se limpiaba las manos en la tela gris del reposabrazos de su asiento. Había algo en aquel movimiento que le confería cierta autoridad.

A sus órdenes estaban tres mochileros dormidos y un hombre vestido con un traje de verano color tostado y un acento que podía ser de cualquier sitio. Para Ginny se convirtió en el Señor Europa Genérica. El Señor Europa Genérica se pasó el viaje haciendo crucigramas. Soltaba una tos seca cada vez que la señora alemana que iba sentada a su lado pelaba otra naranja, y movía el brazo para que la pulpa de la naranja no le manchara el traje cuando la mujer se limpiara las manos.

Ginny sacó su cuaderno.

5 de julio
21.56, en el tren

Querida Miriam:

Anoche tuve que escapar corriendo de un chico italiano empeñado en quitarme los pantalones. Y ahora estoy en un tren camino de París. Ya no estoy segura de mi identidad, Mir. Creí que era Ginny Blackstone, pero por lo visto ahora vivo la vida de otra persona. Una persona muy guay.

Sobre lo del italiano, no resultó particularmente sexy *ni escalofriante. Más bien asqueroso. Me mintió para conseguir que fuera al apartamento de su hermana y, como soy boba, fui. Luego me escapé y tuve que vagar sola por Roma.*

Esto me recuerda algo. Aún conservo cantidades industriales de lo que tú llamas mi poder de atracción con los gilipollas. Creí que lo había perdido allí, pero parece ser que los tíos más siniestros surgen de la nada con mi sola presencia. Los atraigo. Soy el Polo Norte, y ellos los exploradores del amor.

Como aquel tipo de la mochila de Radio Shack que siempre merodeaba por los baños de chicas del segundo piso del centro comercial Livingston y que me dijo infinidad de veces que me parecía a Angelina Jolie. (Y es verdad. Si me cambias la cara y el cuerpo, claro.)

Y no nos olvidemos de Gabe Watkins, aquel de primero de bachillerato que me dedicó muchas, pero que muchas páginas de su blog y me sacó una foto con su móvil y puso su cara y la mía con Photoshop en una foto de Arwen y Aragorn de El Señor de los Anillos.

En fin, el caso es que tú estás en Nueva Jersey y yo aquí, surcando Europa en tren a toda velocidad. Soy consciente de que quizá todo esto te parezca tremendamente emocionante, pero a veces es mortalmente aburrido. Como ahora. No tengo nada que hacer en este tren (vale, no digo que escribirte no sea nada). Pero llevo unos días sola, y eso no siempre es agradable.

Bueno, dejo ya de quejarme. Sabes que te echo de menos; te prometo que enviaré esta carta en cuanto pueda.

Un beso,
Gin

Tras varias horas de viaje, la mujer dijo algo sobre las camas en dos idiomas, y todos los ocupantes del compartimento se levantaron. Se pusieron a apartar los equipajes, y durante el proceso Ginny se vio obligada a salir al pasillo. Cuando volvió a entrar, vio que habían aparecido seis grandes estanterías. A juzgar por el hecho de que el Señor Europa Genérica estaba tumbado en una de ellas, Ginny supuso que eran camas.

Se produjeron unos momentos de incomodidad mientras los viajeros decidían cuál debía ocupar cada uno. Ginny se subió a una de las de arriba. Luego, la alemana apagó la luz principal sin previo aviso. Algunos pasajeros encendieron las lucecitas auxiliares empotradas en la pared, pero Ginny no tenía nada que leer ni que hacer, así que permaneció a oscuras con la vista clavada en el techo.

No iba a ser capaz de pegar ojo encima de una tabla de surf que sobresalía de la pared y traqueteaba continuamente. Sobre todo porque la alemana no hacía más que abrir la ventana, solo para que el Señor Europa Genérica la cerrara hasta la mitad. Después, uno de los mochileros dijo algo en español y a continuación preguntó en inglés «¿Te importa?», al tiempo que señalaba la ventana. Cuando Ginny la cerró del todo, nadie protestó. Pero la alemana la volvió a abrir, y el ciclo continuó así toda la noche.

Amaneció de repente, y la gente empezó a entrar y salir del compartimento con el cepillo de dientes en la mano. Ginny giró sobre sí misma y descolgó las piernas sobre el borde de la tabla de surf hasta palpar el suelo con cuidado con la punta de los dedos. Cuando volvió a entrar, después de haberse lavado en el cuarto de baño, estrecho y bastante oscuro, las camas se habían convertido de nuevo –como por arte de magia– en asientos. Una hora después, el tren se detuvo. Arrastrando los pies, Ginny recorrió una estación enorme hasta salir a un soleado bulevar parisino.

Los letreros de las calles eran pequeñas placas azules fijadas en las paredes de grandes edificios blancos, a menudo semiocultos por alguna rama de árbol, perdidos en medio de otro montón de letreros o simplemente imposibles de distinguir. Las calles describían curvas casi de continuo. A pesar de todo, no le resultó difícil encontrar un albergue en el barrio que la tía Peg le había recomendado. Estaba en un edificio enorme que en otros tiempos debió de ser un hospital o un palacio. Después de regañar un rato a Ginny por no haber reservado con antelación en plena temporada alta, la mujer con rizos negros muy tiesos que atendía en recepción le dijo que, si bien no quedaban habitaciones individuales, sí había muchas plazas en los dormitorios compartidos.

–¿Traes sábanas? –preguntó la mujer con un fuerte acento francés.

–No...

–Tres euros.

Ginny le entregó el dinero y la mujer le alcanzó una gran bolsa blanca de algodón basto.

–Cerramos enseguida –informó la mujer–. Pero te da tiempo a subir las sábanas. Puedes volver a las seis. La puerta se cierra a las diez todas las noches. Si no estás aquí a esa hora, te quedas fuera. Sugiero que te lleves la mochila contigo.

Ginny subió la escalera con el saco de las sábanas y se dirigió al cuarto al final del pasillo, tal como le habían indicado. La puerta estaba entreabierta, la empujó para descubrir una habitación muy grande llena de literas raquíticas, al estilo militar. El suelo estaba cubierto de baldosas color crema, todavía húmedas después de que alguien las hubiera fregado con un producto de olor muy penetrante.

Sus compañeras de habitación aún estaban allí, preparando las cosas para el día. Saludaron a Ginny con una inclinación de cabeza, intercambiaron unas palabras y siguieron con su conversación. Ella dedujo enseguida que eran compañeras de algún instituto de Minnesota. Lo supo porque cada una sabía el nombre de las demás y porque hablaban de las clases en las que iban a estar juntas. También porque no hacían más que decir: «¡Oh, Dios! ¿Te imaginas una cosa así en Minnesota?», y: «Quiero llevarme uno a Minnesota».

Ginny dejó el saco con las sábanas encima de una de las literas vacías al otro extremo de la habitación. Se demoró unos instantes colocando el saco sobre la pequeña colchoneta de plástico que hacía las veces de colchón. No se le daba demasiado bien hacer amistades con desconocidos, pero ese día le pareció que sí sería capaz. Si las chicas hubieran demostrado interés, podría haber entrado en la conversación. Quizá podría unirse al grupo e ir con ellas a algún sitio.

Eso. Eso era lo que necesitaba. Ella y las chicas de Minnesota podrían recorrer París juntas. Entrarían en las tiendas y descansarían en algún café. Probablemente les apetecería ir a un club, o algo así. Ginny nunca había estado en uno, pero por el libro de francés del instituto sabía que eso era lo que se hacía en Europa. De modo que si las chicas de Minnesota querían ir, ella también iría. Y enseguida se haría amiga de todas.

Pero las chicas de Minnesota tenían otros planes y se fueron sin decirle nada. Una voz chillona brotó de un altavoz y advirtió a todo el mundo en francés e inglés que salieran inmediatamente o se atuvieran a las consecuencias. Ginny recogió su mochila y salió, sola.

Una vez en la calle, no tardó en encontrar una estación de metro con una de las famosas entradas verdes de hierro forjado. A falta de un plan mejor, entró. El plano del metro de París era un pariente más grande y accidentado del de Londres. Sin embargo, el Louvre era fácil de localizar. La estación se llamaba Louvre. Era una buena pista.

Su libro de francés aseguraba que el Louvre era muy grande, pero nada la había preparado para lo grandísimo que era en realidad. Esperó en una cola durante dos horas antes de acceder a la enorme pirámide de cristal de la entrada. Una vez dentro del museo, sintió cierta seguridad. No pasaba nada por ser turista. Allá donde mirara había gente desplegando el plano del museo, leyendo guías, rebuscando cosas en las mochilas. Por una vez, Ginny no desentonaba.

Había tres alas para escoger: Denon, Sully y Richelieu. Dejó su mochila en consigna, escogió Sully al azar y se internó en sus profundidades para encontrarse de inmediato en el interior de la recreación de una bóveda de piedra que conducía a la sección del antiguo Egipto. Recorrió, sala tras sala, la gran colección de momias, decoraciones funerarias, jeroglíficos...

Siempre le había gustado el arte egipcio, sobre todo de niña, principalmente porque solía ir a verlo con la tía Peg al Metropolitan Museum de Nueva York, donde jugaban a «Si pudieras escoger qué querrías llevarte contigo al morir, ¿qué elegirías?».

La lista de Ginny siempre empezaba con una lancha hinchable. Ni siquiera tenía una, pero se la podía imaginar a la perfección: azul, con una franja amarilla y asas. Estaba convencida de que le sería útil en cualquier cielo que se imaginara.

Los egipcios también se llevaban unas chorradas tremendas al Más Allá. Mesas en forma de perro. Muñequitos azules del tamaño de un pulgar que se suponía que eran criados. Grandes máscaras de sus propias cabezas.

Ginny dobló una esquina y enfiló el pasillo que conducía a la sala de esculturas romanas. Sin embargo, llegó justo donde había empezado el recorrido, en la bóveda de piedra. Parecía imposible, pero así era. Volvió a intentarlo siguiendo los letreros y los planos. Esta vez terminó en la sala de los sarcófagos. Al tercer intento pareció que por fin había logrado dar con las esculturas romanas, pero luego, pum, de nuevo los vasos canopos y las decoraciones funerarias.

Era como si estuviera en una especie de casa de la risa.

Al final tuvo que seguir a un grupo para salir del país de los muertos. Fue detrás de ellos por la sección de las estatuas romanas. Unos niños franceses se sentaron al pie de las estatuas de desnudos y las observaron con atención. Ninguno de ellos se puso a señalar con el dedo y a reírse. Ginny siguió su camino, a lo largo de una interminable sucesión de cámaras que se comunicaban entre sí, hasta que vio un letrero con un dibujo de la *Mona Lisa* y una flecha. Siguió las indicaciones durante al menos una docena de galerías.

Una de las cosas que la tía Peg le había inculcado era sentirse a gusto entre cuadros. Ginny nunca afirmaba saber gran cosa de pintura (si es que sabía algo). No tenía muchos conocimientos sobre historia del arte, ni sobre técnicas, ni entendía por qué todo el mundo se desmayaba extasiado si de pronto un artista decidía utilizar solo el color azul... La tía Peg le había explicado que, a pesar de que esas cosas significaban mucho para algunas personas, lo más importante era recordar siempre que no eran más que cuadros. No había un modo correcto o equivocado de mirarlos, y tampoco motivo alguno para que nos intimidaran.

Mientras recorría las galerías, Ginny se sintió relajada. Había algo especial en todo aquel orden, algo familiar en aquel lugar extraño. El simple hecho de estar allí le hizo sentir que, a pesar de encontrarse tan lejos de casa, no estaba sola. Daba la impresión de que todo el mundo intentaba capturar algo de aquel sitio. Había estudiantes de arte apostados por todas partes, intentando reproducir al detalle lo que veían en sus enormes blocs de dibujo. Mucha gente sacaba fotos de los cuadros o, lo que era más curioso, los grababa en vídeo.

A la tía Peg le encantaría, pensó Ginny.

Tan absorta iba observando a la gente que ni siquiera se dio cuenta de que había pasado de largo por delante de la *Mona Lisa*. Habría quedado oculta tras alguna de las aglomeraciones. De todos modos, le pareció que era un momento tan bueno como cualquier otro para tomarse un descanso. Se sentó en un banco, en el centro de una galería de arte italiano con las paredes pintadas de rojo oscuro, y sacó la siguiente carta.

#8

Querida Gin:

Así me vi yo, Ginny, pasando de las pasiones de Roma al atractivo genial de París.

Antes solía pensar que estaba sin blanca, aunque siempre disponía de algo de dinero. Pero en Roma me gasté la mayor parte de lo que me quedaba.

En París había un café por el que pasaba casi todos los días. Despedía un aroma embriagador a pan recién hecho, aunque el local se caía a pedazos; la pintura estaba descascarillada, las mesas eran sosas y feas. Pero era barato. De modo que entré, y allí disfruté de una de las mejores comidas que he probado en mi vida. No había más clientes, así que el dueño se sentó conmigo y nos pusimos a hablar. Me dijo que estaba a punto de cerrar el café durante un mes, porque en Francia todo el mundo se va de vacaciones cuatro semanas en verano (otra cosa que aumenta el atractivo de ese país).

Se me ocurrió una idea.

A cambio de algo de dinero para comida y de dejarme dormir en el café, yo me encargaría de renovar la decoración. Del local entero, de arriba abajo. Por el precio de un par de *croque monsieurs*, unas cien tazas de café y un poco de pintura, tendría el local entero decorado con el trabajo original de una mujer que pasaría allí veinticuatro horas al día, siete días a la semana. Una oferta tan buena que no se podía rechazar. De modo que aceptó.

Durante el resto del mes, viví en aquel café. Me las ingenié para conseguir unas mantas y almohadas y me hice un nidito para dormir detrás de la barra. Compraba comida en el mercado y me la preparaba en la cocina. No me importaba gran cosa que fuera de día o de noche: pintaba todo el tiempo, cada vez que me apetecía. Dormía con el olor de la pintura. Soñaba con los diseños. Tenía el dedo pulgar izquierdo permanentemente manchado de azul por debajo de la uña. Utilicé unos delantales que encontré en una tienda de segunda mano para hacer cortinas. Compré unos platos viejos, los hice añicos en el patio y creé un mosaico con ellos.

Mi París era aquella pequeña sala y unas cuantas tiendas de objetos usados, y de vez en cuando los paseos por la calle, de noche o bajo la lluvia. Eso es París, pensé. Recuerda, esta es la ciudad donde los campesinos tomaron el control, se hicieron con el poder y decapitaron a los reyes y a los ricos. Se enorgullece de los artistas pobres que vivieron allí en el pasado: todos los pintores, escritores, poetas, cantantes que dieron fama a sus bares y cafés. ¡Piensa en *Les misérables!* ¡Piensa en el Moulin Rouge! (Pero sin tuberculosis.) ¡Mari vivió en las calles de París durante tres años! Bailaba en clubes, pintaba en las aceras y dormía donde buenamente podía.

Así que te presento el Proyecto Cherche Le Café (ya sé que estudias francés, pero por si acaso, significa «encuentra el café»). Quiero que encuentres mi café guiándote por lo que te he contado y por lo que sabes de mí.

Y, por supuesto, cuando lo encuentres, tómate algo rico a mi salud, porque soy tu amantísima

TÍA ARTISTA
MUERTA DE HAMBRE

Ginny miró el reloj del hombre que se había sentado junto a ella y vio que eran casi las seis, así que decidió marcharse. La palabra SORTIE, escrita en casi todos los letreros que se veían por allí, significaba «salida». De manera que siguió los letreros.

Sortie, sortie, sortie...

Y de pronto se encontró frente a una megatienda de la cadena Virgin, delante de una exposición llamada *Star Wars: La Menace Fantôme.*

¿Acaso *sortie* significaba «A Jar Jar»? ¿Y por qué había una Virgin Megastore en el Louvre?

Después de pasar diez minutos tratando de huir sin éxito, Ginny encontró por fin la salida. Como el río Sena estaba allí mismo y había docenas de puentes, decidió cruzar al otro lado. En la otra orilla, todo era más pequeño y estaba más apiñado. Supo que se encontraba en la margen izquierda. El barrio de los estudiantes. Ginny echó un vistazo a su alrededor y volvió a cruzar el puente.

París parecía hacer justicia a todas las fotografías de la ciudad que había visto. La gente llevaba larguísimas *baguettes.* Las parejas paseaban de la mano por calles tan estrechas como pasillos. Y poco después, una luna redonda apareció en el cielo azul eléctrico y la Torre Eiffel empezó a centellear con miles de lucecitas. El aire era cálido. Apoyada en el Pont Neuf mientras contemplaba un barco que se deslizaba sobre el Sena, Ginny pensó que era una noche parisina perfecta. Pero ella no se sentía perfecta. Se sentía sola, y lo único que se le ocurrió fue volver al albergue.

Les petits chiens

Aquella noche, Ginny se sentó en el amplio vestíbulo, frente a la mesa alargada y las sillas de madera desparejadas donde estaban los ordenadores del albergue. Todos los puestos estaban ocupados. Por todas partes había gente inclinada leyendo los correos que les habían enviado desde casa, actualizando blogs épicos, sin preocuparse en absoluto de la presencia de los demás.

La recepcionista despedía un rancio olor a humo debido a su continuo consumo de cigarrillos. En la pared que Ginny tenía delante colgaban viejos mapamundis con pequeñas marcas en forma de estrellas blancas y agujeros en los puntos donde habían sido doblados tiempo atrás. Estrellas blancas por todo el mundo, en los océanos. Agujeros en China, Brasil, Bulgaria. Había incluso un agujerito en Nueva Jersey, aunque mucho más cerca del océano que su ciudad.

Por primera vez desde que había salido de viaje, tenía acceso al mundo exterior. Podía escribir a quien quisiera; es decir, podía hacerlo si incumplía las reglas. Lo único que reprimió sus ganas de ponerse a chatear con Miriam en aquel mismo momento fue una fuerza de voluntad tan fina como el filo de un cuchillo. Nada de comunicación electrónica con Estados Unidos. Aquel punto no dejaba lugar a interpretaciones.

Pero las reglas no decían nada de Inglaterra. Y aunque Ginny no tenía la dirección de correo electrónico de Keith, supuso que sería posible encontrarlo. Se le daba muy bien buscar información. Era una sabuesa de Internet.

Encontrar a Keith resultó absurdamente fácil. Lo buscó en la página web de Goldsmiths. Sin embargo, le llevó una hora entera pensar qué quería decirle en su correo. En realidad, una hora y unas veinticinco intentonas. El resultado final se redujo a dos frases:

Hola, solo quería decirte hola. Ahora mismo estoy en París.

Las volvió a leer nada más enviarlas e inmediatamente se arrepintió del «Hola». ¿Por qué «Hola, solo quería decirte hola»? ¿Por qué no solo «Hola»? ¿Por qué no le había dicho que lo echaba de menos? ¿Por qué no fue capaz de decirle nada bonito, ocurrente y seductor? Nadie contestaría a un mensaje como aquel, porque el mensaje no tenía ni pies ni cabeza.

Pero él sí. Una respuesta apareció de repente en la bandeja de entrada. Decía simplemente:

Así que París, ¿eh? ¿Dónde?

Ginny se agarró los dedos y los acarició para que dejaran de temblar. Conque el tímido acercamiento había funcionado. Bien. Seguiría siendo escueta.

En el albergue UFC en Montparnasse.

¿Debería preguntarle si seguía estando enfadado... o era ella la que lo estaba? Quizá lo mejor sería no mencionar ese tema. Limitarse a dar información.

Ginny esperó media hora. Esta vez no hubo respuesta. Se acabó la diversión por esa noche.

Volvió al dormitorio del piso de arriba, donde sus compañeras estaban de nuevo reunidas en la parte de la habitación donde se habían instalado. Sonrieron cuando la vieron entrar, y aunque Ginny se dio cuenta de que no parecían tener nada contra ella, también advirtió que habrían preferido que no volviera. Lo cual le resultaba bastante lógico. Eran amigas. Querían intimidad. Intentó poner sus cosas en orden lo más rápido y en silencio que pudo, trepó a su litera escandalosamente chirriante e intentó dormir.

Ginny se incorporó en su litera como un resorte a las 7.30, cuando una voz advirtió por el altavoz que el desayuno se serviría solo hasta las ocho y media y que todo el mundo tenía que estar fuera a las nueve en punto.

El Contingente de Minnesota se estaba despertando. Empezaron a sacar cosas de sus mochilas (mucho más modernas y estilosas que su monstruosidad verde y morada). Ginny se dio cuenta de que ella no tenía casi nada. Apenas un botecito de champú y pasta de dientes. Lo que quería decir que no tenía jabón, ni toalla. Ni siquiera había pensado en ello. Revolvió en su mochila en busca de algo que pudiera utilizar como toalla, hasta que al final dio con su forro polar.

El baño, pequeño, tenía tres platos de ducha y cuatro lavabos. Aunque estaba bastante limpio, había un fuerte olor a podrido procedente de algún lugar profundo del edificio. Esperó en la cola con las demás, apoyada en la pared. Se percató de que todas parecían mirarla a través de su imagen reflejada en el espejo. Los ojos del resto de las chicas fluctuaban entre su forro polar-toalla y el dibujo que tenía en el hombro. Por primera vez en su vida, Ginny se sintió un poco más peligrosa que la gente que la rodeaba. Era una sensación interesante, aunque se imaginó que probablemente lo disfrutaría más si encima fuese cierto.

Además, no le quedaba ropa limpia. Todo estaba húmedo y arrugado, y apestaba. La pregunta que se le habría venido a la cabeza a cualquiera era por qué no se le habría ocurrido lavar la ropa en casa de Richard. Pero ahora tuvo que rebuscar para decidir qué era lo más pasable que tenía y ponérselo sobre el cuerpo aún húmedo.

Una vez en la calle, Ginny se dio cuenta de que no tenía ni idea de cómo acometer su misión. Un paseo corto por la zona evidenció que en París todo eran cafés. Cafés por todas partes. Pasó una hora dando vueltas por el barrio, curioseando escaparates y vitrinas repletas de pan y bollería, tropezando con perritos, zigzagueando entre gente absorta que hablaba por teléfono, y básicamente sin conseguir nada. París era una ciudad maravillosa y soleada. Pero la mochila pesaba, y ella tenía una tarea imposible de completar.

Decidió jugársela. Regresó al albergue y probó a abrir la puerta negra de hierro forjado. No estaba cerrada. El ruido de un aparato de limpieza pesado resonaba desde alguno de los pasillos de arriba y rebotaba contra los suelos de mármol del vestíbulo. Se notaba un fuerte olor a humo de tabaco reciente.

Se acercó con cautela al mostrador de recepción y encontró a la mujer aún allí (Ginny comenzó a preguntarse si dormiría en algún momento), bebiendo a sorbitos de un tazón azul mientras veía *El show de Oprah* doblado al francés. Al ver a Ginny, la recepcionista apagó su cigarrillo, furiosa.

–¡Está cerrado! –gritó–. No puedes estar aquí.

–Tengo una pregunta –empezó a decir Ginny.

–No. Tenemos unas normas.

–Es que estoy buscando un café.

–¡No soy una guía turística!

La palabra *guía* sonó especialmente larga e indignada. *Guííííííía.*

–No –se apresuró a decir Ginny–. Mi tía era pintora. Lo decoró ella.

Aquello tranquilizó un poco a la mujer. Se volvió a ver de nuevo a Oprah.

–¿Cómo se llama? –le preguntó a Ginny.

–No lo sé.

–¿No te dijo el nombre?

Ginny decidió eludir aquella pregunta.

–El local está muy decorado con pinturas –dijo–. Y mi tía dice que está cerca de aquí.

–Hay un montón de cafés cerca de aquí. No puedo ayudarte a encontrar algo cuyo nombre ni siquiera sabes.

–De acuerdo –dijo Ginny mientras se giraba hacia la puerta–. Gracias.

–Espera, espera...

La mujer le hizo señas para que se acercara. Atendió tres llamadas de teléfono y encendió otro cigarrillo antes de explicarle para qué la había hecho volver.

–Muy bien. Ve a ver a Michel Pienette. Tiene un puesto de verduras en el mercado. Vende a los chefs. Conoce todos los cafés. Explícaselo a él.

La mujer escribió el nombre en mayúsculas en el reverso de una de las tarjetas del albergue: Michel Pienette.

Aunque la recepcionista no le había explicado cómo llegar al mercado, resultó bastante fácil. Ginny lo vio a cierta distancia en cuanto volvió a pisar la calle. De nuevo, un momento a la altura del contenido de su libro de francés. Allí estaban los mostradores cubiertos de montañas de fruta y verduras, los panes enormes, los cuencos de terracota llenos de aceitunas. Casi demasiado ajustado a su libro.

Tras enseñar a varias personas la tarjeta con el nombre anotado, Ginny consiguió encontrar a Michel Pienette detrás de una pirámide de tomates. Estaba fumando un puro gordísimo y gritando a un cliente. Una cola de personas esperaba su turno para sufrir el mismo maltrato. Ginny ocupó el último lugar, detrás de un hombre vestido con ropa blanca de cocinero.

–Perdone –le preguntó al chef–. ¿Habla usted inglés?

–Un poco.

–¿Y...? –Ginny señaló al hombre del puro.

–¿Michel? No, y además tiene muy malas pulgas. Pero también muy buenos productos. ¿Qué necesitas?

–Tengo que preguntarle por un café que estoy buscando –respondió Ginny–. Pero no sé el nombre.

–Michel lo conocerá. Pero ya le pregunto yo por ti. Descríbemelo.

–Muchos colores... Probablemente un *collage*. Quizá hecho de... basura.

–¿Basura?

–Bueno, cosas que se tiran a la basura.

–Se lo preguntaré.

El chef esperó pacientemente su turno, y después tradujo la pregunta de Ginny. Michel Pienette asintió furioso y mordisqueó el puro.

–*Les petits chiens* –gruñó–. *Les petits chiens!*

Ginny sabía que aquello significaba «los perritos», pero no tenía sentido. El chef parecía pensar lo mismo, y volvió a preguntar al señor Pienette. Su pregunta fue seguida por una explosión de poca intensidad, y el señor Pienette se giró y arrancó una lechuga de la mano de otro cliente y gritó algo volviendo la cabeza.

–Dice que el café se llama Les petits chiens –corroboró el chef–. Me parece que se está enfadando de verdad. Temo quedarme sin mis berenjenas.

–¿Y sabe dónde está?

Lo sabía, pero la pregunta lo puso aún más furioso. Levantó un dedo regordete para señalar un callejón a la izquierda del mercado.

–Por ahí. Pero, por favor... Necesito mis berenjenas.

–Gracias –dijo Ginny, y retrocedió deprisa–. Perdone.

El callejón no era muy prometedor. Era muy estrecho, y todos los edificios tenían el mismo color blanquecino y los mismos portales pequeños sin carteles. Nada que se pareciera a un café o un restaurante. Además, no hacían más que aparecer motos desde atrás –de hecho, se subían a la acera– para esquivar los coches aparcados, así que también tuvo la impresión de que aquella ruta podía acabar con su vida. Quizá era eso lo que pretendía Michel Pienette.

Pero a medida que avanzaba la calle se ensanchó un poco y aparecieron varias *boutiques* y pastelerías pequeñas.

Y entonces lo vio: un edificio tan diminuto que costaría trabajo acomodar cuatro mesas. Delante de él crecía un árbol enorme que casi lo tapaba. Pero fueron las cortinas hechas con pequeños delantales lo que la convencieron de que aquel era el lugar que buscaba. Las ventanas estaban cubiertas de recortes de revistas enmarcados, algunos con fotos. El interior parecía totalmente vacío, y las luces estaban apagadas. Pero cuando Ginny puso la mano sobre la puerta, comprobó que estaba abierta.

Nada más entrar comprendió por qué el café se llamaba Los Perritos. Las paredes estaban dedicadas a los pequeños perros de París. La tía Peg había hecho un *collage* delirante con cientos de fotos de revistas en las que salían esos animales, y después había rodeado las fotos con grandes emplastos de pintura negra y rosa chillón. Luego, en blanco, había incorporado unas extravagantes caricaturas de perros. Cada mesa y cada silla estaban pintadas en combinaciones de tonos distintos. Parecía que hubiese tenido que trabajar con cien colores diferentes. Violeta con amarillo dorado. Lima con rosa chicle. Rojo camión de bomberos con azul marino. Se fijó en un divertido tono naranja combinado con granate intenso.

Una cabeza de hombre asomó desde detrás de la barra y sobresaltó a Ginny. Los ladridos en francés que le dirigió le sonaron vagamente familiares, pero hablaba tan deprisa y en un francés tan cerrado que le resultó imposible entenderlos. Ginny movió la cabeza con un gesto de impotencia.

–Aún no servimos –dijo el hombre en inglés.

Era extraño ver cuánta gente hablaba inglés. Era sorprendente que todo el mundo lo hablara.

–Ah... No importa.

–No hasta la hora de la cena. Y necesitas reservar. Esta noche es imposible. Quizá la semana que viene.

–No vengo por eso –dijo Ginny–. Estoy aquí para ver la decoración.

–¿Estás haciendo algún trabajo?

–Lo decoró mi tía.

El hombre se asomó un poco más. Ahora se le veían los hombros.

–¿Tu tía? –se extrañó.

Ginny asintió.

Cabeza, hombros, casi todo el pecho y brazos hasta los codos. Llevaba una camiseta morada y un delantal azul y blanco sin atar.

–¿Tu tía es Margaret?

–Sí.

Todo cambió en cuestión de segundos. De pronto apareció el hombre entero, y Ginny vio cómo la obligaba a sentarse.

–¡Yo soy Paul! –exclamó el hombre saliendo de detrás del mostrador con un vasito para licor y una botella con un líquido amarillento–. ¡Maravilloso! Permíteme que te invite a una copita.

Después de lo de la otra noche, Ginny no sentía deseos de volver a beber.

–La verdad es que no... –empezó.

–No, no. Es Lillet. Muy bueno. Suave. Un sabor exquisito. Con un trocito de naranja.

Pronunció *naranjá*. Plum. Un trozo de monda de naranja cayó en el vaso. Paul se lo acercó y observó con atención cómo Ginny lo probaba con cautela. Sí que sabía bien. Como a flores.

–Bueno, te voy a ser sincero. –Paul se sirvió un vaso de Lillet y se sentó frente a ella–. No confiaba demasiado en la idea de tu tía. Me enseñó esas cosas que dibuja. Perritos. Pero ¡espera un momento! Tienes que comer algo. Ven conmigo.

Hizo señas a Ginny para que lo siguiera a la cocina, una estancia del tamaño de un vestidor justo detrás de la barra. Y allí, mientras llenaba un plato con varias cosas que sacó de la nevera –pollo frío, lechuga, quesos– le explicó que la extraña obra de la tía Peg había transformado un restaurante de cuatro mesas al borde de la quiebra en un restaurante exclusivo de cuatro mesas sumamente atractivo con una larga lista de espera para reservar.

–Fue una cosa muy rara –continuó–. Aquella mujer a la que no conocía de nada, ofreciéndose a vivir durante un mes en mi restaurante. A dormir en mi restaurante. Para renovarlo, para cubrirlo de dibujos de perros. ¡Tendría que haberla echado a la calle!

–¿Y por qué no lo hizo? –preguntó Ginny.

–¿Por qué? –repitió el hombre. Recorrió con la vista las paredes tan alegremente decoradas–. No lo sé. Supongo que porque la vi muy segura. Tenía talento. Tenía atractivo... No me entiendas mal. Tenía una visión, y cuando hablaba de ella, te la creías. Y tenía razón. Una mujer extraña, pero tenía razón.

Una mujer extraña, pero tenía razón. Aquella era posiblemente la mejor descripción de la tía Peg que Ginny había escuchado en su vida.

Después de atiborrarla a base de comida y tarta de manzana con nata, Paul la invitó amablemente a marcharse para que él pudiera seguir preparando todo para la noche.

–¡Saluda a tu tía de mi parte! –dijo alegremente–. ¡Y vuelve! ¡Vuelve con frecuencia!

–Lo haré –prometió Ginny, que mantuvo la sonrisa a duras penas.

No tenía sentido desvelarle la verdad al hombre. En su interior, la tía Peg seguía muy viva, y no había motivo alguno para que no siguiera estándolo para alguien más.

Ginny volvió al albergue desanimada, molesta por la aglomeración de gente a aquella hora de la tarde y por el peso de su mochila. No sabía por qué, pero París ya no la cautivaba. Era una ciudad grande y ruidosa, llena de gente, y había demasiadas cosas. Las aceras eran muy estrechas. La gente hablaba por teléfono demasiado distraída.

Algo en la reacción de Paul había terminado de hundirla. Quería volver a su litera solitaria y chirriante, en ese dormitorio donde las demás chicas pasaban de ella. Quería regresar allí y llorar. Tumbarse y no hacer nada. Además, tampoco tenía otra cosa que hacer. No vivía allí. No conocía a nadie.

Abrió la puerta de hierro forjado con brusquedad y apenas se fijó cuando la recepcionista le dedicó una leve sonrisa. De hecho, casi ni reconoció la voz que la llamó desde la zona de los ordenadores.

–¡Eh! ¡Loca!

Una noche en la ciudad

–¿Dónde te habías metido? –dijo Keith–. Llevo dos horas sentado ahí fuera. ¿Sabes cuántos perros han intentado...? Bah, no importa.

Ginny estaba demasiado desconcertada como para responder. Era él, desde luego. Alto, delgado, el pelo rojizo que lograba parecer desaliñado y perfecto a la vez, los guantes de ciclista. Solo que olía un poco más de lo normal a humedad.

–«Hola, Keith» –apuntó el chico–. «¿Cómo estás?» «Oh, no me puedo quejar.»

–¿Por qué estás aquí? –consiguió preguntar Ginny–. O sea...

–Una de las entradas que compraste para mi obra. Las entregué en la oficina de relaciones internacionales, ¿recuerdas? Un estudiante de teatro francés se llevó una. Su academia celebra un festival y una de las obras se cayó del cartel, así que nos invitaron a participar en el último momento. Embalé el decorado. Vine conduciendo todo el camino. Está claro que el destino quiere que sigamos juntos.

–Ah.

Ginny basculó sobre un pie, luego sobre el otro. Parpadeó. Keith seguía allí.

–Ya veo que estás impresionada. Pero bueno, ¿qué te mandó hacer aquí la loca de tu tía?

–Tuve que ir a un café –contestó Ginny.

–¿A un café? Por fin empezamos a entendernos. Estoy muerto de hambre. Esta noche no actuamos. Podríamos ir a tomar algo. A menos, claro está, que no estés ocupada intentando comprar todas las entradas para la Ópera de París.

Aunque se había pasado la mayor parte de la tarde comiendo, Ginny no rechazó la propuesta. Pasaron las horas siguientes paseando. Keith paró delante de algunos de los puestos de *crêpes* que encontraron por el camino (y había muchos) para pedir esos saquitos rellenos de todo tipo de cosas. Comía mientras paseaba y le contaba todo lo relativo a la obra. La noticia más importante, sin embargo, era que David y Fiona –para gran decepción de Keith– habían retomado su relación.

Cuando oscureció, aún seguían paseando. Caminaron junto al río y dejaron atrás muchos puentes. Cruzaron el Sena, atravesaron un barrio pequeño y contemplaron a la gente sentada en la terraza de los cafés, que a su vez los observaba a ellos. Luego pasaron junto a una valla y lo que parecía un parque.

–¡Cementerio! –exclamó Keith–. ¡Cementerio!

Ginny se volvió y observó cómo Keith saltaba, se agarraba a la parte superior de la valla y trepaba para pasar al otro lado con facilidad, incluso con la mochila de Ginny a la espalda. Le sonrió desde el otro lado de los barrotes.

–Allá vamos –dijo el chico señalando la oscura extensión de monumentos y árboles que había en el lado donde se encontraba.

–Allá vamos ¿adónde?

–¡Es un cementerio parisino! Son los mejores. Cinco estrellas.

–¿Qué tienen de especial?

–Al menos ven a echar un vistazo.

–¡Se supone que no se puede entrar ahí!

–¡Somos turistas! No lo sabemos. Vamos. Salta.

–¡No podemos!

–Tengo tu mochila –le recordó Keith, y le mostró la espalda para enseñársela. Parecía que no le quedaba otro remedio.

–Si entro, prométeme que solo echaremos un vistazo rápido y que luego nos iremos.

–Prometido.

A Ginny no le resultó tan fácil saltar la valla. No había sitio donde apoyar el pie. Tuvo que saltar varias veces hasta conseguir agarrarse al borde. Por fin logró subirse, pero no tenía ni idea de cómo bajar. Al final, Keith la convenció para que pasara una pierna hacia el otro lado; si no, acabarían por descubrirlos. Casi logró sujetarla cuando ella se lanzó, y la recogió del suelo con mucho estilo.

–Mejor así, ¿no? –dijo Keith–. ¡Vamos!

Se internó corriendo entre las sombras de los árboles oscuros y las estatuas. Ginny lo siguió, vacilante, y lo encontró encaramado en un monumento en forma de libro gigante.

–Siéntate –la invitó.

Ginny se sentó con cuidado en la página contigua. Keith subió los pies al monumento para acurrucarse y miró a su alrededor con satisfacción.

–Mi amigo Iggy y yo vinimos una vez a este cementerio... –empezó a decir, pero enseguida se interrumpió.

Luego continuó–: Sobre lo de Escocia, el muñequito aquel... ¿Sigues enfadada?

Ginny habría preferido que no lo hubiera mencionado.

–Olvídalo –dijo.

–No. Quiero saberlo. Ya sé que no debí llevármelo. Algunas malas costumbres son difíciles de corregir.

–Eso no es una costumbre. Morderte las uñas *es* una costumbre. Robar es un delito.

–Ya me soltaste ese mismo rollo. Y ya lo sé. Supuse que te gustaría.

El chico meneó la cabeza y se bajó del monumento.

–Espera –dijo Ginny–. Lo sé, pero es que... Eso es robar. Y se trataba de Mari. Mari era el gurú de mi tía, o algo parecido. Y yo no robo. No quiero decir que seas mala persona, ni que...

Keith pasó a la siguiente tumba, que era una losa plana sobre el suelo. Comenzó a dar saltos y a agitar los brazos.

–¿Qué haces? –preguntó Ginny.

–Estoy bailando sobre la tumba de este tío. Siempre se dice eso de bailar sobre la tumba de alguien, pero nadie lo hace.

Una vez que se desfogó, se acercó a Ginny y se quedó de pie frente a ella.

–¿Sabes lo que aún no me has contado? –preguntó–. Cómo murió tu tía. Soy consciente de que quizá este no sea el mejor sitio para preguntarlo, pero...

–De un tumor cerebral –contestó Ginny, apoyando la barbilla en las manos.

–Ah. Lo siento.

–No te preocupes.

–¿Llevaba mucho tiempo enferma?

–Creo que no.

–¿Crees que no?

–No lo sabíamos. Nos enteramos después.

Keith volvió a sentarse a su lado, en la otra página del libro, y a continuación giró sobre sí mismo para verlo mejor.

–¿Qué crees que puede ser esto? Espera un momento. –El chico se inclinó para observar más de cerca las letras grabadas–. Ven a ver esto. Date la vuelta.

Ginny se volvió con escaso entusiasmo y miró.

–¿Qué? –preguntó.

–Es Shakespeare en francés. Joder, es de *Romeo y Julieta*. Y si no me equivoco... –Pasó la vista por el texto grabado en la piedra–. Creo que es parte de la escena de la cripta, cuando mueren los dos. No estoy seguro de si esto es romántico o espeluznante.

Keith siguió palpando las letras con un dedo.

–¿Por qué me has preguntado cómo había muerto? –quiso saber Ginny.

–No lo sé. Me pareció que venía a cuento. –Keith alzó la vista–. Y me imaginé que tenía que haber sido por algo... Bueno..., por alguna enfermedad larga. Debió de pasar bastante tiempo preparándolo todo: las cartas, el dinero...

–¿Querías estar conmigo solo por el dinero?

Keith se incorporó, cruzó las piernas y la miró a los ojos.

–¿Qué significa eso exactamente? –preguntó–. ¿Crees que era lo único que me interesaba?

–No lo sé. Por eso te lo pregunto.

–El dinero me vino bien. Y me gustaste porque estabas loca. Y porque eres atractiva. Y atractivamente sensata para estar loca.

Al oír la palabra «atractiva» (y encima dos veces), ella clavó los ojos en las letras. Keith alargó el brazo y le levantó la barbilla con la mano. La miró largamente, y después, muy despacio, le deslizó la mano por detrás del cuello. Ella sintió que sus ojos se cerraban y la sensación de estar derritiéndose, y de que alguien la estaba dirigiendo hacia el pliegue del libro. Pero esta vez, al contrario de lo que ocurrió aquel día con Beppe, no fue una sensación desagradable ni extraña. Solo cálida.

No estaba segura de cuánto tiempo había pasado cuando notó que una luz intentaba filtrarse entre sus párpados cerrados. Una luz fuerte y dirigida con determinación.

–Esto no puede ser nada bueno –dijo Keith con la boca apretada contra la de ella.

Ginny se sintió invadida por el pánico. Se incorporó y se colocó la camiseta. Una silueta masculina se recortaba contra el monumento. Estaba apuntándolos con una linterna, así que era imposible ver quién era o qué aspecto tenía. Les dijo algo en francés, muy deprisa.

Keith se rascó la cabeza.

–*Ne parlez* –dijo.

El hombre giró la linterna hacia la tierra. Cuando sus ojos se recuperaron del resplandor, Ginny vio que llevaba un uniforme. Les hizo señas para que bajaran. Keith sonrió a Ginny y comenzó a deslizarse hacia abajo. Parecía encantado con el giro que habían dado los acontecimientos.

Ginny no podía moverse. Intentó aferrarse a la piedra, sujetarse al hueco dejado por las letras grabadas. Tenía las rodillas paralizadas a medio flexionar. Tal vez el policía no la viera... Quizá estaba mudo o casi ciego, y creería que era parte de la escultura.

–¡Venga, baja! –la apremió Keith, con demasiada alegría para que Ginny se tranquilizase.

El chico la agarró del hombro y recogió la mochila.

El hombre los condujo por un sendero mientras iluminaba el camino con la linterna. No hizo ademán de hablar. Los llevó hasta una pequeña garita, donde se dispuso a hablar por un *walkie-talkie*.

–Dios mío –murmuró Ginny, hundiendo el rostro en el pecho de Keith para no ver lo que había ante sus ojos–. Dios mío. Nos van a detener en Francia.

–A ver si hay suerte –repuso el chico.

Francés vertiginoso. Ginny oyó cómo el hombre volvía a dejar el *walkie-talkie* encima de una mesa y pasaba páginas de un libro. Tintineo de llaves. Un pitido electrónico procedente de algún tipo de sensor. Después se pusieron de nuevo en marcha. Ginny no sabía adónde los llevaban, porque decidió mantener los ojos cerrados y el cuerpo pegado al de Keith.

Habría llamadas telefónicas a Nueva Jersey. Quizá la mandarían de vuelta a casa en avión, de inmediato. O la llevarían directamente a una cárcel parisina llena de prostitutas, con sus cigarrillos, sus medias de rejilla y sus acordeones.

Chirrido. Movimiento. Se pegó aún más a Keith y se agarró con más fuerza a su brazo.

Se detuvieron.

–Ya puedes abrir los ojos –dijo Keith mientras le apartaba los dedos del brazo con cuidado–. Y con esto sí que me gustaría quedarme, si no te importa.

El mejor hotel de París

Estaban en la acera, y Ginny seguía aferrada al brazo de Keith, aunque no con tanta fuerza.

–¿No nos han detenido? –preguntó.

–No –respondió Keith–. Esto es París. ¿Crees que detienen a la gente por besarse? ¿Estabas preocupada?

–¡Un poco!

–¿Por qué?

Parecía sinceramente desconcertado.

–¡Porque la Policía francesa nos pilló y nos podría haber acusado de escándalo público, o de profanación de tumbas, o algo así! –exclamó ella–. Nos podrían haber deportado.

–O habernos pedido que nos fuéramos. Como hizo el guarda.

Caminaron por la calle tranquila llena de tiendas apiñadas. Un reloj luminoso en el exterior de una de ellas indicaba la hora: eran más de las once.

–Oh, Dios –gimió Ginny–. Me he pasado de la hora. Ya no puedo entrar en el albergue.

–Vaya por Dios. –Keith sacó un billete de metro del bolsillo–. Pues nada, buenas noches.

–¿Me vas a dejar sola?

–Anda, ven –dijo él con desparpajo, pasándole el brazo por los hombros–. ¿Crees que sería capaz de hacer algo así?

–Probablemente.

–Ven conmigo si quieres. Hay sitio en el suelo.

El tren que tenían que tomar hasta el lugar donde se alojaba Keith era un suburbano, y hasta la mañana siguiente no pasaba ninguno. El chico se metió las manos en los bolsillos y sonrió.

–Muy bien. ¿Y ahora qué? –dijo Ginny.

–Daremos un paseo hasta encontrar un sitio donde sentarnos. Y si nos gusta, nos tumbamos.

–¿En plena calle?

–Preferiblemente no en plena calle. Mejor en un banco. Quizá en algún césped. Aunque esto es París: no quiero ni imaginar lo que habrán hecho un millón de perros en la hierba. Mejor un banco. Las estaciones están bien. Ya sé que dijiste que no eras rica, pero este sería un buen momento para utilizar tu reserva secreta y pedir una habitación en el Ritz.

–Cuando mi tía vivió aquí, estaba sin blanca –le espetó Ginny, casi a la defensiva–. Dormía en el suelo de un café, detrás de la barra.

–Era una broma. Relájate.

Caminaron en silencio hasta que se toparon con uno de los parques más importantes de París, esta vez uno de verdad.

–¿Sabes dónde creo que estamos? –preguntó Keith–. En las Tullerías.

En circunstancias normales, Ginny estaría aterrorizada solo de pensar en entrar en un parque por la noche. Pero después de que los hubiera pillado la Policía en un cementerio a oscuras, las amplias avenidas y las fuentes blancas iluminadas por la luz de la luna no le parecieron demasiado inquietantes. Era difícil ver por dónde pisaban, pero se guiaron por el ruido de sus pasos al seguir el sendero de grava por el que avanzaban.

Llegaron a un gran círculo que se abría en el sendero. Había una fuente en el centro, y bancos alrededor.

–Bien, aquí está –dijo Keith–. Nuestro hotel. Le pediré al botones que nos suba el equipaje.

Dejó la mochila de Ginny en uno de los bancos y se tumbó con la cabeza apoyada en uno de los extremos.

–Almohada de plumón –comentó–. Buena calidad.

Ginny se tumbó en dirección contraria. Fijó la vista en las siluetas oscuras de los árboles. Parecían manos tenebrosas tendidas hacia el cielo.

–¿Keith?

–¿Sí?

–Solo estaba comprobando.

–Sigo aquí, loca.

Ella sonrió.

–¿Crees que nos van a atracar y a asesinar?

–Espero que no.

Quería preguntarle otra cosa, pero antes de que le diera tiempo a pensar qué era se quedó dormida.

Ginny oyó un crujido junto a su cabeza, pero su cuerpo no tenía ganas de moverse. Tuvo la fuerza de voluntad suficiente para abrir los ojos. Miró su reloj. Las diez.

Extendió el brazo para sacudir a Keith. El chico tenía los brazos cruzados sobre el pecho, y parecía tan a gusto que le dio pena despertarlo.

Ginny se incorporó y miró a su alrededor. Ya había gente paseando por el parque. Nadie parecía prestarles atención. Ginny se llevó las manos a la cara y se la frotó para hacer desaparecer todo resto de sueño o babas. Luego se palpó las trenzas; parecían estar más o menos intactas. Aparte de sentirse un tanto pegajosa (cosa que, según pensó, era de esperar después de dormir toda la noche encima de un banco, aunque no sabía muy bien por qué), se encontraba bastante bien. La limpieza absoluta se había convertido en una realidad tan lejana que su punto de vista sobre el tema había cambiado.

Las personas que había en el parque estaban paseando a sus perros o simplemente dando un paseo. Por lo visto, a ninguna de ellas le importaba que hubieran usado el banco como cama.

Keith se movió y se incorporó poco a poco.

–Bueno... –dijo–. ¿Dónde se sirve el desayuno?

Encontraron un pequeño café más abajo que tenía una enorme pirámide de bollos en el escaparate. Instantes después estaban sentados ante tres tazas de espresso (todas para Keith), un *café au lait* y una cesta de *pain au chocolat*.

Entre bocado y bocado, Keith puso a Ginny al corriente de las noticias sobre el musical.

–Ya estamos terminando aquí –dijo–, y en cuanto regresemos nos iremos a Escocia. Ostras... No puede ser tan tarde ya.

Luego se puso en pie.

–Escucha –continuó–, lo siento... pero tengo que irme. Tengo función esta tarde. Escríbeme. Y cuéntame cómo va todo.

Extendió el brazo para alcanzar la mano de Ginny y sacó un bolígrafo del bolsillo.

–¿Por qué no te quedas con él? –dijo Keith mientras escribía unas palabras en el dorso de la mano–. Mi Messenger.

–Vale –repuso Ginny, incapaz de ocultar su desilusión.

Keith recogió su mochila y salió del café. De repente, Ginny notó su cuerpo mucho más pesado. Otra vez sola. ¿Quién sabía si alguna vez volvería a Londres y vería a Keith de nuevo?

Instintivamente, metió la mano en el bolsillo superior de la mochila y sacó los sobres. La goma que los sujetaba ya no estaba tan tirante.

La ilustración del #9 estaba hecha con tinta oscura. En la esquina inferior izquierda había un dibujito de una niña con trenzas y falda. Su sombra, muy larga, cruzaba el sobre en diagonal hasta la esquina opuesta.

Luego sacó su cuaderno.

7 de julio
10.14, mesa de un café, París

Mir:

Keith estaba AQUÍ. En PARÍS. Y ME ENCONTRÓ. Sé que parece imposible, pero es cierto, y la explicación no tiene nada de extraordinario. Pero lo más interesante es que nos enrollamos en un cementerio y dormimos en el banco de un parque.

Olvídalo. Es algo que no puede explicarse por escrito. Hay que hacerlo en persona. Basta decir que estoy segura de que lo quiero con locura, y que estoy segura de que lo vi salir del café y quizá no vuelva a verlo... Y ya sé que podría ser un final fantástico para una película, pero en la vida real es una mierda.

Quiero seguirlo. Quiero ir a donde esté representando su obra y quedarme tumbada en la puerta para que tenga que pasar por encima de mí. ¿Vale? Así de patética soy ahora. Deberías estar encantada.

Sé que no tengo derecho a quejarme. Y que tú sigues en Nueva Jersey. Que sepas que pienso en ti el 75 por ciento del tiempo, cada día.

Un beso,
Gin

#9

#9

Querida Ginny:

¿Sabes por qué me gusta tanto Holanda?

Porque parte de ella ni siquiera tendría que existir.

Es cierto. Mantienen el mar a raya continuamente, y ganan terreno mediante el drenaje y transporte de tierra. El agua corre por todo el país, y los canales se abren paso por toda la ciudad de Ámsterdam. Es un milagro que ese lugar se mantenga a flote.

Hay que ser muy inteligente para conseguirlo. Y además muestra una gran determinación.

No es de extrañar que también revolucionaran la pintura. En el siglo XVII, los holandeses eran capaces de pintar cuadros que parecían fotografías. Captaban la luz y el movimiento de una manera desconocida hasta entonces.

También hay gente a la que le gusta sentarse a fumar, a tomar café y a comer patatas fritas con mayonesa.

Cuando terminé de pintar el café, me pareció que mi tiempo en París se había agotado. Lo cual, si lo piensas, es una bobada. Uno nunca se cansa de París. Supongo que había pasado demasiado tiempo en el mismo sitio. (Dormir en el suelo detrás de una barra puede llegar a ser un tanto agobiante.)

Tenía un buen amigo, Charlie, a quien conocí en Nueva York. Nació en Ámsterdam y vive en una casa junto a un canal en el Jordaan, que es uno de los barrios más pintorescos y hermosos de toda Europa. Decidí que necesitaba ver una cara conocida, de modo que hacia allí me encaminé. Y es ahí adonde quiero que vayas tú ahora. Charlie te enseñará cómo es el verdadero Ámsterdam. Su dirección: Westerstraat, n.º 60.

Aún queda otra misión. Tienes que ir al Rijksmuseum, el más importante de Ámsterdam. Uno de los mejores cuadros de todos los tiempos, *La ronda de noche* de Rembrandt, está allí. Busca a Piet y pregúntale por él.

Con cariño,

TU TÍA LA FUGITIVA

Charlie y La Manzana

Ámsterdam era todo humedad.

Para empezar, la estación central se alzaba justo en medio de una especie de ensenada rodeada de agua, un lugar donde a Ginny le pareció que jamás se debería construir una estación. Incluso estaba separada por un canal de la concurrida avenida principal que describía una curva frente a ella. Ginny logró llegar hasta allí. Desde la avenida, incontables puentecitos cruzaban los canales que se extendían en todas direcciones como una telaraña y atravesaban las calles.

Además, llovía: una llovizna fina y constante que apenas se veía, pero que la empapó en cuestión de minutos.

París era una ciudad grandiosa, con enormes edificios blancos y perfectos como una tarta nupcial, y palacios, y casas que parecían palacios aunque probablemente no lo fueran. En comparación, Ámsterdam parecía un pueblecito. Todo era rojo ladrillo o de color piedra, y se extendía mucho más a ras de suelo. Y la ciudad bullía: era un enjambre. Mochileros, ciclistas, paseantes, tranvías, barcos... Todos se abrían paso entre la niebla.

Westerstraat no estaba lejos de la estación (según el plano gratuito que Ginny acababa de recoger allí. Las reglas especificaban que no podía *llevar* mapas, pero no decían nada de agenciarse uno una vez allí. No se podía creer que no se hubiera dado cuenta antes). Para su asombro, encontró la casa sin apenas dificultad (ventajas de tener un plano).

La casa formaba parte de una hilera de viviendas construidas frente al canal, con enormes ventanales desprovistos de cortinas y persianas que ocultaran lo que ocurría en el interior. Tres perritos se perseguían por el suelo, y Ginny distinguió unos enormes cuadros abstractos al óleo colgados de las paredes, así como un cuarto sobrecargado de muebles con gruesas alfombras y tazas de café sobre una mesita baja. Con suerte, eso significaba que Charlie estaba en casa. Porque si Charlie estaba en casa, ella enseguida estaría caliente y seca.

Cuando llamó a la puerta, prácticamente visualizaba su cambio de ropa. Primero los calcetines, luego quizá las bragas. Su camiseta seguía más o menos seca bajo el forro polar.

Abrió la puerta un hombre joven con rasgos asiáticos que dijo algo en holandés.

–Perdón –dijo Ginny–. ¿Inglés?

–Soy norteamericano –contestó él con una sonrisa–. ¿En qué puedo ayudarte?

–¿Es usted Charlie?

–No, soy Thomas.

–Estoy buscando a Charlie. ¿Está en casa?

–¿En casa?

Ginny comprobó la dirección escrita en la carta y luego volvió a mirar el número colgado encima de la puerta. Coincidían. Pero, a fin de asegurarse, le mostró el papel a Thomas.

–¿Esto es aquí? –le preguntó.

–La dirección es correcta, pero aquí no vive ningún Charlie.

Ginny no supo cómo procesar la información. Se quedó estupefacta e inmóvil junto a la puerta.

–Nos mudamos el mes pasado –dijo el hombre–. Quizá Charlie vivía aquí antes.

–Eso será –asintió Ginny–. Bueno, pues gracias.

–Lo siento.

–Oh, no se preocupe. –Ginny contuvo el gesto para asegurarse de que no pareciera que iba a romper a llorar de un momento a otro–. No hay problema.

Había experimentado en su vida pocas cosas más tristes que volver sobre sus pasos penosamente por Westerstraat, sin un destino en mente, bajo lo que se estaba convirtiendo a pasos agigantados en un aguacero. El cielo gris parecía estar suspendido a tan solo medio metro de los tejados de los edificios de escasa altura, y cada vez que hacía una finta para esquivar una bicicleta parecía que enseguida surgía otra dispuesta a lanzarse hacia ella. La mochila pesaba más a causa del agua que la empapaba, y por la cara y sobre los ojos le corrían riachuelos de lluvia. Pronto estuvo tan mojada que dejó de importarle. Jamás volvería a estar seca. Aquello iba a ser permanente.

El sentido de su viaje a Ámsterdam parecía haber dejado de existir, aparte de una corta visita a un museo. Todo lo que Charlie podría haberle enseñado se había esfumado.

En la zona de la estación no escaseaban los albergues. Tenían un aspecto algo rudimentario, y algunos letreros parecían más propios de una tienda de monopatines que de un hospedaje. Preguntó en varios, pero estaban todos llenos. Al final entró en uno llamado La Manzana.

La parte delantera de La Manzana era un pequeño café. Había varios sofás viejos, además de adornos de jardín: cupidos de escayola, bebederos para pájaros llenos de caramelos duros, flamencos de color rosa. Sonaba un disco de *reggae,* y el aire estaba impregnado de un olor dulzón a incienso barato. Una llamativa franja pintada de verde, amarillo y rojo –los colores de la bandera rastafari– ocupaba la pared de un extremo a otro, además de varios pósters de Bob Marley colgados en ángulos imposibles.

Era como vivir en la taquilla de un porrero.

El café también servía como mostrador de recepción. Tenían plazas, siempre y cuando Ginny estuviera dispuesta a pagar dos noches por adelantado.

–Habitación catorce –dijo el chico mientras garabateaba algo en una ficha–. Tercer piso.

Ginny no había visto en toda su vida unas escaleras tan empinadas; además, tenían un millón de escalones. Cuando llegó a su piso se había quedado sin resuello, y eso que era solo un tercero. El número de cada habitación estaba inscrito dentro de unas hojas de marihuana pintadas en las puertas. Solo cuando se vio en el interior de la habitación catorce se percató de que no le habían dado la llave. Enseguida se dio cuenta del motivo: el cuarto no tenía cerradura.

Lo primero que llamó su atención fue el fuerte olor a moho, seguido por la inquietante certeza de que si tocaba la alfombra probablemente estaría húmeda. Había demasiadas camas en la habitación, todas cubiertas con un protector de plástico. De pie junto a una de ellas, una chica metía sus cosas en la mochila a toda prisa. Se la echó a la espalda y se dirigió a la puerta a paso rápido.

–Que te devuelvan el dinero del depósito –le dijo al salir–. Intentarán quedarse con él.

Un vistazo rápido le aclaró muchas cosas. Los anteriores ocupantes habían dejado comentarios. Había garabatos por todas las paredes, mensajes catastrofistas como *Me robaron el pasaporte justo aquí* (con una flechita), *Bienvenidos al Motel del Infierno, ¡Gracias por la lepra!* y un filosófico *Colócate y quizá así lo aguantes.*

Todo estaba roto, en parte o por completo. La ventana no se abría del todo, y tampoco cerraba. La única lámpara que había en el techo no tenía bombilla. Las camas, como si fueran mesas de restaurante inestables, estaban calzadas con trozos de cartón. Algunas tenían objetos extraños que sustituían a una de las patas, y uno de los catres estaba completamente hundido. Alguien había escrito encima de la cabecera de aquella cama con letras enormes: SUITE NUPCIAL.

Entró en el cuarto de baño, y salió corriendo antes de que su cerebro pudiera registrar alguna imagen de los horrores que encontró dentro.

La mejor cama disponible parecía la que había sido señalada con la flecha del pasaporte robado. Tenía las cuatro patas originales, y el colchón se veía relativamente limpio. Al menos no apreció ninguna mancha a través del plástico (cosa que no se podía decir de todas). Lo cubrió rápidamente con la sábana, para no tener la oportunidad de examinarlo con demasiada atención.

La taquilla que había junto a su cama no tenía candado, y una de las bisagras estaba rota. Ginny la abrió.

Había algo dentro.

Ese algo, en su día, podía haber sido un bocadillo, o un animal, o una mano humana... Pero lo que había ahora era algo indefinido y putrefacto.

Un minuto después, Ginny había bajado las escaleras y estaba saliendo por la puerta del albergue.

Sin techo, con morriña y enferma

No tenía otra cosa que hacer más que comer.

Ginny entró chapoteando en una pequeña tienda de ultramarinos y recorrió con la vista hileras y más hileras de patatas fritas y ositos de gominola. Se decidió por una bolsa enorme de una especie de galletas tipo barquillo llamadas Stroopwaffle que estaban de oferta. Parecían barquillos pequeñitos pegados con sirope. Casi se podían calificar como comida quitapenas. Salió con sus galletas en la mano y se sentó en un banco a ver pasar a los ciclistas y los barcos del canal. Unos olores muy desagradables se le habían quedado en la nariz. Una percepción incómoda se apoderó de su piel, una sensación de contaminación permanente.

Nada parecía limpio. El mundo jamás volvería a estar limpio. Metió en la mochila la bolsa de galletas sin abrir y se fue en busca de un lugar donde alojarse.

Ámsterdam estaba abarrotado. Ginny entró en todos los sitios que encontró y que le parecieron al menos un poco más seguros que La Manzana. Los únicos lugares en los que quedaban plazas se salían totalmente de su presupuesto. Cuando dieron las siete, estaba comenzando a desesperarse. Se había alejado bastante del centro de la ciudad.

Junto a un canal descubrió una casa pequeña construida en piedra color arena, con cortinas blancas y flores en las ventanas. Parecía el tipo de casa donde viviría una ancianita adorable. Habría pasado de largo si no hubiera sido por el letrero azul eléctrico que decía: Het Kleine Huis Hostel and Hotel Amsterdam.

Aquel sería su último intento. Si fracasaba, podría volver a la estación sabiendo que había hecho todo lo posible. Aunque no sabía adónde iría desde allí.

A causa de la mochila, tuvo que entrar de lado y con apuros a un vestíbulo estrecho que conducía a un recibidor no mucho más ancho que un simple pasillo. Una ventana interior dejaba ver un escritorio, detrás del cual había una pulcra cocina familiar. Un hombre salió para preguntarle qué quería y le dijo que, sintiéndolo mucho, no tenía sitio. Acababan de ocupar la última habitación que les quedaba libre.

–¿No tienes donde dormir? –dijo una voz con acento estadounidense.

Ginny se volvió y vio a un hombre que bajaba la escalera con una guía de viaje en la mano.

–No. Está todo lleno –respondió ella.

–¿Estás sola?

Ginny asintió.

–Caramba, no podemos dejarte marchar con esta lluvia sin tener un sitio donde dormir. Espera un momento.

El hombre volvió a subir. Ginny no sabía muy bien qué tenía que esperar, pero esperó de todos modos. El hombre regresó instantes más tarde con una amplia sonrisa.

–Perfecto –dijo–. Todo arreglado. Phil puede dormir en nuestro cuarto, y tú compartirás la otra habitación con

Olivia. Por cierto, somos los Knapp, de Indiana. ¿Cómo te llamas?

–Ginny Blackstone.

–Hola, Ginny. –El hombre le tendió la mano y Ginny se la estrechó–. ¡Ven a conocer a la familia! ¡Ahora eres una más!

Olivia Knapp, la nueva compañera de habitación de Ginny («¡Sus iniciales son OK! –había dicho el señor Knapp–; llámala OK, ¿vale?»), era una chica alta, rubia y con el pelo corto. Tenía los ojos azules, grandes como los de un ciervo, y un bronceado tan intenso y uniforme que hasta daba grima. Toda la familia era del mismo estilo: pelo corto, delgados como galgos y vestidos exactamente como recomendaban las guías de viaje, con ropa sencilla, para todo tipo de clima y fácil de mantener.

El cuarto que tenía que compartir con Olivia era el polo opuesto al que la había hecho huir de La Manzana. Era una habitación muy estrecha, pero limpia y decorada con un gusto exquisito y muy femenino, papel pintado con rayas de tonos rosa y crema y un jarrón en el alféizar lleno de tulipanes rosas y rojos. Y, lo mejor de todo, dos camas perfectamente hechas con mullidos edredones blancos que aún conservaban el aroma a suavizante.

Olivia no era demasiado comunicativa. Tiró sus cosas encima de la cama y deshizo su bolsa con rapidez. (Un equipaje de libro, observó Ginny. Cada centímetro perfectamente aprovechado. Y sin ningún exceso.) Llenó dos de los cuatro cajones de la cómoda y luego le hizo un gesto a Ginny para indicarle que los otros dos eran para ella. Si le había parecido extraño que sus padres hubieran adoptado a una completa desconocida durante cinco días, no lo demostró. De hecho, a Ginny le dio la impresión de que ese tipo de cosas debían de ser bastante frecuentes en esa familia y que no le daban la mínima importancia. Olivia se dejó caer encima de la cama, se puso los auriculares y estiró las piernas en vertical. No se movió hasta que entró su madre y las llamó para cenar.

Aunque no había probado bocado en todo el día, a Ginny seguía sin seducirle la idea de salir a cenar. Los Knapp pasaron unos minutos intentando convencerla, pero al final dieron por buena su excusa: «Llevo varios días de viaje y apenas he pegado ojo».

Cuando se fueron, ni siquiera sabía muy bien por qué no había ido con ellos. Algo en su interior solo tenía ganas de quedarse en aquel cuartito. Abrió su mochila y sacó la ropa mojada (el tejido impermeabilizante no era del todo efectivo). La colocó encima de la mesilla.

Entró en el baño y se dio una ducha larga con agua bien caliente (¡jabón!, ¡toallas!). Tuvo mucho cuidado de no frotar en el lugar donde llevaba el tatuaje de tinta, que ya se estaba empezando a borrar.

Se sentó en la cama, disfrutó del rubor cálido de su piel y de la sensación de limpieza, y se preguntó qué haría a continuación. Miró a su alrededor. Podía intentar lavar algo de ropa en el lavabo (no había vuelto a lavar desde que estuvo en Londres, y empezaba a resultar un problema). Podía salir. Pero entonces los vio: Olivia tenía libros, revistas y música alineados encima de la cama.

En vista del orden metódico con que Olivia había colocado sus cosas, a Ginny casi le daba miedo tocarlas. Además, tampoco era propio de ella usar nada que no fuera suyo sin pedir antes permiso.

Pero ¿qué tenía de malo echar un vistazo a un libro o escuchar música durante unos minutos, sobre todo después de casi tres semanas sin nada que leer ni escuchar?

La tentación fue demasiado fuerte.

Cerró la puerta con pestillo y estudió con atención la disposición exacta de cada cosa. Intentó memorizarlo de forma fotográfica. Las revistas estaban en línea con la tercera raya rosa contando desde los pies de la cama. Los auriculares descansaban en forma de estetoscopio, el derecho un poco por debajo del izquierdo.

El gusto musical de Olivia era un poco más vanguardista de lo que aparentaba ser la propia Olivia. Ginny lo escuchó todo, desde la música folk hasta la electrónica... Hojeó las revistas con avidez. Todo era tan nuevo, tan recién estrenado... Ginny ni siquiera leía ese tipo de revistas en su casa, pero ahora estaba encantada al ver anuncios de pintalabios e informarse sobre las últimas tendencias de biquinis.

Se oyó un ruido en la puerta. Un golpe. Ginny se quitó los auriculares a toda velocidad, y con las prisas por volver a colocarlos en la parte de Olivia tal como los había encontrado, se cayó de la cama. ¿El derecho por encima del izquierdo? No. Daba igual... Los tiró de cualquier manera y estampó las revistas a su lado. Tuvo el tiempo justo para apartar las manos de las cosas de Olivia antes de que la puerta se abriera.

–¿Qué estás haciendo en el suelo? –preguntó Olivia.

–Ah, es que... me he caído de la cama –respondió Ginny–. Estaba dormida y me he sobresaltado. ¿Habéis vuelto pronto o... qué hora es?

–Mis padres se pusieron a hablar con unas personas –dijo Olivia con indiferencia.

Miró las cosas encima de su cama. No pareció sospechar nada, pero no retiró la vista durante un rato. Ginny se incorporó agarrada a la manta y volvió a meterse en la cama.

–Entonces, OK...

–Nadie me llama OK –le espetó Olivia, cortante.

–Ah.

–Hay ropa tuya por todas partes.

–Estaba mojada –explicó Ginny, sintiendo una oleada de culpa–. Estoy intentando que se seque.

Olivia no contestó. Recogió su iPod, le dio la vuelta en las manos y lo examinó con atención. Luego lo metió en el bolsillo delantero de su mochila y cerró la cremallera con estrépito. Sonó como el gruñido furioso de una abeja gigante. Luego desapareció en el baño. Ginny se dio la vuelta para quedarse cara a la pared y cerró los ojos con fuerza.

La vida con los Knapp

–¡Arriba, dormilonas!

A Ginny le costó un esfuerzo sobrehumano despegar los párpados. Había dormido profundamente, y a través de las cortinas entraba una luz suave. Y aunque la cama era estrecha, estaba limpia y calentita.

Notó que una mano le sacudía la pierna.

–¡En pie, señorita Virginia!

Al otro lado, Olivia se estaba levantando con disciplina robótica. Ginny alzó la vista y vio a la señora Knapp de pie junto a la cama, con una taza de café de plástico en la mano. Dejó un papel sobre la almohada, junto a la cabeza de Ginny.

–Programa para hoy –dijo la mujer–. ¡Tenemos miles de cosas que hacer! ¡Así que venga, a espabilar y a ponerse en movimiento!

La mujer descorrió las cortinas de un tirón enérgico y encendió la luz principal. Ginny hizo una mueca y miró el papel con ojos soñolientos. Arriba del todo leyó: «Día uno: día de museo 1». Había una tabla con horas y actividades que empezaban a las 6.00 (hora de levantarse) y continuaban hasta las 22.00 (¡a la cama!). Entre una y otra había al menos diez actividades distintas.

–¿Nos vemos abajo dentro de media hora, chicas? –gorjeó la señora Knapp.

–Sí –contestó Olivia, ya a punto de entrar en el cuarto de baño.

Una hora después, estaban esperando en la plaza que había frente al Rijksmuseum –por lo visto, el museo más grande e imponente de Ámsterdam–, justo antes de que abriera sus puertas. Ginny intentó empaparse de la grandiosidad del edificio y olvidarse de la conversación que mantenían los Knapp sobre un número del musical *Calle 42*, así como de la posibilidad más que verosímil de que acabaran bailando en plena plaza. Por suerte, el museo abrió antes de que la pesadilla se hiciera realidad.

Los Knapp tenían una idea muy clara de cómo abordar la colección más completa de arte e historia de los Países Bajos: la estrategia era realizar una serie de acometidas milimétricamente planificadas. Era una operación militar.

En cuanto entraron, le pidieron a la persona que atendía el mostrador de recepción que rodeara con un círculo las cosas verdaderamente importantes que había que ver. A continuación avanzaron con paso firme, guía en mano. Pasaron a toda velocidad por delante de una exposición sobre cuatrocientos años de historia de Holanda y señalaron una pieza de cerámica azul y blanca. En cuanto llegaron al ala donde se exponían las obras de arte, la expedición se convirtió en una especie de carrera de velocidad. La misión consistía sencillamente en encontrar los cuadros que figuraban en la guía, mirarlos durante unos instantes y salir disparados hacia el siguiente.

Por suerte, la tercera parada fue *La ronda de noche*, de Rembrandt. No hubo problema para encontrarlo, pues por todas partes había letreros que anunciaban su ubicación (y, al contrario que en el Louvre, estos sí parecían decir la verdad). Además, el cuadro era gigantesco. Ocupaba casi toda una pared, y prácticamente llegaba hasta el techo. Las impresionantes figuras del cuadro parecían de tamaño real, aunque a Ginny no le quedó muy claro qué estaban haciendo. Parecía una reunión de aristócratas con grandes sombreros e insignias que incluía a varios soldados que portaban unas banderas enormes y también, por si fuera poco, a unos músicos. La mayor parte del cuadro estaba casi a oscuras, con las figuras en sombra. Pero un potente haz de luz lo hendía por la mitad, iluminaba una figura central y dividía el lienzo en tres secciones triangulares.

(«Cuando tengas dudas, busca los triángulos de los cuadros», decía siempre la tía Peg. Ginny no tenía ni idea de por qué era tan importante, pero era cierto. Había triángulos por todas partes.)

–No está mal –comentó el señor Knapp–. Muy bien. El siguiente cuadro se llama *Bodegón con pavos reales...*

–¿Puedo quedarme aquí y reunirme con ustedes dentro de un rato? –preguntó Ginny.

–Pero... hay muchos cuadros que ver –dijo la señora Knapp.

–Lo sé, pero... me gustaría ver este con más calma.

Los Knapp no estaban dispuestos a aceptarlo del todo. El señor Knapp echó un vistazo a su guía, plagada de círculos.

–Muy bien –accedió–. Nos vemos en la entrada dentro de una hora.

Una hora. Parecía tiempo suficiente para buscar a Piet. ¿Qué era un Piet? Probablemente una persona, ya que tenía que hacerle una pregunta. Vale. ¿Quién era Piet?

Primero examinó las cartelas con los títulos de los cuadros. Ningún Piet. Se sentó en el banco del centro de la sala y observó el torrente de visitantes que pasaban por delante de *La ronda de noche* arrastrando los pies. Por supuesto, pensó Ginny, nadie podía saber cuándo iba a llegar, así que Piet no iba a salir a recibirla. Recorrió las salas adyacentes, leyó todas las cartelas. Asomó la cabeza por las esquinas, miró en los baños. No había Piets por ninguna parte.

No le quedó más remedio que rendirse y acudir al encuentro de los Knapp, que habían asimilado todo aquel museo enorme a su entera satisfacción. Pusieron rumbo al Museo Van Gogh. La señora Knapp solo había dispuesto una hora para verlo, pero incluso ese tiempo les parecía demasiado. A juzgar por su expresión, enseguida se cansaron de tanto cuadro turbulento y alucinógeno. Al señor Knapp también le parecieron «una pasada».

–¿Qué se metería? –murmuró.

Tuvieron que tomar el tranvía para ir a la siguiente parada, el Museo Casa de Rembrandt, un lugar algo oscuro y decrépito. El siguiente fue el Museo Marítimo (14.30-15.30: barcos, anclas). Dispusieron de otra hora para ver la casa de Anna Frank (16.00-17.00), que arrancó de labios del señor Knapp la expresión «una auténtica pasada», si bien eso no sirvió para ralentizar el ritmo vertiginoso, pues tenían que volver al hotel para la «hora Knapp» (17.30-18.30). En cuanto llegaron, Olivia se dejó caer encima de la cama, se frotó las piernas con energía, se puso los auriculares y se quedó dormida. Ginny también se tumbó pero, aunque estaba agotada, no fue capaz de descansar. Justo cuando estaba quedándose frita, la puerta se abrió de golpe y otra vez a la calle.

Cenaron en el Hard Rock Café, y prácticamente toda la conversación giró en torno a la maravillosa novia de Phil. Era la primera vez que se separaban, así que cuando terminaron de cenar Phil tuvo que ausentarse unos minutos para llamarla. Cuando se fue, el señor y la señora Knapp cambiaron de tema para centrarse en el atletismo de Olivia. Su pasión era correr. Había corrido en el instituto, y acababa de terminar el primer año en la universidad. Estudiaba enfermería, pero, por encima de todo, corría. Esperaba tener alguna oportunidad de salir a correr mientras estuvieran de viaje. No fue Olivia quien contó todo esto; ella se limitó a comer su ensalada de pollo a la plancha y a observar el restaurante con movimientos firmes, de izquierda a derecha.

Después tuvieron que darse prisa para poder subir a un barco turístico con el techo de cristal y hacer un crucero nocturno por los canales, durante el cual los Knapp representaron momentos estelares de *El fantasma de la ópera* (concretamente, la escena del barco, según explicaron). Fueron un poco más discretos que por la mañana, casi como si cantaran para sí mismos.

Y después, afortunadamente, el día terminó.

Contactos de varios tipos

Durante los tres días siguientes, Ginny siguió el programa agotador de los Knapp. Cada mañana, con la salida del sol, empezaba de la misma manera: un golpe en la puerta, una sacudida, un saludo alegre no muy bien recibido y una página impresa en la almohada. Recorrieron a la carrera cada rincón de Ámsterdam en jornadas cuidadosamente programadas. Los museos. El palacio. La fábrica Heineken. Todos los barrios. Todos los parques. Todos los canales. Y todas las noches oía al señor Knapp decir algo parecido a: «Fijaos, ni aunque estuviéramos aquí un mes entero haríamos justicia a esta ciudad».

Ginny estuvo a punto de llorar de alegría cuando se enteró de que la quinta jornada del Tour Knapp de Ámsterdam había sido marcado como «día libre». Phil desapareció después de desayunar, y a las ocho Olivia ya se estaba poniendo su ropa especial de alta tecnología para salir a correr. Ginny se sentó en la cama y la observó mientras intentaba convencerse a sí misma de que no debía volver a acostarse y pasar el día entero durmiendo. Aún tenía que encontrar al misterioso Piet, y también mandar un mensaje a Keith. Llevaba días queriendo hacerlo, pero nunca había logrado zafarse el tiempo suficiente.

–¿Qué vas a hacer hoy? –preguntó Olivia.

Ginny levantó la vista, sobresaltada.

–Pues... iba a escribir un par de correos.

–Yo también, después de correr. Hay un cibercafé muy grande unas calles más allá. Yo iré luego. Si quieres, podemos compartir un bono de un día. Sale más barato.

Olivia le indicó dónde estaba el local y Ginny fue hasta allí... después de regalarse una ducha larga y hacerse las trenzas con calma.

Después de enviarle un mensaje corto a Keith, Ginny se conectó al Messenger y luego pasó una hora navegando por la red para matar el tiempo. Era como una droga... Mejor incluso que la música y las revistas de unas noches atrás. Casi se asustó cuando se dio cuenta de lo mucho que echaba de menos visitar las mismas webs insulsas.

Se oyó un pitido cuando Keith se conectó.

bueno, qué tal a'dam?

¿Adam?, escribió Ginny.

ámsterdam, boba.

De pronto, el perfil de Miriam también se encendió.

OH, DIOS MÍO, ¿ESTÁS AHÍ?, escribió Miriam.

Ginny ahogó un grito. Inmediatamente llevó los dedos al teclado para contestar, pero luego los retiró como si quemara.

Recordó la regla: no podía comunicarse con nadie de Estados Unidos *online*.

¿POR QUÉ NO CONTESTAS?, preguntó Miriam.

NO ME PUEDES ESCRIBIR, ¿VERDAD?

OH, DIOS MÍO.

VALE.

SI ESTÁS AHÍ, CONÉCTATE Y DESCONÉCTATE LO MÁS RÁPIDO QUE PUEDAS.

Ginny intentó conectarse y desconectarse con rapidez, pero el ordenador era muy lento. Lanzó un gemido de frustración. Cuando por fin lo logró, aparecieron de repente varios mensajes de Keith.

hola?

molesto?

adónde te has ido?

bueno, tengo que irme.

No, sigo aquí..., escribió Ginny.

Demasiado tarde. El chico se había desconectado.

Sin embargo, Miriam aún seguía allí, gritando virtualmente.

TE ECHO TANTO DE MENOS QUE ESTOY TOCANDO LA PANTALLA.

Los ojos de Ginny se llenaron de lágrimas. Era ridículo. Su mejor amiga estaba allí, y Keith se había ido.

Puso los dedos sobre las teclas y comenzó a escribir a toda prisa, una línea detrás de otra.

Se supone que no puedo hacer esto, pero ya no aguanto más.

Yo también te echo de menos.

Las cosas se han complicado un poco.

¿ESTÁS BIEN?

Sí.

RECIBÍ TUS CARTAS. ¿DÓNDE ESTÁ KEITH? ¿LO QUIERES?

Creo que sigue en París. Es Keith, y no hay más.

¿Y ESO QUÉ LECHES SIGNIFICA? QUÉ GANAS ME ENTRAN DE IR A VERTE.

Significa que lo más probable es que no lo vuelva a ver.

¿POR QUÉ NO?

Ginny dio un respingo cuando de pronto vio a Olivia sentada a su lado.

–¿Has terminado? –preguntó.

–Eeh...

Olivia parecía algo impaciente, y un sentimiento inconsciente de culpabilidad logró imponerse.

Tengo que irme. Te echo de menos.

YO TAMBIÉN TE ECHO DE MENOS.

Minutos después, tras cederle el ordenador a Olivia, Ginny volvió a salir a la calle. Estaba medio aturdida por aquella comunicación imprevista y le costaba trabajo moverse; las bicicletas, y los mochileros, y la gente que pasaba hablando por teléfono tenían que apartarse para esquivarla.

Aún tenía algo que hacer. ¿Dónde estaba Piet? ¿Quién era? Piet tenía que estar en algún lugar del museo, así que allá fue Ginny..., de vuelta al enorme Rijksmuseum.

¿Qué se había quedado sin ver? ¿Qué más había allí? Cuadros. Gente. Nombres.

Y vigilantes.

Vigilantes. La gente que veía los cuadros a todas horas. El vigilante de aquella sala era un señor mayor con barba blanca y aspecto de sabio. Ginny se acercó a él.

–Disculpe. ¿Habla usted inglés?

–Por supuesto.

–¿Es usted Piet?

–¿Piet? –repitió el hombre–. Está donde los bodegones del siglo XVII. Tres salas más allá.

Ginny recorrió el pasillo prácticamente a la carrera. De pie en un rincón de la sala, un vigilante joven con perilla jugueteaba con la hebilla de su cinturón. Cuando Ginny le preguntó si era Piet, él entornó los ojos y asintió.

–¿Puedo preguntarle por *La ronda de noche?*
–¿Qué quieres saber?
–Pues... algo sobre *La ronda.* ¿La vigila usted?
–A veces. –El hombre la miró con recelo.
–¿Alguna vez le preguntó por ella una mujer?
–Me pregunta muchísima gente. ¿Qué quieres?
Ginny no sabía lo que quería.
–Cualquier cosa –respondió–. Su opinión.
–Es parte de mi vida –dijo el hombre encogiéndose de hombros–. La veo todos los días. No tengo ninguna opinión.
No podía ser. Aquel era Piet. Aquel cuadro era *La ronda de noche.* Pero Piet se limitó a rascarse el labio inferior y recorrer la sala con la vista, desconectado ya de la conversación.
–De acuerdo –dijo Ginny–. Gracias.
De vuelta en Het Kleine Huis, el hotelito, Ginny rebuscó en su mochila e intentó dilucidar cuáles eran sus prendas más limpias, lo cual no era tarea fácil.
–¡Tengo una noticia genial! –dijo la señora Knapp al tiempo que irrumpía en la habitación sin llamar, con lo cual sobresaltó a Ginny–. ¡Algo grande para nuestro último día juntos! ¡Una excursión en bicicleta! ¡A Delft! ¡Una sorpresa!
–¿Delft? –repitió Ginny.
–Es otra de las grandes ciudades de este país, así que... ¡a descansar bien esta noche! ¡Tenemos que levantarnos muy temprano! ¡Cuéntale a Olivia la buena noticia!
Blam. Puerta cerrada. La señora Knapp se esfumó.

La vida secreta de Olivia Knapp

A la mañana siguiente, muy temprano, ya estaban todos montados en un tranvía que los condujo a las afueras de Ámsterdam. A Ginny le gustaba el tranvía. Era como un tren de juguete que hubiera crecido de pronto y que hubieran soltado en plena calle. Miró por la ventana, y entre bamboleos vio pasar a Holanda ante sus ojos: casas antiguas, un canal detrás de otro y gente con calzado cómodo.

Algo que los Knapp no habían dicho, pero que Ginny percibía perfectamente (lo percibía de verdad, casi como una sensación física en la nuca), era que, si bien parecían tenerle aprecio, se alegraban de que no fuera hija suya. O más bien, si lo hubiera sido, las cosas habrían sido distintas. Se levantaría de la cama automáticamente y como un robot a las seis de la mañana. No andaría de un sitio a otro arrastrando los pies en plena vorágine de hora punta. Cantaría canciones de películas. Le gustaría correr, o al menos se lo plantearía. Y desde luego, estaría mucho más entusiasmada ante la perspectiva de recorrer veinticuatro kilómetros en bicicleta. Eso podía asegurarlo, porque no hacían más que preguntarle: «¿No estás encantada, Ginny? ¡Una excursión en bicicleta! Qué maravilla, ¿verdad? ¿No estás encantada?».

Ginny les dijo que estaba encantada, pero siguió bostezando, y la expresión de su cara probablemente les reveló la verdad: no le gustaban las bicicletas. De hecho, le horrorizaban. No siempre había sido así. Cuando eran pequeñas, Miriam y ella iban en bici a todas partes, pero todo acabó cuando, a los doce años, la bicicleta de Ginny decidió no frenar mientras bajaba una cuesta empinada y ella se vio obligada a virar y morder el asfalto para no terminar engullida por el tráfico.

Ginny intentó no pensar en ello mientras la hacían subir a una bicicleta demasiado grande para ella. El guía de la excursión dijo que eso sucedía porque ella era una «chica grande, y con ello quiero decir alta». Así que con eso también quería decir que a las personas más bajas les daban bicicletas adecuadas a su estatura, y que a ella le habían dado la que quedaba para chicas altas.

Además, ni siquiera era tan alta. Olivia lo era más.

Estaba claro que iba a ser el «día de discriminación de Ginny».

El camino a Delft era bastante llevadero, incluso para ella, pues los Países Bajos eran llanos como una tabla. Únicamente estuvo a punto de caerse de su bicicleta gigantesca un par de veces, y solo cuando pedaleó más rápido para poner distancia entre ella y los Knapp, que iban cantando todas las canciones que se les ocurrían que hicieran referencia a bicicletas, o a pedalear, o a ir de excursión.

Delft resultó ser una ciudad preciosa, una versión de Ámsterdam en miniatura. Era uno de esos sitios tan increíblemente guays que Ginny supo que, debido a las leyes o a la suerte, jamás podría vivir allí. Los ciudadanos de Delft no se lo permitirían jamás.

En una de las primeras tiendas donde pararon vendían zuecos de madera. La señora Knapp se entusiasmó como una niña. Lo único que le apetecía a Ginny era sentarse, así que cruzó la calle (mejor dicho, el canal) y se sentó en un banco. Ante su sorpresa, Olivia se sentó a su lado.

–¿A quién escribías ayer? –preguntó Olivia.

Quizá la conmoción ante aquella prueba inesperada de que Olivia tenía personalidad propia fue la causa de lo que ocurrió a continuación.

–A mi novio –contestó Ginny–. Estaba escribiendo a mi novio, Keith.

Vale. Ahora estaba mintiendo, o algo así. Ni siquiera sabía por qué. Quizá solo para oír aquellas palabras en voz alta. Keith... *mi novio.*

–Eso me pareció –dijo Olivia–. Yo también. No puedo llamar como hace Phil.

–¿Y por qué no puedes llamar a tu novio?

–No –dijo Olivia meneando la cabeza–. Las cosas no son así.

–¿Así cómo?

–Es que... no es novio. Es novia.

Al otro lado de la calle, el señor y la señora Knapp gesticulaban como locos y se señalaban los pies. Ambos se estaban probando unos zuecos de madera de colores muy vivos.

–A mis padres les daría un ataque si se llegaran a enterar –continuó Olivia, taciturna–. Se colgarían de una viga. Siempre se dan cuenta de todo, menos de lo que tienen delante de sus narices.

–Ah...

–¿Estás flipando? –preguntó Olivia.

–No –contestó Ginny con rapidez–. Me parece perfecto. Lo de que seas lesbiana y eso. Perfecto.

–Tampoco es nada del otro mundo.

–No –rectificó Ginny–, eso es verdad.

El señor Knapp se arrancó a bailar. Olivia suspiró. Permanecieron unos minutos sentadas en silencio mientras contemplaban el embarazoso espectáculo. Después, los Knapp desaparecieron en otra tienda.

–Me parece que Phil se ha dado cuenta –dijo Olivia con voz triste–. No hace más que preguntarme por Michelle. Phil es medio gilipollas..., creo. A ver, es mi hermano, pero aun así. No digas nada.

–No, tranquila.

Tras su repentina confesión, Olivia volvió a ser la Olivia de siempre, con su mirada fija a media distancia y el gesto de frotarse las piernas continuamente.

–Creo que están comprando queso –dijo Olivia instantes después, y con estas palabras se levantó y cruzó el puente.

Ginny se quedó inmóvil unos instantes y contempló los barcos que cabeceaban en el canal. Lo más asombroso no era exactamente que a Olivia le gustaran las chicas, sino que tuviera sentimientos y cosas que decir, y que las hubiera dicho. Había algo detrás de aquella mirada inexpresiva.

Olivia también había apuntado un hecho muy interesante... No que sus padres estuvieran comprando queso, sino que no se dieran cuenta de lo que tenían delante de sus narices. Como Piet; veía *La ronda de noche* a diario, pero sin mirarlo en realidad. Y ella ¿qué tenía delante? Barcos. Agua. Edificios antiguos junto al canal. La bicicleta gigante en la cual iba a tener que volver a Ámsterdam, probablemente matándose por el camino.

¿Qué iba a hacer? No había ningún mensaje oculto. La tía Peg la había pifiado con Ámsterdam. No había ningún Charlie. Piet no tenía ni idea de nada. Y ahora se veía limitada a hilvanar una teoría propia que explicara de qué iba todo aquello, una teoría que solo podía basarse en retazos de conversaciones.

Ámsterdam, tuvo que admitirlo, había sido un fracaso.

Para su última noche en la ciudad, los Knapp habían decidido ir a un restaurante en un barrio medieval que parecía un pequeño castillo. Había antorchas en los muros de piedra y armaduras en los rincones. Olivia, que parecía agotada después de la confesión de aquella tarde, permaneció toda la cena con la mirada fija en una armadura sin decir una sola palabra.

–Ginny –dijo la señora Knapp al tiempo que sacaba un papel que dejó encima de la mesa–, he hecho una pequeña lista para ti. Para redondear, pongamos veinte euros por la cena de hoy.

Escribió algo al final de la lista y luego le pasó el papel a Ginny. Los Knapp habían usado la tarjeta de crédito para todo. Ginny era consciente de que en algún momento tendría que aportar su parte de los gastos. Y era obvio que el momento había llegado, en forma de lista detallada de todas las cuentas y comprobantes de compra, más el coste de su parte del hotel.

Por supuesto, a Ginny no le importaba pagar sus gastos, pero le pareció un poco raro que le entregaran la cuenta en medio de la cena, con las miradas de los cuatro Knapp puestas en ella. Le dio tanta vergüenza que ni siquiera miró la cantidad. Se colocó el papel encima de las rodillas y lo tapó con el borde del mantel.

–Gracias –dijo–. Aunque voy a tener que ir a un cajero automático.

–¡No hay prisa! –la tranquilizó el señor Knapp–. Ya lo harás por la mañana.

Pues entonces, ¿por qué me la habéis dado ahora?, pensó Ginny.

De vuelta en el Huis, Ginny repasó la lista y se dio cuenta de que no había prestado ninguna atención a los gastos. No le pidieron el precio total de la habitación (resultaron ser las mejores del hotel, con lo cual costaban bastante más que el resto), pero aun así la cuenta ascendía a doscientos euros por los cinco días. Si lo sumaba al ritmo vertiginoso de visitas turísticas (pues también habían incluido el precio de las entradas), los restaurantes y el cibercafé, Ginny se había fundido quinientos euros. Estaba casi segura de que aún le quedaban otros quinientos, pero la duda no la dejó dormir en toda la noche. Se levantó antes que los demás y salió sin hacer ruido para cerciorarse.

El cajero automático le dio el dinero (lo cual supuso un alivio), pero no el saldo. Se limitó a escupir un puñado de billetes morados y se despidió con un parpadeo y un mensaje en holandés. Para lo que Ginny entendía de ese idioma, lo mismo le podía haber dicho: «Jódete, turista».

Se sentó en el bordillo y sacó el siguiente sobre. Dentro había una postal pintada con espirales de acuarelas. Parecía un cielo, pero había dos soles; uno contenía un 1 y el otro un 0.

La carta número diez.

–Muy bien –murmuró–. ¿Y ahora qué?

#10

#10

Querida Ginny:

Basta de hermetismo sobre el problema, Gin. Todavía no hemos hablado de ello, y ya va siendo hora de que lo hagamos. Tengo una enfermedad. Estoy enferma. Y cada vez voy a estar peor. No me gusta, pero es lo que hay, y lo mejor es agarrar siempre el toro por los cuernos. Una expresión un tanto grandilocuente viniendo de mí, pero acertada.

Cuando me di la vuelta aquella mañana de noviembre en la que iba a empezar a trabajar en el Empire State... había una razón. No fue solo la indignación moral ante la idea de trabajar en ese edificio. Me había olvidado del número de la oficina adonde iba. Me lo había dejado en casa.

La otra versión daba pie a una historia más interesante: eso de pararme en seco, dar la vuelta y regresar a casa. Suena mucho más romántico. No es lo mismo que admitir que tuve un bloqueo mental, olvidé en casa la notita con el número y tuve que dar la vuelta.

Cuando echo la vista atrás, Gin, creo que aquello fue el principio. Pequeños detalles por el estilo. Siempre he sido bastante excéntrica, lo reconozco, pero seguía un patrón de conducta definido. Me despistaba con cosillas sin importancia. Los médicos me dicen que mi problema es bastante reciente, que es imposible que notara los síntomas hace dos años. Pero los médicos no siempre tienen razón. Creo que me di cuenta de que el tiempo pronto iba a convertirse en un problema.

Cuando estuve en Ámsterdam con Charlie, no tuve ninguna duda de que algo me pasaba. No estaba segura de qué podía ser. Pensé que era algo relacionado con la vista. Por la calidad de la luz. A veces las cosas me parecían muy oscuras. Veía puntitos negros, puntitos que en ocasiones llegaban a impedirme la visión. Pero fui demasiado gallina como para ir al médico. Me dije que no era nada, y en lugar de acudir a un especialista decidí no quedarme quieta en un sitio. Mi siguiente destino fue un barrio de artistas en Dinamarca.

Así que tu próxima tarea será subirte de inmediato a un avión con destino a Copenhague. Es un viaje corto. Manda un correo electrónico a knud@aagor.net con los detalles del vuelo. Alguien irá a recogerte al aeropuerto.

Con cariño,

T.T.L.F.

El barco vikingo

Ginny estaba en el aeropuerto de Copenhague con la mirada fija en una puerta mientras trataba de adivinar: a) si al otro lado habría un cuarto de baño, y: b) en caso de que fuera así, para quiénes sería ese cuarto de baño. En la puerta solo se leía una H.

¿Sería ella H?

¿Sería la H de «hembras»? Bien podía ser también la de «hombres». O la de «helicópteros: esto no es un baño».

Se volvió, desesperada, y la mochila estuvo a punto de hacerle perder el equilibrio y tirarla al suelo.

El aeropuerto de Copenhague, impecable y muy bien organizado, contaba con letreros metálicos muy brillantes en las paredes, zócalos de metal y grandes columnas metálicas. Los aeropuertos suelen ser lugares más o menos asépticos, pero el de Copenhague era como la mesa de un quirófano. A través de los enormes ventanales que se sucedían por todo el edificio, Ginny comprobó que también el cielo tenía un color gris acero.

Estaba esperando a alguien a quien no conocía y que tampoco la conocía a ella. Lo único que sabía era que él –o ella– le había escrito en inglés –y en letras mayúsculas– y que le había indicado: ESPÉRAME JUNTO A LAS SIRENAS. Después de pasar un rato largo paseando en semicírculos (aquel lugar describía una enorme curva) y de preguntar a un buen número de personas, Ginny encontró las estatuas de dos sirenas que se asomaban a una de las barandillas del segundo piso. Llevaba más de tres cuartos de hora esperando junto a ellas, se estaba haciendo pis y empezaba a preguntarse si todo aquello no sería algún tipo de prueba.

Justo cuando se disponía a ir de una carrera a la puerta de la H, se fijó en un hombre con pelo largo y castaño que avanzaba hacia ella. Ginny advirtió que no era muy mayor, pero su barba larga y oscura le confería un aire maduro y un aspecto imponente. Su atuendo –vaqueros, camiseta de Nirvana y cazadora de cuero– era normal, a excepción del cinturón de eslabones de metal que llevaba a la cintura, del que colgaban varios objetos –como un gran diente de animal y algo que parecía un enorme silbato– a modo de amuletos. Iba derecho hacia ella. Ginny miró a su alrededor, pero estaba prácticamente segura de que no se dirigía al grupo de turistas japoneses que se estaban congregando a su lado bajo una banderita azul.

–¡Tú! –exclamó el hombre–. ¡Virginia! ¡Sí!

–Sí –dijo Ginny.

–¡Lo sabía! ¡Soy Knud! ¡Bienvenida a Dinamarca!

–¿Hablas inglés?

–¡Pues claro que hablo inglés! ¡Todos los daneses hablamos inglés! ¡Por supuesto! ¡Y lo hablamos muy bien!

–Muy bien –corroboró Ginny.

Todas las frases que pronunciaba Knud parecían estar encerradas entre signos de exclamación. Hablaba inglés muy bien, pero sobre todo muy alto.

–¡Sí! ¡Lo sé! ¡Vamos!

En el aparcamiento los esperaba la moto de Knud, una BMW azul con sidecar, muy moderna y de aspecto carísimo. Utilizaba el sidecar, explicó el hombre, para transportar todos sus útiles y materiales (aunque no especificó cuáles). Estaba totalmente seguro de que la voluminosa mochila de Ginny también cabría, y tenía razón. Instantes después, Ginny estaba acomodada en el sidecar, casi a nivel del suelo, surcando las calles de otra ciudad europea que se parecía mucho (le dio apuro reconocerlo, era como un cliché) a la que acababa de abandonar.

Knud aparcó la moto en una calle llena de casas de distintos colores, pegadas unas a otras y alineadas junto a un canal muy ancho. Ginny tuvo que esperar a que retirara la mochila, y luego salió del sidecar con paso inseguro. Hizo ademán de dirigirse a los edificios, pero él la llamó.

–¡Por aquí, Virginia! ¡Aquí abajo!

Knud bajaba cargado con la mochila por unos escalones de hormigón que conducían al agua. Luego avanzó por una especie de acera que discurría paralela al canal y pasó por delante de varias «plazas de aparcamiento» cuidadosamente delimitadas donde estaban amarrados grandes barcos que en realidad eran casas flotantes. Se detuvo delante de una. Era una casita completa que parecía una pequeña cabaña de madera. Había parterres llenos de flores rojas en las ventanas, y una enorme cabeza de dragón hecha de madera sobresalía de la fachada frontal. Knud abrió la puerta y le hizo señas a Ginny para que pasara.

La casa de Knud era una sola estancia diáfana construida enteramente en una madera rojiza que olía a fresco; cada centímetro cuadrado estaba elaboradamente tallado con pequeñas cabezas de dragón, espirales, gárgolas... En un extremo de la sala había un gran futón rojo con el bastidor hecho de ramas gruesas de acabado tosco. Una mesa de madera con herramientas para tallar y piezas de forja ocupaba la mayor parte del espacio. Un pequeño rincón se dedicaba a la cocina. Hacia allí se dirigió Knud, que abrió una nevera diminuta y sacó varios recipientes de plástico.

–¡Tienes hambre! –exclamó–. Voy a prepararte una buena comida danesa. Ya verás. Siéntate.

Ginny se sentó a la mesa. Knud comenzó a abrir los recipientes, que estaban llenos de una docena o más de distintos tipos de pescado. Pescado rosa. Pescado blanco. Pescado con pizcas verdes de hierbas aromáticas. Sacó un poco de pan negro y apiló los distintos contenidos sobre él.

–¡Buen género! –dijo–. ¡Todo orgánico, por supuesto! ¡Todo fresco! ¡Aquí cuidamos el medio ambiente! ¿Te gustan los arenques ahumados? Te gustarán. ¡Claro que te gustarán!

Puso un bocadillo repleto de pescado delante de Ginny.

–Trabajo el hierro –le explicó Knud–, aunque también he tallado parte de esta madera. Todo mi trabajo se basa en el arte tradicional danés. ¡Soy un vikingo! ¡Come!

Ginny intentó agarrar entre las manos el bocadillo sobrecargado.

–Probablemente te estés preguntando cómo conocí a tu tía –continuó el hombre–. Sí, Peg estuvo aquí hará tres años, creo. En el festival de arte. Me gustó mucho tu tía. ¡Tenía un ánimo envidiable! Un día me dijo... ¿Qué hora es? ¿Las cinco?

De alguna manera, Ginny dedujo que aquella no había sido la gran frase de tía Peg en Dinamarca.

Knud le hizo un gesto para que siguiera comiendo y luego salió por una puertecita que había junto a la cocina de dos quemadores. Ginny se terminó el bocadillo y contempló la hilera de tiendas alineadas en la orilla opuesta del canal. Después se fijó en una placa de metal que había encima de la mesa. Knud la estaba grabando con un complicado diseño. Resultaba asombroso cómo un tipo tan grande podía realizar un trabajo tan delicado.

Cuando Ginny volvió a dirigir la vista hacia el exterior, las tiendas que había contemplado un minuto antes habían desaparecido; en su lugar había una iglesia, pero también esta parecía ir a la deriva. El suelo se balanceaba suavemente bajo sus pies, y su mente logró atar cabos y deducir que toda la casa se estaba moviendo. Se acercó a la ventana y vio que habían dejado atrás el lugar donde habían estado amarrados. Avanzaban por el canal a buen ritmo.

Knud abrió la puertecita delantera y Ginny advirtió que estaba metido en una pequeña cabina donde se encontraba el cuadro de mandos del barco.

–¡¿Qué te ha parecido el pescado?! –gritó.

–Estaba... ¡muy bueno! ¿Adónde vamos?

–¡Al norte! –exclamó–. ¡Deberías relajarte! ¡Vamos a navegar durante un buen rato!

Luego cerró la puertecita.

Ginny abrió la puerta por la que habían entrado desde la acera y vio que lo único que la separaba de los remolinos de agua eran un palmo de cubierta y una baranda que le llegaba por la pantorrilla. El agua le salpicó las piernas. Ahora Knud conducía su casa a mayor velocidad mientras se acercaban a una vía de agua más ancha. Pasaron por debajo de un puente enorme. Desde la proa del barco, Ginny contempló el canal de agua plateada que separaba Dinamarca de Suecia.

De modo que se dirigían al norte. En una casa.

–Vivo solo y trabajo solo –dijo Knud–, pero nunca estoy solo del todo. Realizo el trabajo de mis antepasados. Vivo la historia de mi país y de mi pueblo.

El viaje había durado al menos dos horas, quizá algo más. Por fin Knud había amarrado su casa en un cómodo embarcadero paralelo a una carretera, junto a un prado lleno de aerogeneradores de alta tecnología muy esbeltos. Ginny había comprendido que Knud era un artista tradicional. Estudiaba y recuperaba artesanía de hacía más de mil años, utilizando solo materiales y procesos genuinos y a veces haciéndose heridas genuinamente antiguas.

Lo que no le había explicado era por qué la había traído tan al norte en su casa flotante para atracar al lado de una autopista. En lugar de darle una explicación, preparó más bocadillos y volvió a insistir en la calidad y frescura de todos los ingredientes. Se sentaron a comer junto al barco.

–Peg –dijo Knud de pronto–. Me dijeron que había muerto.

Ginny asintió y contempló los giros vertiginosos de las aspas de los aerogeneradores. Parecían margaritas de metal gigantes que se hubieran vuelto locas. Un sol anaranjado resplandeciente brillaba tras ellas y arrancaba nítidos destellos plateados a las aspas.

–Lo sentí mucho –dijo el hombre, posando una mano fuerte y pesada en el hombro de Ginny–. Era muy especial. Y por eso has venido. ¿Me equivoco?

–Ella me pidió que viniera a verte.

–Me alegro. Y creo que sé por qué. Sí. Creo que lo sé.

Señaló los aerogeneradores.

–¿Ves eso? ¡Es arte! Hermoso. Y también útil. El arte puede ser útil. Esto aprovecha el viento y produce energía beneficiosa y limpia.

Ambos contemplaron los aerogeneradores durante unos instantes.

–Has llegado en un momento muy especial. No es casualidad. Es casi medianoche. Mira. Mira mi reloj.

Alzó la muñeca ante los ojos de Ginny y le mostró lo que la mayor parte de la gente habría tomado por un reloj de pared sujeto con una correa.

–¿Ves? Son casi las once de la noche. Y mira. Mira el sol. Peg vino aquí por el sol. Me lo dijo.

–¿Cómo la conociste? –preguntó Ginny.

–Vivía con una amiga mía en un lugar llamado Christiania. Christiania es un barrio de artistas que hay en Copenhague.

–¿Se quedó mucho tiempo?

–Creo que no demasiado. Había venido para ver el sol de medianoche. Para conocer este país de contrastes. Pasamos mucho tiempo sumidos en la oscuridad, Virginia. Y luego nos inunda la luz, una luz constante. El sol rebota en el cielo, pero nunca llega a ponerse. Ella tenía muchas, muchas ganas de ver esto, así que la traje aquí.

–¿Por qué aquí? –quiso saber Ginny.

–¡Para ver el lugar donde plantamos nuestros aerogeneradores, por supuesto! –exclamó Knud, riendo–. Desde luego, le encantaron. Veía en todo esto un paisaje fantástico. Vienes aquí y comprendes que el mundo no es un sitio tan malo. Con esto, intentamos crear un futuro mejor sin contaminar. Nos bañamos en luz. Embellecemos los campos.

Permanecieron sentados allí mucho tiempo, contemplando el sol que se negaba a ponerse. Por fin, Knud le sugirió a Ginny que entrara en el barco a descansar. Ella creía que la luz y la singularidad de aquel lugar no la iban a dejar dormir, pero el suave balanceo del barco la atrapó al poco rato. Lo siguiente que sintió fue una mano enorme que le sacudía el hombro.

–Virginia –dijo Knud–. Lo siento, pero tengo que irme enseguida.

Ginny se incorporó de golpe. Era por la mañana y habían atracado de nuevo en Copenhague, justo donde empezó el viaje. Pocos minutos después, Knud montaba en su moto.

–Sabrás llegar, Virginia –le dijo, posando una mano en el hombro de la chica–. Y ahora debo irme. ¡Buena suerte!

Con estas palabras, Knud partió. Sola de nuevo, Ginny se lanzó a las calles de Copenhague.

Hippo

Por lo menos esta vez estaba preparada.

Para que no le pasara lo mismo que en Ámsterdam, Ginny había consultado varias páginas web. El albergue más recomendado era un sitio llamado La Playa de Hippo. La valoración incluía cinco mochilas, cinco bañeras, cinco sombreros de fiesta y dos pulgares hacia arriba por parte de las webs más exigentes, lo cual lo convertía en una especie de Ritz de los albergues juveniles.

La Playa de Hippo no parecía demasiado grande; no era más que un modesto edificio gris pálido con unas pocas mesas y sombrillas frente a la entrada. Lo único que se salía de lo común era la gran cabeza rosa de hipopótamo que se alzaba sobre la puerta, con las mandíbulas abiertas de par en par. La gente había llenado la boca con todo tipo de objetos: botellas de cerveza vacías, un balón de playa casi deshinchado, una bandera canadiense, una gorra de béisbol, un pequeño tiburón de plástico...

El empapelado de las paredes del vestíbulo mostraba un dibujo de palmeras y guirnaldas de flores. Una imitación de bar hawaiano rodeaba el mostrador de recepción. El mobiliario era muy ochentero, de colores vivos y dibujos geométricos. Por toda la sala colgaban cuerdas con farolillos chinos de papel.

El recepcionista lucía una barba blanca y poblada y llevaba una llamativa camisa hawaiana naranja.

–¿Tienen alguna plaza libre? –preguntó Ginny.

–¡Ah! –exclamó el hombre–. Una chica guapa con *pretzels* en el pelo. Bienvenida al mejor albergue de toda Dinamarca. A todo el mundo le encanta estar aquí. Y a ti también te encantará. ¿A que sí?

La pregunta iba dirigida a un grupo de cuatro personas que acababan de entrar con bolsas de comida. Lo componían dos chicos rubios, una chica con el pelo castaño y otro chico indio. Todos asintieron y sonrieron mientras dejaban encima de una de las mesas las bolsas llenas de bollitos redondos y envases con fiambre y queso.

–Esta chica es una bomba, no hay más que verla –continuó el hombre–. Mirad qué trenzas. La voy a acomodar en vuestra habitación. Así la podréis vigilar por mí. Toma. El precio por cama es de novecientas veinticuatro coronas a la semana.

Ginny se quedó helada. No tenía ni idea de cuánto era una corona, ni de cómo conseguir novecientas veinticuatro.

–Solo tengo euros –dijo.

–¡Esto es Dinamarca! –bramó el hombre–. Aquí usamos coronas danesas. Pero acepto euros si hace falta. Ciento sesenta, por favor.

Ginny le entregó el dinero con una sensación de culpabilidad. Mientras lo hacía, Hippo se agachó y abrió una pequeña nevera. Sacó una botella de Budweiser y se la entregó a Ginny a cambio del dinero.

–En La Playa de Hippo se recibe a todo el mundo con una cerveza bien fría. Aquí tienes la tuya. Siéntate a beberla.

Un gesto bastante amable, aunque Hippo no parecía esperar otra cosa que una total complacencia con su hospitalidad. Ginny aceptó la cerveza algo insegura (pese a que empezaba a comprender que invitar a beber alcohol era una manera habitual de decir hola en Europa). La botella estaba muy mojada, por lo que la etiqueta se desprendió al tocarla y se le quedó pegada en la mano. Los chicos de la mesa, sus nuevos compañeros de habitación, le hicieron señas para que se acercase y la invitaron a compartir su comida.

–Acabo de llegar de Ámsterdam –explicó, rebuscando en su mochila en un intento por encontrar algo que ofrecer a cambio–. Aún me quedan galletas, si os apetecen.

Los ojos de la chica se iluminaron.

–¿Stroopwaffle? –preguntó.

–Sí –respondió Ginny–. Stroopwaffle. Os las podéis terminar. Yo ya he comido demasiadas.

Dejó la bolsa encima de la mesa. Cuatro pares de ojos la miraron con adoración.

–Es una mensajera –dijo uno de los chicos rubios–. Una de las elegidas.

Durante las presentaciones, supo que los chicos rubios se llamaban Emmett y Bennett. Emmett y Bennett eran hermanos, y eran casi idénticos: pelo decolorado por el sol y ojos azules igualmente claros. Emmett vestía al estilo surfero, y Bennett llevaba una camisa de botones sin planchar. Carrie, que llevaba el pelo corto, era más o menos de la misma estatura que Ginny. Nigel era australiano-inglés-indio. Eran todos estudiantes de Melbourne, Australia, e iban a viajar por Europa durante cinco semanas con Interraíl.

Después de comer acompañaron a Ginny a su habitación, decorada también en tonos vivos: paredes amarillas con círculos de color morado y rosa chillón en la parte superior, moqueta azul y literas de tubos de metal rojo fuerte.

–Estilo 1983 –indicó Bennett.

Sin embargo, resultaba alegre, y desde luego estaba muy bien cuidada. Le explicaron que uno de los principios del albergue era que todos debían colaborar en la limpieza, de manera que durante quince minutos al día había que realizar alguna de las tareas que se enumeraban en un tablón colgado en el pasillo. Quienes se levantaban antes elegían las más fáciles, aunque ninguna era demasiado dura. En Hippo no había hora obligatoria de llegada ni de salida. Además, había una playa artificial en la parte trasera que llegaba hasta el agua.

De nuevo, Ginny se vio casi obligada a formar parte de un grupo. Pero una cosa le quedó clara desde el primer momento: no tenían nada que ver con los Knapp. Su patrón de conducta parecía ser más bien levantarse cuando les apetecía, sin una idea fija de cuánto tiempo iban a quedarse en cada sitio. Salían todas las noches. Pensaban irse pronto de Copenhague, pero no estaban seguros de cuál sería su próximo destino. Esa noche tenían un plan muy especial en el que Ginny tenía que participar. Pero antes debían dormir una siesta, comer más Stroopwaffle y ponerle a Ginny un mote, que resultó ser Pretzels, como esas galletitas saladas en forma de lazo a las que se parecían sus trenzas.

Ginny se vio capaz de sobrellevarlo. Trepó a su litera, se tumbó sobre el fino colchón y se quedó dormida.

El reino mágico

Cuando se despertó, había mucha animación en el cuarto.

–¡Vámonos! –exclamó Emmett. Luego le dio unas palmaditas y se frotó las manos.

–No hagas preguntas –dijo Carrie con un gesto de fastidio–. Es una larga historia. Vamos. Hay un sitio disparatado al que estos idiotas quieren ir.

Seguía sin hacerse de noche del todo. El sol permanecía firme en el cielo: accedía a descender al nivel propio del crepúsculo, pero no llegaba a desaparecer.

Copenhague, según le contaron sus nuevos amigos mientras caminaban, era la Disneylandia de la cerveza. Y el sitio que iban a visitar aquella noche se llamaba La Montaña Mágica de Copenhague.

Llegaron a un local grande y diáfano. Encontraron sitio en una de las mesas largas con bancos corridos, y Emmett le hizo una seña a una de las camareras para indicarle que querían cinco de lo que estaba sirviendo. La mujer les trajo cinco jarras de cerveza gigantescas. Carrie le pasó una a Ginny, que tuvo que levantarla con las dos manos. Olisqueó el contenido y bebió un sorbo. No le gustaba demasiado la cerveza, pero aquella estaba bastante buena. Los demás atacaron las suyas con entusiasmo.

Todo fue bien durante una media hora, a pesar de que Ginny tenía la impresión de estar viviendo una escena del cartel que colgaba del aula de alemán de su instituto. Lo cual no tenía mucho sentido, teniendo en cuenta que estaba en Dinamarca. Y estaba segura de que Dinamarca y Alemania debían de ser distintas.

De repente se encendieron unas luces al fondo, y Ginny reparó en que había un escenario en un extremo de la sala. Un hombre que vestía una chaqueta morada centelleante se acercó a un micrófono y habló en danés durante unos minutos. Sus palabras parecieron despertar el entusiasmo de todos los presentes excepto de Ginny, que estaba desconcertada.

–Y ahora –continuó el hombre en inglés–, necesitamos voluntarios.

Los cuatro nuevos amigos de Ginny se levantaron como impulsados por un resorte y empezaron a dar saltos muy excitados. Aquello incitó a los japoneses trajeados que compartían su mesa y que debían de estar en viaje de negocios. También se pusieron en pie y comenzaron a chillar y a llamar la atención. Ginny, que era la única que permanecía sentada, bajó la vista y observó que en el suelo, en la parte de la mesa ocupada por los japoneses, había docenas de jarras de cerveza vacías.

Desde el escenario, el presentador no pudo evitar fijarse en el conato de conflicto internacional que se estaba desatando en ese rincón. Los señaló con solemnidad.

–¡Dos personas, por favor! –pidió.

Por medio de gestos, ambos bandos decidieron enseguida que, ya que la idea había partido de todos los ocupantes de la mesa, cada grupo podía enviar un representante. Los japoneses iniciaron un serio debate entre ellos, y los amigos de Ginny hicieron lo propio. Ginny captaba retazos de la conversación.

–Sal tú.

–No, tú.

–Fue idea tuya.

–Esperad –dijo Carrie–. Que salga Pretzels.

Al oír aquello, Ginny levantó la cabeza.

–¿A qué? –preguntó.

Bennett sonrió y dijo:

–Karaoke de contacto.

–¿Qué?

–¡Venga! –exclamó Emmett–. ¡Pretzels, Pretzels, Pretzels!

Los otros tres también corearon su nombre, y a continuación se unieron los japoneses trajeados, que ya habían seleccionado a su representante. Varios ocupantes de otras mesas también se animaron, y en cuestión de segundos toda aquella esquina se había unido al coro. Todos con sus acentos distintos, todos a voz en grito, todos a una con ese ritmo constante y machacón.

Sin saber muy bien qué hacía, Ginny se sorprendió a sí misma levantándose del banco.

–Eeh... –balbuceó–. En realidad yo no...

–¡Genial! –exclamó Emmett, que le ayudó a salir al espacio que había entre las mesas. Uno de los japoneses se quitó la chaqueta del traje y se situó junto a ella.

–Ito –le dijo él.

O al menos eso fue lo que Ginny creyó entender. El hombre hablaba en japonés arrastrando las palabras, así que resultaba un poco difícil asegurarlo. Ito se hizo a un lado para cederle el paso, aunque en realidad a ella no le apetecía nada abrir la marcha. El presentador les hizo señas para que se acercaran, y el público prorrumpió en aplausos para manifestar su aprobación mientras ellos avanzaban hacia el escenario. Ito parecía encantado: se aflojó la corbata y se puso a dar saltos mientras jaleaba a la concurrencia para que no dejara de aplaudir. Ginny aceptó en silencio la mano del presentador, que le ayudó a subir a las tablas. Ella intentó permanecer discretamente en un rincón, pero el hombre la condujo con firmeza hacia el borde del escenario, donde Ito la retuvo poniendo un brazo sobre sus hombros.

El presentador se dirigió al público a voces, en danés; la única palabra que Ginny entendió fue «Abba». Luego sacó (del bolsillo, al parecer) dos pelucas: una de hombre, muy enmarañada, y otra larga y rubia que acabó sobre la cabeza de Ginny mientras Ito alcanzaba la suya y se la encajaba medio torcida. Desde la barra llegó volando una boa de plumas negra. Ito la atrapó, pero el presentador se la quitó de las manos para colocarla sobre los hombros de Ginny.

La luz de la sala se atenuó. Ginny no supo discernir si habían bajado la intensidad de las luces o si era solo una impresión suya, porque el espeso y pesado flequillo rubio de la peluca le tapaba los ojos. Las trenzas le asomaban por delante como dos tentáculos peludos mutantes. Intentó meterlas a toda prisa en la parte posterior, lo que formó un bulto.

–¡¿Qué os parece un poco de «Dancing Queen»?! –gritó el presentador, esta vez en inglés–. ¿Qué os parece un poco de «Mamma mia»?

Al público le entusiasmó la idea, y no hubo grupo en la sala que lo festejara más que el contingente australiano-japonés que había enviado a Ginny y a Ito al escenario. Los monitores situados en el borde del escenario cobraron vida y empezaron a mostrar imágenes de paisajes montañosos y parejas que paseaban.

Luego sonó el primer acorde. Fue entonces cuando Ginny comprendió.

Iban a hacerla cantar.

Ginny no cantaba. Sobre todo después de pasar cinco días con los Knapp. No cantaba jamás. Nunca salía a ningún escenario.

Ito agarró el micrófono con torpeza y rompió el hielo. Aunque el hombre sonreía, Ginny percibió que tenía un espíritu competitivo: Ito disfrutaba con todo aquello. El público lo jaleó con aplausos y golpes de pies en el suelo. Ginny intentaba retirarse al fondo del escenario, pero cada vez que lo hacía el presentador volvía a colocarla en su sitio. Aquel era el último lugar en el que le habría gustado verse. Aquello no podía estar pasando. Era imposible.

Pero allí estaba, en Copenhague, subida a un escenario con tres kilos de pelo rubio sintético en la cabeza. Estaba pasando, por mucho que su cerebro intentara convencerla de lo contrario. De hecho, ahora estaba delante del micrófono, y cientos de rostros expectantes la miraban. Y entonces lo oyó.

Estaba cantando.

Lo más asombroso fue que, al oír el eco de su propia voz en aquel local enorme, casi sonaba bien. Un poquito agonizante, tal vez. Siguió cantando hasta que le faltó la respiración. Cerró los ojos y mantuvo la nota hasta quedarse sin voz.

–¡Y ahora vamos a votar quién es el ganador!

Aquel hombre lo decía todo a gritos. Quizá los gritos eran típicos de los daneses.

El presentador levantó el brazo de Ito e hizo un gesto al público para que expresara su opinión. Se oyeron muchos gritos entusiastas. Luego levantó el brazo de Ginny.

Todos la aclamaron como a una reina mientras volvía a su mesa. Ito no dejó de hacerle reverencias durante todo el trayecto. Era obvio que los japoneses viajaban sin límite de dietas, e hicieron entender a sus compañeros de mesa que querían invitarlos. La mesa se llenó inmediatamente de bocadillos variados. El flujo de cerveza era constante. Ginny logró beber un cuarto de jarra. Carrie se pimpló dos enteras. Emmett, Bennett y Nigel consiguieron beberse tres cada uno. Ginny no era capaz de entender cómo no morían en el acto. De hecho, se les veía perfectamente.

Hacia las dos de la madrugada, sus benefactores ya mostraban los primeros síntomas de un inminente coma colectivo. Apareció una tarjeta de crédito, y en cuestión de minutos todos salieron a la calle arrastrando los pies. Tras unas palabras de despedida y agradecimiento y varias inclinaciones, Ginny y los australianos se dirigieron al metro, pero uno de los japoneses los detuvo.

–No, no –farfulló mientras meneaba la cabeza desmañadamente–. Ta-xi. Ta-xi.

Metió la mano en el bolsillo del traje y sacó un puñado de euros cuidadosamente doblados que plantó en la palma de Ginny. Ella intentó devolvérselos, pero el hombre mostró una firme determinación. Era una especie de atraco al revés, y Ginny se dio cuenta de que lo mejor sería aceptarlos. Los otros hombres hicieron señas a unos taxis, y en poco tiempo se alineó ante ellos toda una fila. Indicaron a Ginny y a los cuatro australianos que subieran a un Volvo azul de tamaño gigante. Nigel se sentó delante mientras Emmett, Bennett, Carrie y Ginny se acomodaban en el amplio asiento de cuero de la parte de atrás.

–Sé adónde tenemos que ir –dijo Emmett, apoyado en la puerta con expresión pensativa–. Lo que no sé es cómo llegar.

Nigel se dirigió al conductor y leyó algo de un libro en un danés entrecortado con acento australiano. El conductor se volvió y preguntó:

–¿Circunvalación? ¿De qué estás hablando? ¿Queréis que dé un rodeo? ¿Es eso lo que intentas decirme?

Carrie apoyó la cabeza sobre el hombro de Ginny y se quedó dormida.

Bennett decidió dirigir la ruta desde su posición privilegiada, embutido en medio del asiento trasero y sin apenas posibilidad de mirar por las ventanillas. Cada vez que lograba entrever algún detalle fugaz de algo que creía reconocer, le indicaba al conductor que girase. Por desgracia, a Bennett todo le resultaba familiar. La farmacia. El bar. La pequeña floristería de la esquina. La iglesia grande. El letrero azul. El taxista lo soportó durante media hora, hasta que al final se detuvo y dijo:

–A ver, dime cómo se llama el sitio donde estáis alojados.

–La Playa de Hippo –contestó Bennett.

–¿La Playa de Hippo? Conozco ese sitio. Claro que sí. Deberíais habérmelo dicho antes.

Arrancó de nuevo, viró en dirección contraria y aceleró.

–Ahora sí que me suena todo –dijo Bennett con un bostezo incontrolable.

Llegaron en menos de cinco minutos. La carrera ascendió a cuatrocientas coronas. Ginny no sabía a ciencia cierta cuánto dinero tenía en la mano. Fuera lo que fuera, se lo habían dado para pagar el taxi, y el pobre taxista había aguantado lo suyo.

–Tenga –dijo, entregándole los billetes–. Todo para usted.

Ginny vio cómo los contaba mientras Carrie salía del taxi medio dormida. El hombre se volvió y esbozó una amplia sonrisa. Ginny tuvo la impresión de que acababa de darle la mejor propina del año.

Hippo seguía despierto cuando entraron dando tumbos. Estaba jugando al Risk en una de las mesas con dos chicos que parecían absortos en la partida.

–¿Lo veis? –les dijo con una sonrisa–. Esa, la de los *pretzels.* Ya os dije que tenía mucho peligro.

#11

#11

Querida Ginny:

Nunca tuve buena memoria para las citas. Siempre intento recordarlas, pero pocas veces funciona. Por ejemplo, hace poco leí una frase del maestro zen Lao-Tsé que decía: «Un zapato deja huella, pero la huella nunca será el zapato».

Once palabras. Pensarás que sería capaz de recordarlas. Lo intenté. Lo conseguí durante apenas cuatro minutos; enseguida, la frase se transformó en: «No hay que juzgar al zapato por su huella, porque el pie tiene su propia huella».

Así fue como se me quedó en la cabeza. Y eso, pensé, no tiene sentido. En absoluto.

Excepto en tu caso, Ginny. Quizá contigo sí funcione. Porque lo que te he mandado hacer (o mejor dicho, lo que tú has escogido; ya eres dueña de tus actos) es seguir mis huellas en ese viaje descabellado que hice yo. Es como si ahora llevaras mis zapatos, pero los pies son tuyos. Y no sé adónde te llevarán.

¿Le encuentras algún sentido a todo esto? Yo sí, por lo menos cuando se me ocurrió. Pensé que te parecería muy ingenioso.

Te lo digo porque quiero que lo próximo que hagas sea el mismo viaje que hice cuando dejé atrás Copenhague. Me marché porque el festival había terminado, y no tenía ni idea de qué hacer con mi vida.

A veces, Gin, la vida te deja sin instrucciones, sin señales, sin indicadores. Cuando eso ocurre, solo te queda escoger una dirección y correr como alma que lleva el diablo. Como no es posible ir mucho más al norte después de haber estado en Escandinavia, decidí poner rumbo al sur. Sin parar.

Fui a la costa en tren, en medio de una niebla espesa, luego monté en otro tren en dirección a Alemania. Y bajé. Bajé montañas, bajé hasta la Selva Negra. Me bajé en varias ciudades, pero en ninguna de ellas fui capaz de pasar de la puerta de la estación, de modo que volví sobre mis pasos y subí a bordo de algún otro tren en dirección al sur. Luego llegué a Italia y puse rumbo al mar. Tuve una idea brillante, o eso me pareció: irme a Venecia a ahogar mis penas. Pero había huelga del servicio de recogida de basuras, así que olía fatal, a pescado podrido. Además, llovía. De manera que me acerqué al borde del agua y pensé: ¿y ahora qué? ¿Me doy la vuelta y cruzo

Eslovenia, quizá para escaparme a Hungría y atiborrarme de pasteles hasta reventar?

Pero entonces vi el barco. Me subí sin pensármelo dos veces.

No hay nada mejor que un viaje largo y lento en barco para aclarar las ideas, Gin. Un transbordador cómodo y lánguido que se tome su tiempo, en el que puedas tostarte al sol frente a las costas de Italia. Pasé veinticuatro horas en ese barco, sentada en una tumbona pegajosa, sola en cubierta, pensando en todo lo que había hecho durante los últimos meses. Y cuando habían pasado cerca de veintitrés horas y nos acercábamos a las islas griegas, tuve una revelación. Lo vi todo clarísimo. Tan claro como la isla de Corfú que surgía ante nuestros ojos. Comprendí que ya había visto mi destino tiempo atrás, y que me había olvidado de parar. Mi futuro estaba a mi espalda.

Así que inténtalo tú misma, Gin. Ponte en marcha ya. Y quiero decir YA. En cuanto leas esta carta. Ve derecha a la estación de tren. Viaja hacia el sur, sin descanso. Sigue el camino de baldosas amarillas hasta llegar a Grecia, a las aguas cálidas, a la cuna del arte, la filosofía y el yogur.

Cuando estés en el barco, avísame.

Con cariño,

TU TÍA LA FUGITIVA

Posdata: Ah, antes de nada, ve a alguna tienda y mete unos tentempiés en la mochila. Es una regla de oro en todas las facetas de la vida.

La pandilla de los sobres azules

Ya era mediodía del día siguiente y se estaban recuperando en la playa de Hippo. Ginny se sentó en la arena fría y poco profunda y palpó los tablones de madera que había debajo con la punta de los dedos. El cielo estaba casi gris, y los edificios que los rodeaban a la orilla del canal eran antiguas viviendas y comercios de siete siglos de antigüedad, pero todo el mundo se comportaba como si estuviese en Palm Beach en primavera. La gente dormitaba en bañador sobre la arena, y un grupo numeroso jugaba al voleibol.

Ginny recogió un poco de arena, la dejó caer en el sobre vacío, metió de nuevo la carta y cerró la solapa, pensativa.

Luego se volvió hacia sus compañeros y les comunicó:

–Tengo que irme a Grecia. A un lugar llamado Corfú. Y tengo que irme ahora mismo.

Emmett la miró.

–¿Por qué *tienes* que irte a Grecia? –preguntó–. ¿Y por qué ahora mismo?

La pregunta, bastante razonable, suscitó la atención de los demás.

–Bueno... Tengo estas cartas –contestó Ginny mientras les enseñaba el sobre lleno de arena–. Son de mi tía.

Es una especie de juego. Fue ella quien me envió aquí. Las cartas me indican adónde tengo que ir y qué tengo que hacer, y cuando lo hago puedo abrir la siguiente.

–Estás de broma –dijo Carrie–. ¡Tu tía es guay! ¿Dónde está? ¿En Estados Unidos o aquí?

–No... No está. Quiero decir, murió. Pero no te preocupes. O sea...

Ginny se encogió de hombros como para expresar que no le había molestado la pregunta.

–Oye –intervino Bennett–, ¿y tienes muchas cartas?

–Trece. Esta es la número once. Ya estoy llegando al final.

–¿Y no sabes adónde tienes que ir ni qué tienes que hacer hasta que las abras?

–No.

El efecto fue casi extraordinario, y en la mente de los australianos pareció tomar cuerpo la idea de que Ginny era un ser muy especial. Era un sentimiento desconocido para ella, y nada desagradable.

–Bueno, ¿y podemos ir? –preguntó Carrie.

–¿Ir?

–A Grecia. Contigo.

–¿Queréis venir conmigo?

–Grecia es muy apetecible. De todos modos, aquí ya no nos queda nada por hacer. Nos vendría bien un poco de sol. Tenemos pase para el tren. ¿Por qué no?

Asunto decidido. Diez minutos después, se sacudían la arena en la pequeña playa de Hippo y entraban para recoger sus cosas. A los veinte minutos estaban sentados ante un ordenador en el vestíbulo, reservando asientos en un tren. Como Emmett, Bennett, Nigel y Carrie tenían pase de Interraíl, su ruta hacia Grecia estaba condicionada a determinados trenes y horarios. Y como eran cuatro y Ginny solo una, tuvieron prioridad las limitaciones de los australianos. La ruta los llevaría a través de Alemania y de una pequeña parte de Austria para después entrar en Italia y, finalmente, llegar a Venecia. Tardarían unas veinticinco horas.

Menos de media hora más tarde estaban en un supermercado de Copenhague aprovisionándose de fruta, agua embotellada, quesitos recubiertos de cera, galletas..., todo lo que se les ocurrió para sobrellevar un viaje de veinticinco horas a bordo de un tren. Y solo hora y media después salían de Copenhague, rumbo a otra ciudad danesa llamada Rødbyhavn cuyo nombre Ginny ni siquiera intentó pronunciar y que parecía constar únicamente de la terminal del transbordador, un edificio enorme azotado por el viento. Allí montaron en un pequeño transbordador hacia Puttgarden, Alemania, adonde llegaron en apenas tres minutos. En la estación de Puttgarden esperaron en un andén solitario, ante el cual se detuvo el tren de aspecto muy cuidado que tenían que tomar. Los cinco se apretujaron en un conjunto de asientos que en realidad era solo para cuatro.

Para Ginny, Alemania se redujo a un Pizza Hut en Hamburgo donde se quemó el paladar por comer demasiado rápido. Ella y Carrie se perdieron buscando el baño de chicas en Frankfurt. Nigel tiró a una anciana al suelo sin querer mientras corría para no perder el tren en Múnich.

El resto no fue más que tren. En su estado de aturdimiento, Ginny recordaba mirar por una ventana el cielo azul intenso contra el cual se recortaban, a lo lejos, montañas grises con cumbres nevadas. Luego, kilómetros y kilómetros de verde y campos de hierba larga y esbelta y flores moradas. Tres tormentas inesperadas. Gasolineras. Casitas de campo de colores que parecían sacadas de *Sonrisas y lágrimas*. Hileras de sobrias casas marrones.

Al cabo de doce horas, Ginny empezó a pensar que si pasaba mucho más tiempo sentada en aquella posición, inclinada y con la mochila de Carrie detrás de la cabeza, se quedaría con esa forma de gamba el resto de su vida. En algún lugar que supuso que pertenecía al norte de Italia se estropeó el aire acondicionado. Hubo un valeroso intento de abrir las ventanillas, pero no sirvió de nada. Al poco tiempo el calor comenzó a condensarse en el vagón, y un olor tenue pero firmemente fétido impregnó el aire. El tren aminoró la velocidad. Se anunció que en algún sitio había una huelga. Se les pidió paciencia. El olor fétido se hizo aún más fétido.

El tren estuvo media hora parado, y cuando reanudó la marcha el revisor les pidió que no usaran el cuarto de baño.

Llegaron a Venecia con solo quince minutos de margen para tomar el transbordador, sin la menor idea de dónde estaban. Se guiaron por los letreros y encontraron la salida. Una vez fuera, se amontonaron en un pequeño taxi sin distintivo y recorrieron las calles vacías a casi doscientos cincuenta kilómetros por hora, o eso les pareció. Mientras volaban a toda velocidad, por la ventanilla abierta entraba una fuerte brisa marina que azotaba el rostro de Ginny y hacía que le lloraran los ojos.

Un instante después, los cinco subían a bordo de un gran barco de color rojo.

Eran pasajeros de cubierta, lo que quería decir que podían sentarse en una silla de la sala (todas ocupadas), en un asiento en cubierta (ninguno libre) o en la propia cubierta. Y casi no había espacio disponible. Tuvieron que recorrer el barco dos veces hasta encontrar una pequeña franja de cubierta libre, entre un bote salvavidas y una pared. Ginny se estiró cuanto pudo, agradecida de estar al aire libre.

Despertó con la sensación de tener el sol del mediodía justo encima de los ojos. El calor atravesaba sus párpados. Notó que le estaba quemando la cara de forma irregular. Se puso en pie, se estiró y fue a un costado del barco.

El transbordador donde viajaban pertenecía a una «línea rápida», pero no hacía honor a su nombre. Surcaban las aguas tan despacio que las aves se posaban en cubierta, descansaban un rato y luego emprendían el vuelo de nuevo. El tono del mar era un turquesa pastel muy vivo, un color que Ginny jamás habría creído que podía tener el agua. Sacó de la mochila los sobres que quedaban por abrir y los sujetó con firmeza (aunque nada se movía demasiado; apenas había brisa). Ya no hacía falta la goma, que colgaba floja con solo dos sobres que sujetar. Sacó el duodécimo y se puso la goma en la muñeca.

El dibujo del sobre número doce siempre la había desconcertado. Parecía el lomo de un dragón morado que se alzara desde el borde inferior del sobre. Ahora que estaba en alta mar, por fin entendió de qué se trataba: era una isla. Sin duda, un dibujo extraño de una isla, algo borrosa y de un color totalmente ilógico. Pero seguía siendo una isla.

Rasgó la solapa y sacó la carta.

#12

#12

Ginny:

Harrods es el tipo de sitio que solo se puede encontrar en Inglaterra. Se ubica en un precioso edificio antiguo. Es tradicional. Está organizado sin pies ni cabeza y resulta poco menos que imposible encontrar cualquier cosa, pero si buscas bien hallarás todo lo que puedas imaginar.

Incluyendo a Richard Murphy.

Verás, Gin, cuando llegué a Londres todavía me duraba el subidón de adrenalina. Sin embargo, a los pocos días me di cuenta de que estaba sin casa, sin trabajo y sin blanca, lo cual es una combinación nefasta.

Ya me conoces... Cuando vienen mal dadas, me gusta probarme cosas fabulosas y carísimas. Así que entré en Harrods. Me pasé el día entero dejando que me maquillaran en el departamento de cosmética, probándome vestidos que costaban miles de libras, olfateando perfumes... Después de cerca de ocho horas, por fin caí en la cuenta de que era una mujer madura que daba vueltas por unos grandes almacenes como si fuera una niña pequeña. Una niña pequeña que se había escapado de casa por una pataleta. Había cometido un error serio y potencialmente desastroso.

En aquel momento estaba en la sección de comida. Vi a un tipo alto y trajeado que estaba llenando una cesta con al menos cincuenta tarros de una miel africana increíblemente cara. Me dije: ¿quién hace ese tipo de cosas? Así que le pregunté. Y me dijo que estaba preparando las cestas de Navidad de Sting. Hice una broma malísima sobre la miel y la Navidad, y luego... Luego me eché a llorar. Me eché a llorar por mi vida absurda, y por mi situación, y por la miel africana de Sting.

No hace falta decir que el pobre se quedó de piedra. Pero reaccionó bien, me hizo sentarme y me preguntó qué me pasaba. Y yo le expliqué que era un yoyó norteamericano, perdido y sin techo. Dio la casualidad de que el hombre tenía una habitación libre y estaba a punto de poner un anuncio para alquilarla. Así que me propuso un trato: podría quedarme en su casa sin pagar nada hasta que tuviera dinero.

Como no eres tonta, sé que ya te habrás dado cuenta de que ese hombre era Richard. Ocupé su habitación libre aquel mismo día.

Bien, y también sé lo que estarás pensando ahora: ya, claro, tía Peg, ¿qué tipo no se aprovecharía de una idiota con el cuento de rescatar a una damisela en apuros? Y es una buena pregunta. Lo admito, corrí ese riesgo. Pero había algo en Richard que me hizo confiar en él desde el momento en que lo conocí. Richard no es exactamente ese tipo de idiota encantador con el que me solía relacionar. Richard es práctico. Le gusta tener un trabajo estable y una vida estable. Richard no entiende muy bien por qué hay otros colores de pintura para las paredes aparte del blanco. Richard es de fiar. Y además, Richard jamás me cobró un céntimo por la habitación.

No pasó mucho tiempo antes de que empezara a enamorarme de él. Y aunque Richard intentara disimularlo, yo sabía que también le gustaba. Y luego, poco después, me di cuenta de que lo amaba.

Vivimos varios meses con aquel plácido acuerdo. Nunca luchamos contra él. Siempre estuvo presente, casi a flor de piel, en la manera en que nos pasábamos el mando del televisor o decíamos cosas como: «¿Eso es el teléfono?». Le conté que siempre había soñado con tener un estudio en un ático en Europa, y ¿sabes lo que hizo? Se las ingenió para encontrar un viejo trastero en el último piso de Harrods. Todos los días me colaba a escondidas para que pudiera pintar, y yo guardaba allí todas mis cosas en un armario.

Hasta que una noche Richard hizo lo peor que podía hacer: me confesó sus sentimientos.

Bien, mucha gente -gente simpática, normal y sensata- estaría encantada de saber que el hombre estupendo al que ama le corresponde. Pero como yo no estoy entre ese tipo de gente, mi reacción fue algo impropia.

Un día, mientras Richard estaba trabajando, hice el equipaje y me marché. Pasé meses recorriendo la misma ruta que tú estás siguiendo ahora. Pero cuando supe que algo iba mal, fue a Richard a quien volví. Fue Richard quien me cuidó. Es Richard quien me trae latas de coca-cola y helados mientras yo estoy aquí sentada escribiéndote todas estas cartas. Quien vigila que me tome la medicación a las horas debidas, porque a veces yo me hago un lío.

Solo queda un sobre, Gin. Ese sobre encierra una tarea muy importante, la más crítica de todas. Como es tan grande y trascendental, dejo a tu criterio el momento en que decidas abrirlo y acometerla.

Con cariño,

TU TÍA LA FUGITIVA

Posdata: No vayas por ahí aceptando los ofrecimientos de hombres que te pidan que te vayas a vivir con ellos. Esa no es la moraleja de esta historia. Además, tu madre jamás me lo perdonaría.

El escúter rojo

Mientras Carrie leía con toda atención la duodécima carta, Ginny alzó el último sobre y lo contempló bajo el sol griego. (¿Era griego? ¿Era italiano? ¿Acaso el sol era de alguien?) No vio demasiado al trasluz. No era mucho más grueso que el resto. Al tacto, le pareció que contenía dos páginas. Y el dibujo en su exterior ni siquiera era un dibujo de verdad: solo el número 13, rotulado para que pareciesen números de imprenta demasiado grandes.

–Bueno, ¿qué? –preguntó Carrie mientras doblaba la carta que acababa de leer–. Lo vas a abrir, ¿no? Dice que puedes hacerlo.

Ginny se volvió a sentar y se reclinó hacia atrás, con lo que se dio un golpe en la cabeza contra uno de los remos del bote salvavidas que tenía a su espalda.

–Porque, por supuesto, lo quieres abrir *ahora,* ¿no? –continuó Carrie–. ¿No?

Ginny revolvió en la bolsa de la comida. Lo único que encontró y que parecía estar bueno era uno de los quesitos. Tuvo que quitarle la cera roja a mordiscos, y cuando llegó a su corazón de queso sintió en la boca un sabor a vela caliente que le hizo perder el apetito de golpe. Lo dejó a un lado. Ya se lo comería uno de los chicos.

–¿Es cierto que las flores de cebolla fritas son un plato típico en Australia? –preguntó.

Carrie dio un salto y se sentó en las rodillas de Ginny, apartando la bolsa de la comida.

–¡Venga, vamos! ¡Ábrelo!

–No lo entiendo –dijo Ginny–. Al principio, todo parecía seguir un orden lógico. Luego, las cartas se hicieron más arbitrarias. El único tipo al que tenía que ver en Ámsterdam ni siquiera estaba allí. Y luego me envió a Dinamarca sin razón aparente.

–Alguna razón habría –repuso Carrie.

–No lo sé. A veces mi tía parecía estar medio loca. Le gustaba comprobar lo que era capaz de lograr que hiciera la gente.

–Bueno, pero podrás resolver un montón de dudas si abres el último sobre y lo lees.

–Lo sé.

Aquel sobre contenía algo importante. Algo que Ginny no quería saber. Lo notaba al tacto. Aquella carta encerraba muchas cosas.

–Lo abriré cuando lleguemos –dijo mientras apartaba a Ginny de sus rodillas de un empujón–. Te lo prometo.

El cuerpo de Ginny se había adaptado al movimiento. Por eso, cuando horas después se dio cuenta de que el barco había dejado de moverse, encontró cierta dificultad para caminar. Se tambaleó un poco y chocó contra Bennett. Se unieron a la fila de viajeros, tan aturdidos y atontados como ellos, y pisaron tierra justo antes del amanecer.

El puerto era un conjunto deprimente de edificios de hormigón. De nuevo sin referencia alguna del lugar donde estaban, tomaron un taxi que permanecía parado junto a una oficina de correos. Emmett habló con el conductor unos instantes, y a continuación hizo una seña a sus amigos para que subieran.

–¿Adónde vamos? –preguntó Carrie.

–Ni idea –respondió el chico–. Le he dicho que queremos ir a algún sitio cercano con una buena playa, y que no podemos pagar más de tres euros por barba.

Al principio, desde la carretera observaron un paisaje árido y cubierto de maleza, lleno de rocas y plantas pequeñas y resistentes que crecían en lechos de grava bajo el calor intenso. Después, el coche describió un giro y se encontraron en una carretera a un nivel superior desde la cual se veía una playa. Ante ellos se extendía una pequeña ciudad que comenzaba a desperezarse. Ya estaban colocando las sillas en las terrazas de los cafés. Ginny distinguió unos barcos de pesca en la distancia.

El taxista los dejó junto a la carretera y les indicó unos escalones tallados en la cara del acantilado que daba al mar. La arena era muy blanca, y la playa estaba vacía. Bajaron los anchos escalones agarrados a la pared rocosa. En cuanto pisaron la playa, los chicos se dejaron caer sobre la arena y se tumbaron a dormir. Carrie miró a Ginny con una ceja levantada.

–Lo abriré dentro de unos minutos –dijo Ginny–. Antes quiero dar un paseo.

Dejaron las mochilas junto a los chicos, treparon a una gran roca y descubrieron una especie de gruta. Carrie se quitó la camiseta.

–Me voy a bañar –dijo, desabrochándose el sujetador.

–¿Desnuda?

–¡Vamos! Estás en Grecia. Y no hay nadie más. Los chicos están dormidos.

Sin esperar a que Ginny se decidiera, Carrie se quitó el resto de la ropa sin vacilar y se metió en el agua. Ginny lo pensó unos instantes. Necesitaba depilarse con urgencia. Pero se sentía un poco salvaje, y el agua tenía un aspecto increíble. Además, la ropa interior que llevaba casi parecía un biquini. Se la dejaría puesta. Se quitó la ropa con decisión y corrió al agua.

Estaba tan caliente como la de una bañera. Buceó y observó cómo sus trenzas flotaban sobre su cabeza como un par de antenas. Luego salió a la superficie, se sentó sobre el fondo de arena y dejó que las olas la golpearan. Era obvio que Carrie había pasado demasiado tiempo recluida. La vio aparecer y desaparecer entre la espuma. Había algo casi infantil en su entusiasmo por estar desnuda.

Cuando consideró que la habían bañado suficientes olas, Ginny se levantó de la pequeña fosa en la que se estaba hundiendo y se dirigió de nuevo a la roca. Carrie salió del agua de mala gana poco después y se tumbó directamente sobre la arena.

–Me siento como en la época clásica –dijo.

–¿Y si se despiertan los chicos? –preguntó Ginny.

–¿Quiénes? ¿Ellos? Llevan dos días sin dormir, y se han pasado la noche bebiendo cerveza. No los despertaría ni una bomba.

Ninguna de las dos sintió necesidad de decir nada más. Había algo tan especial en la mañana que podían limitarse a permanecer en silencio, empapándose de sol y disfrutando del momento. Y cuando se sintiera preparada, pensó Ginny, abriría la última carta.

Un poco más arriba, en la carretera, Ginny vio pasar volando a unos mochileros en un escúter. Carrie levantó la cabeza y contempló cómo se alejaban.

–Unos amigos míos que estuvieron aquí el año pasado alquilaron escúteres –dijo–. Parece ser la mejor manera de ver las islas. Deberíamos alquilar uno.

Ginny asintió. Le gustaba la idea de tener un escúter.

–Tengo hambre –dijo Carrie–. Voy a la mochila a por algo de comer. Vuelvo ahora mismo.

–¿Te vas a vestir?

–No.

Minutos después, Ginny oyó la voz de Carrie al otro lado de la roca. Su tono la alarmó.

–¿Dónde la habéis puesto? No tiene gracia.

Eso atrajo la atención de Ginny. Mientras trepaba por la roca, vio a Carrie, todavía desnuda (aunque con una toalla apretada contra su cuerpo), dando vueltas de un modo muy extraño. Algo agitada, Ginny se deslizó por la roca, se volvió a vestir rápidamente y después recogió la ropa de Carrie.

Le había dado la impresión de que se trataba de una broma que no tenía que ver con ella, pero la expresión de los rostros de los chicos le indicó de inmediato que no era así. Carrie tenía lágrimas en las mejillas, y los chicos aún estaban algo adormilados pero muy serios.

Ginny se fijó en que solo había tres mochilas en la arena: las que los chicos habían utilizado como almohadas. La de Carrie y la suya habían desaparecido.

–Oh, Dios –se lamentaba Carrie sin dejar su danza histérica–. No. ¡No! Me estáis tomando el pelo.

–Las buscaremos –intentaba tranquilizarla Bennett.

Cuando Ginny se percató de lo que ocurría, casi le da la risa.

Los chicos del escúter. Los compañeros mochileros. Eran ladrones. Probablemente los habían vigilado desde la carretera, y luego habían bajado a robar las mochilas. Y ellas los habían visto huir.

Se lo habían llevado todo. Su ropa mugrienta. Y todos los sobres. Incluido el último, aún sin abrir. La explicación final acababa de subir volando una colina griega en un escúter rojo.

Ginny hundió los dedos de los pies en la arena.

–Me voy a dar otro baño –anunció.

Metió la mano en el bolsillo y sacó las dos únicas pertenencias que conservaba: su pasaporte y la tarjeta de crédito. Los había guardado allí cuando estaba en uno de los trenes, por seguridad. Se los dio a Emmett y volvió al agua.

Esta vez no se quitó nada mientras se dirigía a las olas cálidas. Notó cómo su camiseta y sus pantalones cortos se hinchaban al sumergirse, y cómo se le pegaban al cuerpo cuando el agua se retiraba. Los tonos grises y lavandas del amanecer se desvanecían rápidamente para transformarse en un azul intenso. El cielo adquirió el mismo color que el mar. De hecho, apenas se distinguía el horizonte. Ginny estaba en el agua, y el agua estaba en el cielo; era casi como si estuviera en el principio y el fin de todo.

Unos minutos después, Nigel se metió en el agua y se acercó a ella.

–¿Estás bien? –le preguntó con un gesto de preocupación.

Ginny empezó a reírse.

El único cajero automático de Corfú

Tardaron cerca de una hora en conseguir que Carrie dejara de desvariar y de caminar de un lado a otro de la playa como una poseída. Después treparon con torpeza (aunque con la carga sensiblemente aligerada) los escalones excavados en la roca de color arena hasta la carretera. Echaron a andar en lo que supusieron era la dirección hacia la ciudad. En realidad no había nada que lo indicase, más allá de que en aquella dirección crecían más hibiscos y que Emmett creyó ver algo más adelante que le pareció una cabina telefónica. Resultó ser una roca, pero para Ginny era comprensible que se hubiera equivocado. Era casi cuadrada.

El sol había ocupado su lugar en lo alto a una velocidad sorprendente. El calor, unido al agotamiento y al llanto ocasional de Carrie, hizo que la marcha fuese lenta y algo penosa. Un rato más tarde divisaron a lo lejos, muy a lo lejos, en un nivel superior, grandes hoteles modernos, casas e iglesias blancas que sobresalían sobre el mar. Algo más de un kilómetro después llegaron a un complejo de edificios. Al final comprobaron que no se trataba de la ciudad de Corfú, sino de un pueblecito con pequeños hoteles y restaurantes.

Todo era blanco. De un blanco nítido y deslumbrante. Todos los edificios. Los muros. Hasta los adoquines del pavimento estaban pintados de blanco. Solo las puertas y las contraventanas destacaban con sorprendentes destellos de rojo, amarillo o azul. Recorrieron un sendero estrecho que discurría entre unas hileras de arbolitos a ambos lados que brindaban su sombra; parecía como si alguien hubiera agarrado las ramas más altas y las hubiera retorcido como sacacorchos. Estaban cargados de unos pequeños frutos verdes, algunos de los cuales habían caído y reventado sobre las piedras. Nigel indicó entusiasmado que eran olivos, y Carrie, con mucho menos entusiasmo, le dijo que se callara.

Ginny recogió una aceituna del suelo. Nunca había visto una con aquel aspecto; era como una lima pequeña, dura, con monda. Nada parecido a esas cositas verdes con relleno rojo que se echaban en las copas de vermú.

Nada era como se suponía que debía ser.

Llegaron a una pequeña taberna que comenzaba a despertarse y que tenía algunas mesas en la terraza. Se sentaron, aliviados, y a los pocos minutos la mesa quedó atiborrada de platos de empanada de espinacas, cuencos de yogur y miel y tazas de café. También había zumo recién exprimido, con su pulpa y a temperatura ambiente. Ginny dejó el pasaporte y la tarjeta bancaria junto a su plato. Curioso. Apenas ocupaban espacio, y sin embargo le permitían viajar por toda Europa. Eran lo único que de verdad necesitaba.

Carrie se echó a llorar de nuevo al ver el pasaporte y la tarjeta de Ginny, lo que recordó a los demás que ella ya no los tenía. No tenía nada. Sin pasaporte, no podía ir a ningún sitio. Ni podía subirse a un avión. Ni a un barco. Es más, ni siquiera tenía suficiente fuerza en los brazos como para nadar hasta la península griega o a Australia, concluyó.

Ginny se apresuró a guardarlos de nuevo en su bolsillo húmedo y concentró su atención en echar miel al espeso yogur y removerla. Se sentía fatal por Carrie, pero la situación parecía irreal. Estaba ligeramente estupefacta (si es que era posible estar «ligeramente» estupefacta). De todos modos, era una sensación agradable. Escuchó mientras sus compañeros especulaban cómo harían para sacar a Carrie de Grecia y llevarla a casa dando media vuelta al mundo. Llegaron a la conclusión unánime de que tendrían que dirigirse a la embajada de Australia, aunque no tenían ni idea de dónde estaba. Lo más probable era que estuviera en Atenas.

Ginny fijó la vista en la distancia y vio un tendal del que colgaban pequeños pulpos que se secaban al sol. Le recordaron a la lavadora de Richard y su extraño teclado alfabético. ¿Cuál sería el programa adecuado para lavar pulpos?

El 0, supuso.

–¿Tú qué dices, Gin? –preguntó Bennett interrumpiendo su meditación sobre la forma de lavado más conveniente para las criaturas marinas–. ¿Qué quieres hacer?

Ginny levantó la vista.

–No lo sé –contestó–. Creo que lo mejor será sacar algo de dinero.

Tardaron un buen rato en localizar un cajero automático entre las iglesias y las tiendas de recuerdos. Al final, el único que encontraron estaba en una tienda no mucho más espaciosa que un pasillo en la que se vendía de todo, desde garbanzos hasta trajes de baño que olían a goma. El cajero no era más que un trasto aislado situado al fondo, debajo de unas cámaras desechables cubiertas de polvo. No ofrecía demasiadas garantías, pero era el único sitio donde sacar dinero.

Ginny pidió 500 euros. No entendió una palabra del mensaje en griego que apareció en la pantalla, pero el ruido parecido al de un claxon que lo acompañó le dejó claro que no se los iba a dar. Probó con 400. Otro bocinazo. Más bocinazos cuando lo intentó con 300 y 200. ¿190? No: 180, 175, 160, 150, 145, 130, 110, 90, 75, 50...

La máquina finalmente soltó 40 euros, y a continuación escupió la tarjeta con repugnancia.

Solo se le ocurrió una cosa que hacer.

La tarjeta telefónica de prepago de cinco euros no le permitiría hablar mucho tiempo, y la telefonista de Harrods no parecía entender las prisas de Ginny. La voz electrónica no hacía más que interrumpir la música de espera para advertirle en griego (o eso supuso) que los minutos iban consumiéndose.

–¡Ginny! ¿Dónde estás?

–En Corfú. En Grecia.

–¿Grecia?

–Exacto. El problema es que tengo la cuenta a cero y no puedo moverme de aquí –dijo Ginny–. Y el crédito de esta tarjeta está a punto de agotarse. No puedo volver.

–Espera un momento.

Oyó música clásica al otro lado. Luego una voz que dijo algo en griego en un tono muy alegre. De nuevo tuvo que adivinar el significado. Estaba segura de que la voz no le estaba dando la bienvenida a Grecia ni deseándole una feliz estancia. Una serie de pitidos cortos se lo confirmó. Sintió un inmenso alivio cuando volvió a escuchar la voz de Richard.

–¿Puedes ir al aeropuerto de Corfú?

–Me imagino que sí –respondió. Aunque enseguida se dio cuenta de que no era cuestión de imaginación. O llegaba al aeropuerto o se quedaba en Corfú para siempre.

–Llamaré a nuestra agencia de viajes y te reservaré un billete a Londres. Todo va a salir bien, ¿de acuerdo? Yo me ocuparé de que así sea.

–Te lo pagaré, o mis padres...

–Tú ve al aeropuerto, eso ya lo resolveremos luego. Primero hay que traerte de vuelta.

Cuando Ginny colgó el teléfono, vio a Carrie sentada en un banco al otro lado de la calle con sus tres amigos pendientes de ella. Parecía más tranquila. Ginny cruzó y se sentó a su lado.

–Tengo que ir al aeropuerto –les dijo–. Richard, el amigo de mi tía, me va a conseguir el billete.

–¿Te vas, Pretz? –preguntó Carrie–. ¿De vuelta a Londres?

Se produjo un largo intercambio de abrazos y direcciones de correo electrónico. Después, Emmett paró un Fiat pequeño y destartalado que identificó correctamente como un taxi. Justo antes de arrancar, Carrie se acercó a la ventanilla. Se había puesto a llorar de nuevo.

–Pretz, no te preocupes –dijo inclinándose hacia Ginny–. Averiguarás lo que decía.

Ginny sonrió.

–Y tú lo solucionarás todo.

–Sí –asintió Carrie–. Quién sabe. Quizá nos quedemos por aquí algún tiempo. La verdad es que ahora no puedo ir a ninguna parte. Y hay sitios peores.

Tras un último apretón de manos, el taxi se puso en marcha y Ginny partió camino del aeropuerto de Corfú.

La amable azafata de British Airways que la recibió a la puerta del avión mantuvo el gesto impasible cuando Ginny subió a bordo de su aeronave limpia y acogedora. Parecía que estaba acostumbrada a viajar a diario con golfillos desgreñados, malolientes y con las manos vacías. Más tarde, siguió manteniendo la compostura cuando Ginny aceptó todo lo que se le ofrecía. Sí, le apetecía agua. Sí, también quería tomar un refresco, y un bocadillo, y una taza de té. Y galletas, toallitas, gusanitos, bolitas de queso... Ginny aceptó todo lo que la mujer traía en su carrito plateado. Y dos de cada, a poder ser.

Anochecía en Londres cuando el avión tomó tierra en el aeropuerto de Heathrow. Esta vez, tras recorrer sus quince mil kilómetros de pasillo, había alguien esperándola. A Richard no pareció importarle abrazarla, a pesar de lo desaliñada que estaba.

–Dios santo –dijo, y luego se apartó y la miró con atención–. ¿Qué te ha pasado? ¿Dónde están tus cosas?

–Me robaron todo.

–¿Todo?

Ginny metió la mano en el bolsillo y sacó sus únicas pertenencias: el pasaporte y la tarjeta del cajero, ahora inservible.

–Bueno –dijo él–, no te preocupes. Lo importante es que estás bien. Ya compraremos ropa nueva. ¿Y las cartas?

–También se las llevaron.

–Oh... Vaya. Lo siento. –Richard se metió las manos en los bolsillos e inclinó la cabeza, taciturno–. Bueno, vamos a casa.

A pesar de que ya era tarde, el tren estaba bastante lleno y Richard y Ginny tuvieron que viajar apretujados. Ginny le explicó adónde había ido después de su estancia en Roma. Ahora que iba contando un episodio tras otro, se daba cuenta de todo lo que había vivido en tan corto espacio de tiempo, menos de un mes. Había visto a Keith en París. Se había acoplado a los Knapp en Ámsterdam. Había viajado al norte de Dinamarca en la casa flotante de Knud.

–¿Puedo preguntarte algo? –intervino Richard cuando Ginny estaba llegando al final de su narración.

–Claro.

–No tienes por qué contarme nada..., bueno, nada privado, pero ¿te contó algo Peg?

Aquella pregunta no era lo suficientemente concreta como para saber qué contestar. Richard pareció darse cuenta.

–Ya sé que no tuvimos oportunidad de hablar demasiado cuando estuviste aquí hace unas semanas –continuó–, pero hay algo que deberías saber. Si es que aún no lo sabes. ¿Lo sabes?

–¿Saber?

–Por lo visto, no. Esperé a encontrar un buen momento para sentarnos y contártelo, pero no hubo ocasión. Así que... ¿te importa si te lo digo ahora?

Ginny recorrió con la mirada el vagón abarrotado.

–No –mintió.

–Supongo que tu tía te lo contaría en el último sobre, el que no leíste. Peg y yo nos casamos. Ella necesitaba atención médica. No fue la única razón, por supuesto. Quizá las circunstancias hicieron que todo se acelerara un poco. Me dijo que no te contara nada hasta que no hubieras leído todo lo que te había escrito.

–¿Os casasteis? –preguntó Ginny, asombrada–. Eso significa que eres mi tío.

–Sí. Eso es, exactamente.

Richard echó una mirada nerviosa a su alrededor. Ella mantuvo la vista al frente.

En aquel momento, Ginny odió a la tía Peg. La odió con todas sus fuerzas. Su tía no tenía la culpa de que le hubieran robado los sobres, pero sí de que ella estuviera allí, de que Richard se hubiera visto obligado a rescatarla y a explicarle aquellas cosas que era obvio que le hacían sentir incómodo. Era mejor cuando todo era un misterio, cuando la tía Peg andaba por ahí de viaje. No estaba casada. No tenía un tumor cerebral. Siempre estaba a punto de regresar a casa.

En aquel mismo momento, justo cuando el tren se detenía en Angel, la tía Peg desapareció. Del todo y para siempre.

–Tengo que irme –dijo Ginny, y salió corriendo dejando atrás a Richard–. Gracias por todo.

La sobrina fugitiva

La única ventaja de que te hayan robado todo es que resulta muy fácil moverse.

Ginny echó a andar siguiendo la ruta del autobús por Essex Road. La gente se había vestido para salir o volvía a casa después del trabajo. En ambos casos, eso significaba que iban –como diría Richard– «arreglados». O, como diría Ginny, «limpios». Seguramente no olían a tufo de tren ni a ropa húmeda, y era muy probable que se hubieran dado un baño en las últimas cuarenta y ocho horas.

Pero no le importaba. Siguió andando, consciente de la expresión decidida de su rostro. Pasó una media hora antes de que se diera cuenta de que había dejado atrás la zona más concurrida, con sus tiendas iluminadas, sus pubs y sus restaurantes, para llegar a calles más pequeñas y estrechas jalonadas de licorerías y oficinas de apuestas.

Tenía la ruta grabada en la cabeza. Se metió por la calle donde todas las casas eran iguales: fachada lisa y ladrillo gris, con los marcos de las ventanas blancos. Hacia la mitad de la manzana vio por fin la puerta roja con la ventana amarilla en forma de rombo. Las persianas negras de las ventanas del piso superior estaban torcidas y a medio bajar, y las luces estaban encendidas. Cuando se acercó, oyó música.

Bueno, al menos había alguien en casa. No podía ser Keith. Estaba en Escocia. Ginny había ido a su casa solo porque era uno de los dos únicos lugares de Londres a los cuales sabía llegar a pie. El otro era Harrods, y allí no podía ir, evidentemente.

Quizá David la dejara pasar.

Llamó a la puerta. Se oyó un ruido de pasos al bajar la escalera que luego retumbó por el vestíbulo.

Fue Fiona quien abrió. Parecía aún más menuda y rubia que la vez anterior, como si la hubieran lavado con lejía y la hubieran tenido demasiado tiempo en la secadora.

–¿Está Keith? –preguntó Ginny, preparada para escuchar el temido «no» por respuesta.

–¡Keith! –gritó Fiona.

La chica soltó la puerta para que se cerrara sola y subió taconeando por la escalera.

Un momento después, Keith apareció en la entrada con los labios llenos de espuma. El mango del cepillo de dientes asomaba por una de las comisuras de su boca. Se lo sacó, tragó saliva y se limpió el resto de pasta de menta con el dorso de la mano. Fue apenas un segundo pero, justo cuando retiró la mano, Ginny estuvo segura de haber visto un atisbo de sonrisa que se desvaneció en cuanto reparó en el aspecto de ella: sucia, con la ropa arrugada y las manos vacías.

–No estás en Escocia –dijo Ginny.

–No. La escuela la pifió. Cuando llegamos no teníamos dónde alojarnos, y encima la mitad de las funciones habían sido canceladas. Y tú tienes pinta de necesitar sentarte un rato.

Keith retrocedió para dejarla pasar.

Cuando Ginny entró en la habitación de Keith, le pareció que un tornado descomunal había pasado por allí. Las cajas y los tablones que componían el mobiliario habían dado paso a cajas llenas hasta los topes de papeles, fragmentos de guiones, montones de libros con títulos como *El teatro del sufrimiento.* Keith se puso el cepillo de dientes detrás de la oreja y comenzó a recoger papeles del sofá para hacer sitio.

–¿Acabas de llegar de Ámsterdam? ¿O acabaste en algún otro sitio?

–Estuve en Dinamarca –contestó Ginny.

Parecía que había pasado mucho tiempo desde entonces, pero apenas habían sido ¿dos días, quizá tres? Le resultaba difícil precisarlo.

–¿Y cómo estaba? ¿Podrida? ¿Y cómo has conseguido ese bronceado?

–Oh. –Ginny se miró los brazos. La verdad era que los tenía morenos–. Después estuve en Grecia.

–Ah, claro, ¿por qué no? Está casi al lado, ¿verdad?

Ginny se dejó caer en el sitio que Keith había dejado libre de papeles. La espuma de mala calidad del endeble armazón del sofá estaba tan desgastada que se hundió casi hasta el suelo.

–¿Qué te ha pasado? –siguió preguntando Keith mientras daba una patada a unas botas para apartarlas–. Parece que te acaban de rescatar de una catástrofe internacional.

–Me robaron la mochila en la playa. Esto es lo único que me queda.

Había malgastado en vano toda la energía que la había impulsado durante semanas para viajar por tierra, mar y aire. Ahora se sentía vacía y cansada, y no tenía indicación alguna sobre su próximo destino. Nada que le marcara adónde tenía que ir. Nada que le impidiera marcharse.

–¿Puedo quedarme aquí? –preguntó–. ¿Dormir en tu casa?

–Sí, claro –contestó Keith, y de pronto se puso serio–. ¿Estás bien?

–Puedo dormir en el suelo, o donde sea.

–No. Quédate aquí.

Ginny se tumbó y se tapó con el edredón de Star Wars de Keith, que estaba en el respaldo del sofá. Cerró los ojos y le oyó mover más papeles. Casi podía notar cómo la miraba.

–Las cartas también desaparecieron –dijo.

–¿Desaparecieron?

–Estaban en la mochila. Se llevaron la última.

Keith frunció el ceño al comprender lo que significaba aquello. Ginny se tapó hasta la nariz. Sorprendentemente, el edredón olía a limpio, como recién lavado. Quizá todo olía así comparado con ella.

–¿Cuándo volviste? –le preguntó Keith–. ¿Y cómo?

–Prácticamente acabo de llegar. Richard me compró un billete de avión.

–¿Richard? ¿El amigo de tu tía con el que te alojabas?

–Bueno, algo más que amigo.

–¿Lo que significa...?

Ginny se movió y se hundió un poco más en el sofá.

–Que es mi tío.

–No me lo habías dicho.

–No lo sabía.

Keith se sentó en el suelo junto al sofá y se quedó mirando a Ginny.

–¿No lo sabías? –repitió.

–Acabo de enterarme. Se casaron, pero solo por el seguro médico, o algo así, porque ella estaba enferma. Aunque también se gustaban. Es complicado...

–¿Y te acabas de enterar? ¿Ahora?

–Richard acaba de contármelo. Y luego salí huyendo, más o menos.

Ginny intentó ahogar sus últimas palabras con el edredón, pero Keith las captó.

–¿Qué demonios te pasa, Ginny?

Buena pregunta.

–No –dijo Keith, apartando el edredón–. Tienes que volver a su lado.

–¿Por qué?

–Escucha: ese tipo, Richard, ha demostrado preocuparse por ti lo suficiente como para comprarte un billete de vuelta a Londres. Se casó con la loca de tu tía porque estaba enferma. Eso no es fingido. Todo esto es extrañísimo, cierto, pero al menos es real.

–No lo entiendes –dijo Ginny, incorporándose–. Antes no estaba muerta. Simplemente se había ido. Yo sabía que había muerto. Me dijeron que había muerto. Pero yo no la vi enferma. No la vi morir. Ahora sí está muerta.

Ya estaba. Ya lo había dicho. Y su voz comenzó a quebrarse. Ginny hundió los dedos en el edredón. Keith suspiró y se sentó a su lado.

–Ya veo –dijo.

Ginny cerró el puño, aprisionando la Estrella de la Muerte.

–De acuerdo –accedió Keith–. Puedes quedarte a dormir esta noche, pero mañana te llevaré a casa de Richard. ¿Trato hecho?

–Supongo –respondió ella.

Luego se giró hacia el respaldo del sofá. Sintió cómo Keith le apoyaba la mano en la cabeza con suavidad y le acariciaba el pelo despacio mientras ella estallaba en sollozos.

Las zapatillas verdes y la dama del trapecio

La llave de emergencia de casa de Richard estaba esperándola en la grieta de los escalones. Sobre la mesa de la cocina había una nota que decía: «Ginny, si estás leyendo esto, es que has vuelto, y me alegro muchísimo. Por favor, quédate hasta la noche para que podamos seguir hablando».

–¿Ves? –dijo Keith; vio un trozo olvidado de barrita de cereales y se lo metió en la boca–. Él sabía que volverías.

El chico salió de la cocina y se paseó por la casa hasta que se detuvo delante de la habitación de Ginny.

–Este es mi... –empezó Ginny–. Mi... Era el cuarto de mi tía. Ya sé que es un poco...

–¿Tu tía pintó todo esto? –Keith pasó la mano por encima de la serie de caricaturas que decoraban la pared, y después se paró a admirar la colcha hecha de retales–. Es alucinante.

–Sí, bueno... Así era ella.

–Se parece un poco a la casa de Mari.

Keith recorrió la habitación, como para empaparse de cada detalle. Se acercó al cartel de Manet.

–¿Este era su cuadro favorito? –preguntó.

–Le encantaba –respondió Ginny–. Tenía otro igual en su apartamento de Nueva York.

Se había quedado mirando aquel cuadro tantas veces... Pero, como Piet, nunca le había hecho demasiado caso. La tía Peg se lo había explicado todo acerca de él, pero ella no lo había asimilado. Ahora, el rostro inexpresivo de la chica en medio de toda aquella actividad, los colores... cobraban más sentido. Era mucho más trágico. Había una actividad trepidante ante sus ojos, pero la chica no la veía, no la disfrutaba.

–Cuando lo observas –explicó Ginny–, se supone que estás justo donde se encontraba el pintor. Sin embargo, lo que más le gustaba a mi tía era el hecho de que nadie se fija en las zapatillas verdes que se ven en la esquina. Es el reflejo de una mujer subida a un trapecio, pero solo se le ven los pies. A la tía Peg siempre le intrigó aquella mujer, siempre hablaba de las zapatillas verdes. ¿Las ves? Aquí.

Ginny se subió a la cama y señaló la esquina superior izquierda, de donde colgaban las zapatillas verdes que se veían en el cuadro. Al tocar el cartel, notó un bultito debajo de la esquina, justo donde estaban las zapatillas verdes. Pasó los dedos por la superficie. Era lisa excepto en aquel punto. Tiró de la esquina. El cartel estaba pegado a la pared con una pasta adhesiva azul que cedió con facilidad cuando Ginny tiró de él. Debajo de la esquina había un bulto más grande de aquella masilla.

–¿Qué haces? –preguntó Keith.

–Aquí debajo hay algo.

Despegó toda la esquina del cartel. Ambos se quedaron mirando el emplasto de masilla azul y la llavecita incrustada en él.

La llave descansaba entre los dos encima de la mesa de la cocina. La habían probado en todas las cerraduras de la casa. Luego habían buscado por todo el cuarto de Ginny, intentando encontrar algo donde encajara. Nada.

De modo que lo único que podían hacer era tomar té y mirarla.

–Se me tenía que haber ocurrido mirar ahí –dijo Ginny con la barbilla apoyada en la mesa, disfrutando de un primer plano de las migas.

–¿Alguna de las cartas te decía que abrieras algo?

–No.

–¿Y te envió alguna otra cosa aparte de las cartas?

Keith jugueteó con la llave, dándole golpecitos con el dedo.

–Solo la tarjeta de crédito –respondió Ginny; luego metió la mano en el bolsillo y depositó la tarjeta sobre la mesa–. Ahora ya no sirve para nada. No queda dinero en la cuenta.

Keith recogió la tarjeta y le dio unos golpecitos hasta mandarla al borde de la mesa.

–Vale –dijo–. ¿Y ahora qué?

Ginny meditó la respuesta.

–Creo que debería darme un baño –concluyó.

Richard también había previsto esa necesidad. En el suelo, junto a la puerta del cuarto de baño, había dejado varias de sus prendas más pequeñas, unos pantalones de deporte y una camiseta de rugby. Ginny permaneció en la bañera hasta quedarse arrugada como una pasa. Llevaba tiempo sin disfrutar de semejante lujo: agua caliente de verdad, toallas, tiempo para sentirse inmaculadamente limpia.

Cuando por fin salió, Keith estaba mirando la ventanita redonda de la lavadora que había debajo de la encimera.

–He echado tu ropa a lavar –dijo–. Estaba asquerosa.

Ginny siempre había creído que la única manera de lavar la ropa era ahogarla en abundante agua casi hirviendo y luego darle vueltas con un centrifugado enérgico que hiciera que la lavadora vibrara y temblara el suelo. Quitar la suciedad a golpes. Maltratarla. Esa lavadora usaba media taza de agua y era igual de violenta que un tostador. Además, se paraba cada dos por tres, como si estuviera agotada debido al esfuerzo de dar vueltas.

Buf, buf, buf, buf, buf. Descanso. Descanso. Descanso.

Clic.

Buf, buf, buf, buf, buf. Descanso. Descanso. Descanso.

–¿A quién se le ocurriría la idea de poner una ventana en una lavadora? –preguntó Keith–. ¿Es que hay quien se sienta a ver cómo se lava la ropa?

–¿Aparte de nosotros, quieres decir?

–Sí, bueno... ¿Hay café?

Ginny se levantó pisándose los pantalones, que le quedaban muy largos, y se dirigió a la alacena en busca del tarro de café soluble de Harrods. Lo dejó encima de la mesa, delante de Keith. El chico lo examinó.

–Harrods –leyó.

Algo en la cabeza de Ginny hizo clic, tan fuerte que casi pudo oírlo.

–Harrods –repitió ella.

–Sí, Harrods. Claro.

–No. La llave. Es de Harrods.

–¿De Harrods? –preguntó Keith–. ¿Me estás diciendo que tu tía tenía la llave mágica de Harrods?

–Es posible. Tenía allí su estudio.

–¿En Harrods?

–Sí.

–¿Y dónde tenía el dormitorio? ¿En el Parlamento? ¿En lo alto del Big Ben?

–Richard trabaja en Harrods –explicó Ginny–. Encontró un espacio para que ella pudiera trabajar. Mi tía guardaba todo allí, en un armario. Un armario tendría una llave pequeña, como esta.

Keith meneó la cabeza.

–¿Por qué me sorprende? –se preguntó–. Venga, vámonos.

La llave mágica de Harrods

Ginny había desconectado de su cerebro hacía ya horas el impulso del «¿qué me pongo?» como medio de supervivencia. Solo cuando vio por casualidad su imagen reflejada en los escaparates de Harrods fue de pronto consciente de la ropa que llevaba, así como del hecho de que el tipo que la acompañaba lucía una camiseta en la que se leía: «Un cerdo capitalista me comió las pelotas».

Keith se sintió igualmente inquieto cuando se asomó por la puerta que les sujetaba el portero de Harrods.

–¡Ostras! –exclamó boquiabierto al ver la masa sudorosa de gente que llenaba por completo cada metro cuadrado del espacio–. Yo ahí no entro.

Ginny lo agarró del brazo, lo arrastró hacia el interior y lo llevó al sótano, por el camino que tan bien conocía, hasta el mostrador del chocolate. La expresión flemática de la dependienta dejaba ver que no estaba en absoluto impresionada por la vestimenta de ambos. Pero también mostraba que era una profesional y que había visto todo tipo de locos en Harrods.

–Un momento –dijo–. Murphy, ¿verdad?

–¿Cómo lo ha sabido? –le preguntó Keith a Ginny mientras la mujer se dirigía al teléfono–. ¿Cómo tienes todos estos contactos en Harrods? ¿Quién eres?

Ginny se dio cuenta de que se estaba mordiendo las cutículas. Nunca lo hacía. De pronto, se había puesto nerviosísima ante la idea de ver a Richard. A su tío. De quien había huido.

–Mi madre me traía aquí a la fuerza cada vez que veníamos a Londres por Navidad –continuó él mientras se inclinaba para echar un vistazo al contenido del mostrador–. Es aún peor de lo que recordaba.

Ginny tuvo que apartarse de Keith y de la dependienta y luchar contra las ganas de confundirse entre la muchedumbre y desaparecer de allí. Casi había perdido la batalla cuando acertó a ver, entre el gentío, el pelo corto y rizado de Richard, su traje oscuro y su corbata plateada. Cuando él se acercó, Ginny fue incapaz de mirarlo a los ojos. Se limitó a alargar el brazo y abrir la mano para mostrarle la pequeña llave, que le había dejado una marca en la palma de tanto apretarla.

–He encontrado esto –le dijo–. Estaba en el cuarto de la tía Peg, detrás de un cartel. Creo que ella la dejó allí para que yo la encontrara, y que es de algún mueble de aquí.

–¿De aquí? –se extrañó el hombre.

–Del armario. ¿Sigue aquí?

–Sí. Está en un trastero, arriba. Pero dentro no hay nada. Se llevó a casa todas las pinturas.

–¿Y esta llave podría ser de ese armario?

Richard examinó la llave.

–Es posible –contestó.

Ginny le dirigió una mirada rápida. No parecía enfadado.

–Vamos –dijo Richard–. Tengo unos minutos. Echemos un vistazo.

El estudio que la tía Peg había conseguido en Harrods no era nada glamuroso. Se trataba de un cuartito situado en el ático que contenía varios maniquíes deformes y algunas perchas en desuso. Tenía una ventana empañada que al abrirla solo dejó ver el cielo encapotado. Richard señaló un conjunto de grandes armarios marrones de metal que había en un rincón.

–Es uno de esos –indicó.

La llave no abría ninguno de los que estaban delante, de modo que Keith y Richard tuvieron que apartarlos para que Ginny pudiera colarse entre ellos y probar el resto de las cerraduras. La llave encajó perfectamente en la quinta. El interior del armario era completamente hueco. Había espacio de sobra para el montón de lienzos enrollados que reposaban en él.

–Los famosos pergaminos de Harrods –bromeó Keith.

–Qué raro que se llevara las pinturas a casa y sin embargo dejara aquí los lienzos –comentó Richard–. Jamás los habría encontrado. Y con el tiempo los habrían tirado a la basura.

Ginny desenrolló unos cuantos lienzos y los extendió sobre el suelo. Estaba claro que eran obra de la tía Peg: representaciones llenas de luz y casi caricaturescas de lugares que ahora le eran conocidos: las vírgenes vestales, la Torre Eiffel, las calles adoquinadas en blanco de Corfú, las avenidas de Londres, el propio Harrods. Varios de ellos eran copias casi idénticas de los dibujos de los sobres. La chica al pie de la montaña con el castillo en lo alto del cuarto sobre, la isla que surgía de las aguas como un monstruo marino del número doce. A lo largo de su viaje, Ginny había visto a montones de artistas noveles pintando esos mismos lugares para venderlos como recuerdo a los turistas. Pero estos cuadros eran muy distintos. Estaban vivos. Parecían vibrar.

–Esperad un momento.

Keith extendió el brazo y despegó algo que estaba adherido al interior de la puerta. Lo miró y luego se lo enseñó a Ginny y a Richard. Era una tarjeta gruesa de color gris perla, con un nombre y un número impresos en tinta oscura.

–Cecil Gage-Rathbone –leyó Keith–. Eso sí que es un buen nombre.

Ginny alcanzó la tarjeta y le dio la vuelta. En el reverso, unas palabras garabateadas a pluma rezaban: «Llama ahora mismo».

Sacaron las obras, veintisiete en total, en tubos de embalaje y enormes bolsas de Harrods. Richard tuvo que pasar unos minutos en el pasillo intentando convencer a un guardia de seguridad muy mayor de que no estaban robando nada del almacén. Al final tuvo que enseñarle algo que llevaba en la cartera. El hombre retrocedió y se deshizo en disculpas.

Se dirigieron a la oficina de Richard, un espacio muy estrecho repleto de cajas y archivadores. Apenas había sitio para llegar a la mesa y utilizar el teléfono.

Cecil Gage-Rathbone tenía una voz clara y cristalina.

–¿Virginia Blackstone? –preguntó–. Nos dijeron que se pondría en contacto con nosotros. Ya tenemos listos todos los papeles; llevamos meses preparándolos. Creo que podríamos vernos el... ¿jueves? ¿O es demasiado pronto? Quedan solo dos días.

–De acuerdo –accedió Ginny, sin tener ni idea de a qué se refería el hombre.

–¿Cuándo quiere que las recojamos?

–Las..., las obras, ¿no?

–Sí, claro.

–Eeeh... Cuando quiera.

–Podemos mandar a alguien esta misma tarde, si le parece bien. Nos gustaría tenerlas con nosotros cuanto antes para preparar las cosas.

–Me..., me parece bien.

–Excelente. ¿A las cinco?

–Perfecto.

–Magnífico. A las cinco, entonces. ¿La misma dirección de Islington?

–Sí...

–Muy bien. Solo queda que se pase usted por aquí el jueves a las nueve de la mañana. ¿Tiene nuestra dirección?

Después de apuntar la información que le dio Cecil, que trabajaba para una firma llamada Jerrlyn and Wise, Ginny colgó el teléfono.

–Van a venir a recoger las obras –dijo.

–¿Quiénes? –preguntó Richard.

–Ni idea. Pero tenemos que ir a esta dirección el jueves a las nueve de la mañana. O al menos yo.

–¿Para qué?

–No estoy segura.

–Bueno, entonces ya está todo arreglado, ¿no? –dijo Keith–. Misterio resuelto. –Miró a Ginny, después a Richard, y retrocedió hacia la puerta–. ¿Sabéis una cosa? Tengo ganas de echar un vistazo a esa sección de comestibles. Tal vez le compre algo a mi abuela.

–Richard, perdóname por... marcharme –dijo Ginny en cuanto Keith se fue.

–Bueno, eres la sobrina de Peg –dijo el hombre–. Lo llevas en la sangre. No te preocupes.

El teléfono de Richard comenzó a sonar. Era un timbre muy ruidoso e insistente. No era de extrañar que siempre contestara con voz irritada.

–Será mejor que respondas. Quizá la reina necesite ropa interior.

–Podrá esperar un momento. Estoy seguro de que tiene cientos de bragas.

–Es probable.

Ginny permaneció con la vista fija en la moqueta de color verde apagado. Había circulitos de papel por todas partes, que obviamente se habían caído del depósito del taladrador. Parecía nieve.

–Creo que es urgente que te compres algo de ropa –dijo Richard–. ¿Por qué no bajas y escoges algo? Luego diré que lo carguen en mi cuenta. Que no sea demasiado desorbitado, si no te importa. Pero cómprate algo que te guste.

Ginny asintió despacio. Sus ojos recorrían los dibujos que los circulitos de papel describían en el suelo. Una estrella. Un conejito con una sola oreja.

–Lo siento –dijo Richard–. No debí contártelo en el tren. No sé en qué estaba pensando. Ni siquiera estaba pensando. A veces hablo por hablar.

–No parecía real.

–¿El qué no parecía real? ¿Lo mío con Peg? La verdad es que no sé lo que fue en realidad.

–Que se marchara –explicó Ginny–. A veces hacía cosas así.

–Ah.

En ese momento comenzó a sonar otra línea, aún más estridente. Richard miró el teléfono exasperado y después apretó unos botones para silenciarlo.

–Mi tía me prometió que siempre estaría ahí. Para ayudarme durante mis años de instituto, de universidad. Hacía promesas que luego no cumplía. Y se marchaba sin avisar a nadie.

–Lo sé. Era terrible para esas cosas. Pero siempre se salía con la suya.

Haciendo un gran esfuerzo, Ginny logró apartar la vista del suelo. Richard, con aire ausente, movía una carpeta sobre el escritorio.

–Lo sé –dijo–. Sí, se salía con la suya. Era capaz de sacar a cualquiera de sus casillas.

–Ya lo creo –corroboró Richard.

Tenía un gesto de tristeza y ensimismamiento que le resultó familiar.

–Creo que mi tía sabía lo que hacía, en cierto modo. Al menos yo gané un tío.

Richard dejó de mover la carpeta y levantó la vista.

–Sí –dijo con una sonrisa–. Es bonito tener una sobrina.

La casa acolchada

El jueves por la mañana, el taxi negro en el que viajaban Ginny, Richard y Keith se internó en una tranquila calle londinense; el tipo de tranquilidad que respira riqueza, tradición y la presencia de cientos de sistemas de seguridad de alta tecnología.

Aparte de ser un poco más grande que los edificios circundantes, nada en la sede de Jerrlyn and Wise hacía pensar que fuera otra cosa que una residencia privada más. Lo único que la identificaba era una plaquita de bronce junto a la puerta, que abrió inmediatamente un hombre con un pelo rubio tan perfecto que hasta daba grima.

–Señorita Blackstone –saludó–, se parece usted muchísimo a su tía. Pasen, por favor. Soy Cecil Gage-Rathbone.

El traje gris perla de Cecil Gage-Rathbone hacía juego con la tarjeta comercial que habían encontrado pegada a la puerta del armario. Sus gemelos brillaban discretamente en los puños de una camisa que tenía que estar confeccionada con un algodón de una calidad obscenamente superior. Todo él olía a ropa hecha a medida.

Si la falda escocesa, la camisa negra y la corbata roja de Jittery Grande que llevaba Keith lo desconcertaron, no lo demostró. Se presentó y le estrechó la mano con auténtica satisfacción, como si llevara toda la vida esperando conocerlo y estuviera encantado de que por fin hubiera llegado la gran ocasión. Apoyó el brazo cariñosamente sobre los hombros de Ginny y la guio con delicadeza entre antigüedades y un puñado de personas peinadas y vestidas con tanta pulcritud como él.

Cecil les ofreció bebidas y algo de comer en un impresionante despliegue de platos y teteras de plata dispuestos sobre un largo aparador de caoba. Ginny no fue capaz de tomar nada, pero Richard aceptó una taza de café y Keith se sirvió champán, bollitos, fresas y una generosa cucharada de nata. Cecil los condujo por un pasillo hacia la sala de subastas. Todo era opulento y lujoso: las pesadas cortinas de las ventanas, las sillas de cuero mullidas en exceso. El lugar estaba tan revestido y era tan discreto que resultaba difícil escuchar el monólogo susurrante de Keith sobre las ganas que había tenido siempre de interpretar a James Bond y lo contento que estaba por asistir a la subasta.

Se detuvieron al final del pasillo, frente a una sala donde se sentaban aún más hombres trajeados que hablaban por teléfono en voz baja. Habían colocado unas sillas azules pegadas a la pared, junto a las mesas con conexión para ordenadores portátiles. Los cuadros, enmarcados en cristal y molduras sencillas, estaban expuestos en caballetes en la parte delantera de la sala.

Cecil los acomodó en unas sillas que había en un rincón y se quedó de pie detrás de ellos, inclinándose y metiendo la cabeza entre las suyas para hablar con más discreción.

–Mi impresión –susurró– es que es muy probable que nos hagan una buena oferta por la colección completa. La gente los llama los cuadros de Harrods. A todo el mundo le gustan las historias interesantes.

Solo entonces, al ver los cuadros expuestos y ordenados, Ginny comprendió por fin lo que eran en realidad. Miró a Richard, que los estaba observando de la misma manera, recorriendo la hilera de obras con la vista como si leyera un verso.

Los primeros lienzos arrancaban con fuerza, luminosidad y color, como caricaturas. Los siguientes eran parecidos, pero estaban pintados con pinceladas furiosas y rápidas que transmitían un sentimiento de precipitación. Después, los colores comenzaban a palidecer y a fundirse, y las figuras adquirían proporciones muy extrañas. Los últimos eran en muchos sentidos los más hermosos, y desde luego los más llamativos. Habían vuelto los colores brillantes y el trazo firme, pero las imágenes eran fantásticas y disparatadas. La Torre Eiffel dividida en dos. Autobuses londinenses de color morado, gordos y grotescos, que recorrían calles en las que crecían flores.

–Estaba enferma –musitó Ginny casi para sí misma.

–Esta obra es la crónica de su enfermedad, lo cual la convierte en única –dijo Cecil con delicadeza–. Pero debería usted saber que la obra artística de su tía ya había comenzado a atraer la atención de los expertos antes de que cayera enferma. Se hablaba de ella como de la segunda Mari Adams, que ha sido la entusiasta mentora de su tía. Varios compradores importantes llevan meses expectantes, esperando estos cuadros.

Mari Adams... Lady McRarita. A juzgar por la manera en que Cecil alzó la voz ligeramente al pronunciar su nombre, Ginny entendió que Mari Adams era una primera figura, al menos para él.

–Entonces... ¿por qué no los vendió ella? –quiso saber Ginny.

Cecil se inclinó aún más.

–Debe usted saber que su tía era plenamente consciente de que esta serie se revalorizaría tras su... fallecimiento. Así es el mundo del arte. Aplazó la venta deliberadamente.

–Hasta... después.

–Hasta que usted se pusiera en contacto conmigo, sí. Esa fue la impresión que me dio.

El hombre flexionó las rodillas y se inclinó aún más, hasta que su cabeza alcanzó el nivel de las de los otros tres.

–Entiendo que esto debe de resultarle extraño, pero todo está dispuesto. Los ingresos obtenidos serán transferidos a su cuenta corriente en cuanto se materialice la venta. –El zumbido del móvil distrajo su atención–. Discúlpeme un momento –dijo Cecil tapando el teléfono con una mano–. Es Japón.

Cecil se retiró a un lado de la sala y Ginny fijó la vista en la cabeza del hombre que estaba sentado delante de ella. Tenía una gran mancha roja que los cuatro pelos grises peinados en cortinilla que le quedaban no podían ocultar.

–No tenemos por qué pasar por esto –comentó Ginny–. ¿O sí?

Richard no contestó.

Aquella sala era demasiado silenciosa. Demasiado fría para todos los pensamientos inexplicables que se le pasaban por la cabeza. Ginny deseó que Keith hiciera algún chiste sobre esa llamada de la nación de Japón a Cecil o sobre el hecho de que hubiera borrado de su piel los últimos restos de lo que probablemente era una valiosa obra de arte cuando se duchó aquella mañana. Pero el chico permanecía en silencio.

Ginny se concentró en la mancha roja. Se parecía un poco a la silueta de Nebraska.

–Muy bien. ¿Preparados? –preguntó Cecil, que guardó el teléfono y se situó de nuevo junto a ellos.

Ginny advirtió que Richard estaba haciendo verdaderos esfuerzos para no mirar los cuadros. Le estaban causando un profundo dolor.

–Supongo –respondió Ginny.

Cecil ocupó su sitio frente a un atril en la parte delantera de la sala. En lugar de guardar sus móviles, los que aún no los tenían en la mano los sacaron de repente y se los acercaron al oído. Se abrieron más ordenadores portátiles. Cecil hizo una introducción bastante cursi y, con voz meliflua, fijó el precio de salida en diez mil libras.

Durante unos instantes no sucedió nada. Un suave murmullo se extendió por la sala cuando los presentes repitieron la cifra a sus interlocutores telefónicos en varios idiomas. Nadie habló en alto ni levantó la mano.

–Diez mil aquí delante. Gracias –anunció Cecil.

–¿Dónde? –preguntó Keith con la boca llena de fresas y nata.

–Y doce –continuó Cecil–. Doce. Gracias, caballero. Ahora a por quince mil.

Ginny seguía sin ver nada, pero Cecil captaba los gestos como si se los transmitiesen por arte de magia.

–Quince mil libras ofrece el caballero de la derecha. ¿He oído dieciocho? Muchas gracias. ¿Y veinte? Sí, señor, muy bien. ¿Continuamos para treinta?

Keith depositó el plato sobre sus rodillas con cuidado y se agarró a los costados de la silla.

–¿Esa puja por veinte la hice yo cuando estaba comiendo? –susurró–. ¿Crees que...?

Ginny lo hizo callar.

–Treinta. Muy bien. ¿Treinta y cinco? Gracias. Cuarenta. Cuarenta y cinco para la señora de la primera fila...

Richard no había levantado la vista del programa que tenía en su regazo. Ginny alargó el brazo, le dio la mano y no dejó de apretársela hasta que la subasta terminó en setenta mil libras.

Setenta mil saquitos de arpillera

A la mañana siguiente, Ginny se despertó con la sensación de haber crecido varios centímetros. Se estiró en la cama y se retorció a derecha e izquierda mientras intentaba dilucidar si aquello era la resaca de un sueño o si la repentina inyección de dinero le había alargado la columna vertebral. Estiró los dedos de los pies hacia el borde de la cama para comprobar si ocupaba el mismo espacio que los días anteriores. Parecía ser que sí.

El dinero pasaría pronto de un ordenador a otro y al final aparecería en su cuenta bancaria. Como por arte de magia. Le parecía curioso que todo se redujera a dinero. A una cifra. Solo era un número, y un número no era algo que se pudiera legar a nadie. Era como legar un adjetivo, o un color.

Visualizó de nuevo en su mente los saquitos de arpillera llenos de libras. Esta vez había setenta mil. Llenaban la habitación, se amontonaban contra las paredes rosas y amarillas, cubrían la moqueta... La cubrían a ella, y rebasaban el cartel de Manet hasta tocar el techo.

La verdad es que era un poco inquietante.

Ginny giró sobre sí misma para salir de debajo del montón invisible y se levantó. Se dio cuenta de que había dormido hasta muy tarde y de que Richard había regresado y se había vuelto a marchar. Había dejado el periódico abierto encima de la mesa para que ella lo viera, y había señalado con un círculo el tipo de cambio de libras a dólares del día. También había escrito al margen, a lápiz, una cifra: 133.000 $.

El montón imaginario volvió a aparecer en su mente, y además multiplicado casi por dos. Esta vez era un mar de luz; dólares sueltos que le llegaban hasta la cintura, llenaban la cocina y engullían la mesa.

Aquella no podía ser la gran sorpresa de la tía Peg. Tenía que haber algo más, ahora estaba segura. Pero estaba claro que iba a necesitar ayuda para imaginar qué podría ser. Lo cual solo significaba una cosa.

Cuando Ginny llegó, el televisor estaba encendido, pero Keith no le prestaba atención. Un hombre con el pelo largo estaba abriendo botes de pintura para dos personas con cara de sorpresa que vestían camisetas a juego. Keith, inclinado sobre su cuaderno, ni siquiera levantó la vista cuando Ginny entró y se sentó en el sofá.

–Escucha esto –dijo Keith–: *Harrods, el musical.* En un contexto mitológico moderno, los grandes almacenes representan... ¿Qué pasa?

Ginny comprendió su tono de alarma: se dio cuenta de que había entrado con los ojos como platos y el rostro rígido e inexpresivo.

–¿Qué crees que quiere mi tía que haga con él? –preguntó.

–¿Con el dinero?

Ginny asintió. Keith dejó escapar un suspiro y cerró el cuaderno, sin apartar la mano para no perder la página.

–No quiero parecer brusco, Ginny, pero ella está muerta –dijo–. No quiere que hagas nada con él. El dinero es tuyo. Haz con él lo que te apetezca. Y si lo que te apetece es invertir en *Harrods, el musical,* no seré yo quien intente hacerte cambiar de idea.

Keith la miró expectante durante unos segundos.

–Había que intentarlo –añadió–. Bueno, a ver. ¿Por qué no viajar?

–Acabo de llegar de un viaje.

–Has viajado un poco. Siempre se puede viajar más.

–La verdad es que no me apetece demasiado –confesó Ginny.

–Pues entonces podrías quedarte en Londres. Aquí hay muchísimas cosas que hacer.

–Sí, supongo.

–Escucha, Ginny –dijo Keith con un suspiro–. Te acaban de dar una porrada de dinero. Gástalo en lo que te apetezca. Deja de preguntarte qué ponía en la última carta, que debe de ser lo que te anda rondando la cabeza. Todo lo resolviste bien. Todo salió bien.

Ginny se encogió de hombros.

–¿Qué *querías* que dijera esa carta? –continuó él–. Sabes que te habría guiado de vuelta al cartel del cuadro. Conseguiste hacer por ti misma lo que tu tía estaba intentando decirte. Averiguaste que Richard es tu tío. ¿Qué más necesitas saber?

–¿Puedo preguntarte una cosa? –lo interrumpió Ginny de pronto.

–Vaya, por lo visto sí que necesitas saber algo más.

–¿Estamos saliendo juntos?

–¿Qué es salir juntos exactamente?

–No seas bobo. Estoy hablando en serio.

–De acuerdo. –Keith alcanzó el mando a distancia y apagó el televisor–. Me parece justo que lo preguntes. Pero al final tendrás que volver a tu casa. Lo sabes.

–Lo sé. Solo quería confirmarlo. Pero... ¿tú y yo somos algo?

–Ya sabes lo que siento por ti.

–Pero... –insistió Ginny– ¿puedes... decirlo?

–Sí –asintió Keith–. Desde luego, somos algo.

Hubo un matiz en su manera de decirlo –de decir «algo»– que provocó en Ginny una inmensa felicidad.

Y en aquel mismo instante, supo exactamente qué era lo que el sobre número trece le habría indicado que hiciera.

El trece de la suerte

Quizá no fuera lo más lógico, pero a Ginny le pareció que debería haberse hecho algo especial para celebrar la venta de los «cuadros de Harrods». Pero Harrods parecía no saber absolutamente nada del evento, ni de la artista que había buscado cobijo en su ático. Harrods era Harrods, sin más. Lleno de gente y de movimiento. La vida allí seguía su curso normal, igual que antes. La dependienta del mostrador de chocolate hizo un leve gesto de inquietud con los ojos cuando la vio acercarse.

–Un momento –dijo–. Ahora mismo llamo al señor Murphy.

Ginny había ido al cajero antes de dirigirse a aquella sección para ver si le habían ingresado algo de dinero. Y así había sido, de modo que extrajo cien libras por si acaso. Las sacó del bolsillo y las ocultó en la mano.

–Ya baja, señorita –anunció la dependienta, impasible.

–¿Cuál es el mejor chocolate que tiene? –preguntó Ginny mientras echaba un vistazo al expositor.

–Depende de lo que le guste.

–¿Cuál le gusta a usted?

–Las trufas de champán –respondió la dependienta–. Pero la caja cuesta sesenta libras.

–Me llevo una.

La mujer alzó las cejas asombrada cuando Ginny deslizó el dinero sobre el mostrador. Instantes después recibió a cambio una pesada caja de metal. Ginny retiró el comprobante de compra del lazo marrón y le devolvió la caja a la dependienta.

–Son para usted –dijo–. Gracias por todo.

Mientras se alejaba del mostrador, se preguntó si tener tanto dinero sería en realidad buena idea.

Invitó a Richard al sofisticado salón de té. Le parecía lo más apropiado. En todo el tiempo que llevaba en Inglaterra, no había probado ninguna merienda especial con el té. Ahora estaban sentados ante una bandeja de varios pisos llena de pasteles y sándwiches en miniatura.

–¿Te has propuesto gastarte tu fortuna? –preguntó Richard.

–Más o menos –respondió Ginny fijando la vista en la delicada taza de porcelana que el camarero acababa de llenar.

–¿Qué significa eso?

–Hice bien al vender los cuadros, ¿verdad?

–Viví esa etapa a su lado –dijo Richard–. La confusión, el final. Eso es lo que reflejan esos cuadros. No quiero recordar esa época, Ginny. No siempre era ella.

–¿Cómo pudo ser capaz de escribir las cartas?

–A veces estaba lúcida, y un minuto después decía que las paredes estaban cubiertas de mariquitas o que el buzón le había hablado. Para ser sincero, a veces yo no sabía si tu tía sufría o si lo pasaba bien con todas esas cosas raras que veía. Peg era... asombrosa.

–Sé a qué te refieres –repuso Ginny.

Llenaron los platos con los sándwiches. Richard comió sin decir nada durante unos minutos. Ginny colocó los suyos al borde del plato en cuatro puntos distintos, como una brújula, o quizá como un reloj.

–En la última carta que leí –empezó Ginny–, me confesaba una cosa. Y de repente se me ocurrió que quizá a ti no te lo había dicho.

Richard iba a servirse un sándwich de pepino, pero se quedó con el brazo suspendido en el aire.

–Me dijo que te amaba –continuó Ginny–. Que estaba loca por ti. Que estaba enfadada consigo misma por haberse marchado, pero que en realidad lo había hecho solo porque estaba asustada. Solo para que lo supieras.

A juzgar por la expresión de Richard (por un momento Ginny temió que las cejas se le despegaran de la cara de tanto alzarlas y fruncirlas), comprendió que él no sabía lo que le acababa de confesar. Y también supo que ahora todo había terminado. De pronto se sintió como si le hubieran quitado un gran peso de encima.

De hecho, ni siquiera sintió el más mínimo apuro cuando Richard se acercó al lado de la mesa donde estaba sentada y la estrechó entre sus brazos.

#13

Querida tía Peg:

No estoy segura de si lo sabrás, pero el decimotercer sobre azul desapareció (me lo robaron en Grecia junto con la mochila). Bueno, el caso es que supuse que tendría que ser yo quien tomara las decisiones. Para tu conocimiento, te diré que Richard se encargó de traerme de vuelta a Londres, y que conseguí terminar mi misión. Tenía que haberme fijado antes en las zapatillas verdes.

Nos han pagado mucho dinero. A la gente le encantan tus cuadros. Así que muchas gracias.

¿Sabes?, hacía mucho tiempo que quería escribirte, pero no podía. No habías dejado ninguna dirección donde localizarte, y nunca mirabas el correo electrónico. Así que te escribo ahora que estás muerta, lo cual parece un disparate. No puedo mandarte esta carta a ningún lado. Y no tengo ni idea de qué haré con ella. Es un tanto paradójico que la única de tus famosas trece cartas que podré conservar sea esta que estoy escribiendo yo ahora.

Lo cierto es que, si hubiera podido escribirte, lo más probable es que hubiera sido para echarte una buena bronca. Me enfadé muchísimo contigo. Y aunque me lo hayas explicado todo, aún sigo un poco molesta. Te fuiste para no volver. Sé que tienes «tus cosas», que eres distinta y creativa y todo eso, pero no me pareció nada bien. Todo el mundo te echaba de menos. Mamá estaba preocupadísima por ti, y al final resultó que tenía motivos para estarlo.

Al mismo tiempo, fuiste capaz de planear este truco increíble. Me hiciste venir aquí y hacer todas esas cosas que jamás habría hecho de no ser por ti. Y creo que aunque fueras tú la que me indicabas qué debía hacer, tenía que hacerlo yo sola. Siempre creí que solo podía hacer cosas contigo, que tú hacías que resultaran más interesantes. Pero creo que estaba equivocada. En serio, me enfrenté a varias situaciones por mis propios medios. Te habrías sentido orgullosa de mí. Sigo siendo yo: a veces me sigue costando trabajo hablar. Aún hago cosas increíblemente absurdas en los momentos más inoportunos. Pero al menos ahora sé que soy capaz de hacer otras.

Así que supongo que no puedo enfadarme demasiado contigo. Pero sí puedo seguir echándote de menos. Ahora que estoy aquí, en tu habitación, gastándome tu dinero... Nunca te sentí tan lejos. Supongo que será cuestión de tiempo.

Ya que no me va a hacer falta un sobre azul para echar esta carta al correo, voy a meter la mitad del dinero y a dejárselo a Richard. Ya sé que era todo para mí, pero también estoy casi segura de que querías que él disfrutase de una parte. Después de todo, es mi tío.

También he decidido hacer lo que tú nunca pudiste hacer, pero que sospecho que habrías deseado: volver a casa.

Con cariño,
Tu interesante
cosmopolita sobrina

Posdata: Ah, y ya se lo he dicho yo por ti.

Agradecimientos

Me gustaría dar las gracias a los gerentes del castillo de Hawthornden. Empecé este libro durante mi estancia en él, y también fue allí donde aprendí a surcar las carreteras de Midlothian, Escocia, oscuras como boca de lobo bajo la lluvia en invierno (toda una proeza, aunque no la recomiendo).

Simon Cole y Victoria Newlyn me ofrecieron un refugio seguro en Londres, y ni siquiera una vez me hicieron preguntas fastidiosas como «¿Y qué estás haciendo aquí?» o «¿Cuándo te marchas?». Stacey Parr hizo el papel de expatriada residente y adorable tía chiflada, y Alexander Newman el de inglés en Nueva York y tío siempre dispuesto a brindar apoyo. Llevo mucho tiempo en deuda con John Jannotti por compartir su vasta y variada experiencia conmigo y por soportar a una bebedora compulsiva de café como yo.

Y sin la dirección editorial de Ben Schrank, Lynn Weingarten y Claudia Gabel, de Alloy Entertainment, y de Abby McAden, de HarperCollins, no habría conseguido llegar a ningún sitio.

Trece Sobres Azules

Conoce a Maureen Johnson

¡HOLA! Soy Maureen Johnson, autora de este libro. Voy a daros algo de información importante sobre mí que quizá queráis utilizar para completar algún trabajo que tengáis que hacer, aunque no sea sobre uno de mis libros.

Dónde nací: En Filadelfia, durante un terrible temporal de nieve, a las 5.20 de la madrugada de un viernes. Fue la última vez que madrugué a esas horas por voluntad propia.

Dónde vivo: En la ciudad de Nueva York.

Condiciones meteorológicas actuales: Terriblemente frías. De perder los dedos por congelación.

Opinión sobre las condiciones meteorológicas actuales: No me gusta nada el frío. Siempre comento lo bonito y resplandeciente que está Nueva York cuando hace frío y lo maravilloso y tonificante que es el invierno, pero ahora sé que me mentía a mí misma y a los demás. Sin embargo, viene muy bien cuando tienes que decir: «Esta tarde me voy a quedar a escribir en casa, donde estoy cómoda y calentita».

Primer libro «de verdad» que recuerdo haber leído: *El perro de los Baskerville,* de Sir Arthur Conan Doyle, en una versión abreviada para niños, cuando tenía cinco o seis años.

Último libro que leí antes de este: Leí dos a la vez, que terminé casi al mismo tiempo. Uno era *La pimpinela escarlata* y el otro *¡Los piratas! En una aventura con los científicos.* Ambos muy emocionantes.

Libros que he leído en sueco: Solo uno, *La llave del pájaro de fuego dorado,* mi primera novela, traducida. Y en realidad no lo leí. Me hice la ilusión porque sabía lo que decía en inglés. Por lo demás, me recordaba mucho a un catálogo de Ikea. Me gusta sacar este tema porque durante quince minutos más o menos llegué a creer que sabía sueco, y sigo aferrándome a esos minutos.

Dónde escribo: En mi mesa de trabajo, o, si no estoy en casa, en el lugar más soleado que encuentre, sobre una superficie lisa y limpia. No soy nada partidaria de llevarme el ordenador a la cama y escribir allí, o delante del televisor. No me gusta mezclar actividades. Creo que es bueno tener un sitio para trabajar, un sitio para relajarse y un sitio para dormir. Pero la mesa de la cocina puede valer.

Qué uso: Un ordenador. Ahora mismo, un pequeño Apple PowerBook plateado llamado *Gilda.*

Cuánto bebo mientras trabajo: Una cantidad desorbitada. Bebo continuamente. Lleno la mesa de tazas y vasos. Cualquiera que la vea pensaría que allí trabajan cinco personas. Cinco personas con mucha sed.

Recuento de bebidas en este momento: Un vaso, una taza. Ambos vacíos.

Maureen y la gestación de *Trece sobres azules*

Empecé *Trece sobres azules* durante un período de residencia para escritores de un mes de duración que hice en un castillo cerca de Edimburgo. Era febrero, que quizá no sea la mejor época del año para ir a Escocia. Antes de llegar ya tenía clara la idea básica sobre la que iba a trabajar, pero fue allí donde empecé a escribir la novela.

En el castillo estábamos cinco personas, además del gerente. La gobernanta, el empleado de mantenimiento y la cocinera venían durante el día; el resto del tiempo estábamos solos, rodeados de la inhóspita naturaleza escocesa. Al ser neoyorquina, cualquier naturaleza inhóspita me resulta tremendamente inhóspita, así que me pasé el mes entero temiendo que me comieran los tejones o los búhos. Trabajé casi todo el tiempo en una sala fría y soleada con vistas a la cañada y al río. Trabajaba sobre un escritorio muy pesado de estilo medieval mientras la luz me lo permitía. El suelo de la sala estaba cubierto de alfombras de piel con un aspecto inquietantemente real a las que intenté no acercarme; eran lo único cálido que había en aquel cuarto. Aún siento escalofríos cada vez que miro las cartas número dos y número tres.

Lo que aquella experiencia logró, desde luego, fue que recordara lo que era estar (básicamente) sola en un entorno extraño en el que además te sientes como una extraña. No teníamos Internet, ni televisión, y había muy poco tiempo para utilizar el teléfono. Reinaba un silencio sepulcral. Al final del día (se hacía de noche sobre las tres de la tarde) nos reuníamos frente a la chimenea y nos tomábamos una copa de jerez. Fue una experiencia alucinante, aunque creo que durante las tres primeras semanas estuve a un paso de volverme loca.

Resulta raro estar aislada del mundo, sin correo electrónico ni teléfono móvil.

Creo que las cosas comenzaron a cambiar el día de mi cumpleaños, más o menos hacia la mitad de mi estancia. Fui a Edimburgo a pasar el día. Podíamos ir en un autobús que paraba delante de la verja del castillo, que se encontraba al final de una carretera de acceso que atravesaba un bosque. Aunque salí temprano de la ciudad, cuando llegué estaba oscuro como boca de lobo. El conductor no sabía dónde estaba el acceso a la entrada del castillo (a pesar de que me había dicho que sí). Por pura casualidad, avisté un edificio que reconocí, apreté el botón para que parase y me bajé del autobús.

Y allí estaba yo, en una cuneta escocesa, sola, una fría noche de invierno. Logré encontrar el camino a la avenida de acceso con bastante dificultad, y me enfrenté al sendero más absolutamente negro que había visto en mi vida. No había nada de luz. Ni siquiera veía el suelo. El castillo quedaba fuera de mi vista.

Si hubieras pasado una semana escuchando historias sobre las sangrientas batallas que se libraron en el entorno (cientos de lugares muy propios para arrojar cadáveres), la tranquilidad de los alrededores (sin duda, uno de esos parajes donde puedes gritar hasta cansarte sin que nadie te oiga) y la fauna, y si encima eres un poco cobardica como yo, te lo pensarías dos veces antes de recorrer aquel sendero oscuro. Oí pisadas de algo que correteaba. No quería adentrarme a oscuras a través del bosque. Quería que el castillo apareciera ante mis ojos como por arte de magia. Recuerdo que me quedé allí quieta, sin ningunas ganas de moverme.

Pero no tenía elección. ¿Qué iba a hacer? ¿Quedarme allí de pie toda la noche?

De modo que comencé a andar hacia la nada. Sabía que iba por el buen camino cuando las suelas de mis zapatos pisaban algo sólido y liso. Si pisaban algo más blando que crujía, era que me había salido. Me inventé una cancioncilla para espantar a las criaturas que se me acercaran. (Me refiero al ruido. La canción en sí era bastante agradable, por lo que recuerdo.)

La sensación que me invadió al recorrer aquel camino no se parecía a nada que hubiera experimentado antes. Era todo real, oscuro e inhóspito, y al final se alzaba el castillo, iluminado por un foco fijado al césped. Y fue en aquel momento cuando en realidad tuve la idea de la experiencia de Ginny. Sería involuntaria, en ocasiones inquietante (aunque nunca verdaderamente peligrosa), pero al final habría algo grande y magnífico esperándola.

Más tarde, en la biblioteca del castillo, descubrí por casualidad un viejo ejemplar de *Paris Review* en una estantería. La abrí al azar y me topé con la fotografía de una mujer con un peinado imposible y la cara cubierta de tatuajes. Sin saber muy bien por qué, leí el artículo. Me fascinó la protagonista, una artista llamada Vali Myers. Se convirtió en mi musa para el personaje de Mari Adams, la mentora de Peg en Edimburgo. Copié varios detalles de la vida de Vali: como Mari, tenía una jaula donde se encerraba a trabajar, se había tatuado los nombres de sus mascotas muertas, y en un momento determinado dedicó su mano izquierda a su zorro *Foxy*. Después de escribir el libro me enteré de que además dibujaba tatuajes a otras personas, incluyendo a una famosa cantante, igual que hace Mari con Ginny.

Y ahí fue en realidad cuando arrancó la novela. Así fue como Ginny y los demás personajes tomaron cuerpo. Todos ellos nacieron en un castillo.

Preguntas y respuestas sobre *Trece sobres azules*

¿Hay algún elemento de *Trece sobres azules* que tenga su origen en tu propia experiencia personal?

Bien, en lo que concierne a viajar en general, desde luego que sí. Me identifico tanto con Peg como con Ginny. Y mi punto de vista también se divide entre ambas a partes iguales.

Pero hay muchas cosas en el libro que nacen a partir de detalles más concretos. Por ejemplo, la casa donde vive Richard es la casa de mis amigos en Islington (solo que ellos son muy ordenados y que el interior de la casa es precioso. Únicamente me serví de la casa en general. Y de momento no se han dado cuenta). Y es verdad que hay un hombre que toca el tema de *El padrino* al acordeón en la línea 6 del metro. Los Knapp están inspirados en una familia a la que conocí en un viaje, aunque estos no imprimían el programa de cada jornada (que yo sepa).

¿Qué es lo primero que metes en el equipaje cuando viajas?

Tengo fama de ser un desastre haciendo equipajes. Y no porque no lo intente. Hago listas –listas minuciosas y muy trabajadas–, pero justo cuando estoy a punto de cerrar la maleta me da la neura y empiezo a meter cosas sin ton ni son. «Me van a hacer falta dos blusas más. No estoy segura de cuáles meter, así que mejor me llevo cinco, por si acaso. ¡Y la bata china! Todos los calcetines, todos. Y probablemente otro par de zapatos. Y este tostador...»

Lo mejor es que cuando llego al aeropuerto y me pesan el equipaje me pregunto muy seria de dónde salen todos esos kilos. Es como si tuviera memoria de pez.

¿Por qué decidiste escribir una historia sobre una chica que viaja sola por Europa?
La respuesta facilona es que me parecía muy divertido.

Pero la respuesta sensata que podéis citar en vuestros trabajos es que aventura significa riesgo. No habría sido igual si Ginny se limitara a abrir trece sobres en su casa, sentada cómodamente en el sofá y rodeada de sus amigos, su familia y sus cojines. La tía Peg trabaja a una escala más amplia y maravillosa. Sus lienzos están en todas partes.

La ruta surgió casi como si siguiera un curso natural. La verdad es que es muy fácil escapar de Nueva York a Londres. Y un viaje a Inglaterra es un buen punto de partida; es un país extranjero, aunque no demasiado: el idioma es el mismo, y la cultura no es del todo distinta. Desde allí, elegí los demás destinos pensando en los sitios donde sería más probable que hubiera terminado una artista en busca de sí misma (como Peg). Diseñé los trayectos de manera que se fueran alejando de lo que a Ginny le resultara más familiar: el idioma, la compañía, sus pertenencias.

Lo que pretendía en realidad era que al final los lectores experimentaran esa sensación que solo se tiene cuando se viaja mucho por Europa en poco tiempo: empieza a saturar. Ese fue el motivo de arrastrarla hacia el sur a una velocidad delirante y luego meterla en un barco lento, lentísimo, con destino a Grecia.

¿Has estado en todos los lugares que se mencionan en el libro?
Conozco más o menos la mitad. Nunca he estado en Roma, en Copenhague ni en Grecia.

¿Hubo algún cambio en el libro mientras lo escribías?
Cambió radicalmente entre los que fueron, creo, el tercer y el cuarto borrador. Siempre supe cuál sería la «solución», pero un montón de cosas se fueron cruzando. En las primeras

versiones, Richard tenía un pub, y Keith, David y Fiona vivían encima de él. Ginny pasaba varios meses en Londres y Richard tenía una niñita. Siempre resulta bastante sorprendente volver atrás y leer una primera versión cuando el libro está terminado; los primeros borradores siempre me parecen extraños y ajenos, casi como si los hubiera escrito otra persona.

¿Cuál es tu destino favorito para viajar y por qué?
En realidad, no he estado en muchos sitios diferentes. He viajado un poco por Estados Unidos y Europa, pero no soy lo que se suele llamar una persona muy viajada. Tiendo a ir a Inglaterra una y otra vez. Así que supongo que es Inglaterra.

¿Sabes exactamente qué decía la carta número trece?
Sí, claro. Pero Ginny también.

En palabras de Keith Dobson

No hay nada como escuchar un punto de vista de la historia de alguien que forma parte de ella, así que le he pedido al mismísimo Keith Dobson que nos contesta a unas preguntas sobre su experiencia con *Trece sobres azules*. Y, tratándose de Keith, tuvo el detalle de complacernos.

☆ ☆ ☆ ☆ ☆ ☆

Hola, fans.

Me han pedido que colabore con esta edición de *Trece sobres azules* porque, me imagino, vosotros queríais saber de mí. Lo entiendo, y respondo.

La señorita Johnson, escritora independiente, me ha advertido que no os diga nada de lo que pasó después del final del libro..., si es que pasó algo en realidad. Hasta donde sabéis, bien podía habernos metido de inmediato en un agujero negro errante y habernos borrado del mapa (aunque bien es verdad que yo ahora mismo estoy escribiendo; supongo que esto será una especie de señal reveladora). Así que aquí estoy, encantado de contribuir a vuestra experiencia como lectores. Hasta llevo puesta mi falda escocesa, la ocasión lo merece.

Tengo aquí delante –alisa un papel y aparta unas migas de baguette que habían quedado en su interior– una lista de preguntas que queréis que conteste, así que no perdamos más tiempo.

☆ ☆ ☆ ☆ ☆ ☆

¿Qué pensaste de Ginny cuando la viste por primera vez?

Bueno, aparte del hecho de que tenía un gusto innato para el arte, pensé que estaba completamente chiflada. A ver, seamos realistas... Aparece una americana grandullona (es muy alta esta Ginny) y literalmente compra todas las entradas para mis funciones, se presenta en mi casa, me regala alegremente un montón de dinero...

Ahora que vuelvo a leer esta frase, me doy cuenta de que son todas cosas muy atractivas. Lo que probablemente explique por qué me quedé prendado. Y a pesar de que tardé mil años en arrancarle una palabra, una vez que empezó a hablar no tuvo ningún problema en expresar sus sentimientos. Esa es mi chica.

¿Cuál fue tu reacción al enterarte de todo lo que le pasó a Ginny cuando no estaba contigo?

Me contó varias cosas en Londres, pero no me enteré de todo hasta que leí el libro. Pasó por alto el incidente con Beppe, y me alegro de que lo hiciera. No me gustó nada ese episodio.

Lo cierto es que estoy muy orgulloso de ella. Hace falta una buena dosis de valentía para hacer lo que hizo. De lo que no tengo ni idea es de cómo fue capaz de seguir las reglas hasta el final. Yo habría abierto todos esos sobres a los cinco minutos de recibirlos. Pero eso es lo que hace que Ginny sea como es, supongo.

¿Te sientes mal por haber robado el muñequito de Godzilla en casa de Mari?

El inconveniente de no tener el control de la historia es que no puedes omitir las partes en las que no quedas bien. En una palabra, sí. Sí, me siento mal. Pero juro que no pensé que Mari lo fuera a echar de menos. Fue una broma. Y está claro que a ella no le importó. Cuando se publicó el libro, me envió un

Godzilla de cuerda acompañado de una caja de bombones. Alego que si no hay víctima no puede haber crimen, señoría.

(Y sí, ya sé que fui un poco insolente con lo de «¿Pues sabes lo que debería hacer ahora? Tomar el autobús». Lo que pasaba es que me sentí avergonzado, y la chica que me gustaba me estaba mirando como si yo acabara de devorar un cachorro o algo así. No reaccioné bien. Pero eso no significa que la gente –ejem, Ginny, quiero decir– me tenga que estar machacando sin parar por ello. Cada vez que mi voz muestra el más ligero tinte de enfado, inmediatamente oigo «¡Huy, parece que Keith quiere volver a tomar el autobús!». Y eso se tiene que acabar.)

Últimamente se ha debatido mucho sobre el grado de veracidad y autenticidad en los libros. ¿Crees que *Trece sobres azules* es una representación fiel de la realidad?
Me parece bastante fiel, al menos a juzgar por las partes en las que intervengo. Pero también me gustaría destacar que la mayor parte de la historia se narra desde el punto de vista de Ginny. Y desde el punto de vista de Ginny, parece que ronco y acepto dinero mucho más de lo que soy consciente. Sobre mis seductoras dotes para la interpretación y mis preciosos ojos... no puedo comentar, así que correré un tupido velo.

Sin embargo, os puedo asegurar que no huelo «a humedad». Alguien se ha tomado alguna licencia.

¿Llevas algo por debajo de la falda escocesa?
Solo os diré que llevo la falda escocesa a la usanza tradicional.

En un mundo sin Starbucks, ¿a qué compañía internacional inmortalizarías en una canción?
Me alegro de que me hagáis esta pregunta. Precisamente hoy mismo he terminado el primer borrador de *Banco, una ópera*

sobre la avaricia. Veréis, lo que he hecho es omitir el nombre del banco, que podría ser cualquiera, porque un banco siempre será un banco. El hecho de hacerlo me ha permitido crear una auténtica obra maestra sobre la condición corruptora del dinero. Por supuesto, estoy buscando patrocinadores dispuestos a corromperme con un poco de su asquerosa pasta. Acepto cualquier divisa, y ninguna cantidad será demasiado alta o demasiado baja. Por favor, mantengan el orden en la cola.

MAUREEN JOHNSON

Suite Scarlett

Una de las novelas juveniles más divertidas de los últimos años

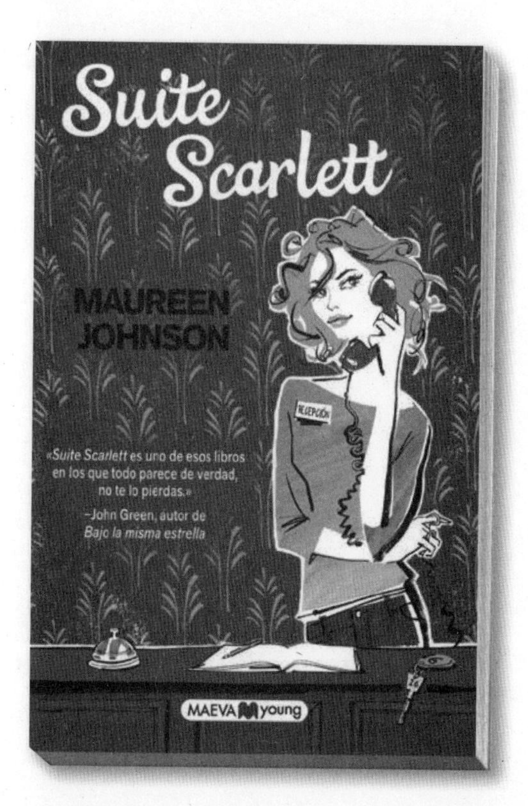

Acto I

El Hopewell, situado en el Upper East Side, está regentado por la misma familia desde hace setenta y cinco años. Es una joyita de hotel, un esbelto edificio de cinco plantas a la altura de la calle Sesenta, situado a pocas manzanas de Central Park. Inaugurado en 1929, en pleno apogeo del estilo art déco, *por uno de los mejores diseñadores de la época, J. Allen Raumenberg, sigue siendo un símbolo del* glamour *del período de esplendor del jazz en Nueva York. Casi puedes ver señoras ataviadas a la moda de los años veinte recorrer el suelo de espiga del vestíbulo.*

Cada habitación tiene un nombre distinto y está decorada con los muebles originales, y aunque el tiempo ha dejado su huella, siguen siendo una maravilla. Cabe destacar la Suite Empire, la última y más espléndida de las creaciones de Raumenberg. El papel de la pared, de un tono azul con reflejos plateados, procede del París de antes de la guerra, y está exquisitamente iluminado por la delicada araña de cristal color ciruela y los apliques de la pared, de color rosado y de una llamativa forma cónica. Los muebles de palo de rosa fueron fabricados en Virginia según las directrices del diseñador, al igual que el tapizado, cosido a mano, en seda color plata y rosa.

La joya de la corona, sin embargo, es el gigantesco espejo circular que cuelga sobre la cómoda, con un pequeño arco ahumado en la parte superior para que parezca una luna casi llena. Hay algo mágico en esa habitación. Posee un espíritu romántico y una energía que las mejores cadenas hoteleras del mundo jamás serán capaces de evocar.

No deje de empezar cada mañana con el bizcocho de cereza marca de la casa, una taza de irresistible chocolate especiado, y las delicadas galletas de almendra hechas por el magnífico chef y repostero del hotel.

Sin embargo, lo que hace verdaderamente especial al Hopewell es la implicación total en la dirección de la gran familia Martin, propietaria y administradora del hotel. A pesar de que en ocasiones el servicio deje algo que desear, su toque personal marca la diferencia…

De la guía *Lo que hay que ver en Nueva York* (8ª edición).

Una fiesta que podía no haberse celebrado

La mañana del 10 de junio, Scarlett Martin se despertó debido al rap improvisado a todo volumen que atravesaba la fina pared de su dormitorio procedente del cuarto de baño contiguo. Llevaba quince minutos intentando abstraerse de aquel ruido y tratando de integrarlo en su sueño, pero era difícil incorporar la recurrente frase «Yo tengo un cu-cu-culo, tengo un chamizo muy chulo» al sueño, en el que intentaba esconder una camada de conejitos en el cajón de las camisetas.

Parpadeó, dejó escapar un leve quejido y abrió un ojo.

Hacía calor. Mucho calor. El pequeño aparato de aire acondicionado de la Suite Orchid, la habitación que compartía con Lola, su hermana mayor, llevaba años sin funcionar como era debido. Algunas veces la hacía tiritar de frío, y otras, como aquella mañana, lo único que hacía era remover el aire caliente y dar más consistencia a la humedad.

El calor convertía el pelo rubio y rizado de Scarlett en una especie de espeluznante y voluminosa peluca. Con la llegada de junio, lo que en invierno eran unos rizos que le llegaban por debajo de las orejas se transformaban en unos seres enloquecidos y encrespados. Uno de ellos cobraba vida propia y se le metía en un ojo en cuanto lo abría. Scarlett se sentó en la cama y descorrió el visillo púrpura de la ventana que tenía al lado.

Era bien sabido que casi se podía ver el edificio Chrysler desde el Hotel Hopewell... si no fuera por los edificios que se interponen entre ambos. Pero sí se podía atisbar el interior de las viviendas de los bloques que rodeaban el hotel, y eso siempre resultaba interesante. En una ciudad tan competitiva y con gente tan distinta, las mañanas eran un campo de batalla donde no había distinciones, pues nadie se había arreglado todavía y todos andaban un poco perdidos. Allí estaba la mujer que se cambiaba de ropa cuatro veces cada mañana y ensayaba poses frente al espejo. Dos ventanas más arriba, el tipo obsesivo-compulsivo limpiaba los quemadores de la cocina. Un piso más abajo, el tipo Cualquier Cosa para Desayunar, como su nombre indicaba, desayunaba cualquier cosa. Hoy estaba echando helado derretido en los cereales.

En la azotea del edificio de apartamentos contiguo, una mujer de unos setenta años completamente desnuda leía *The New York Times* mientras, con el mayor cuidado, mantenía la taza de café en equilibrio apretándola entre los muslos. Una visión totalmente inapropiada a aquellas horas de la mañana. Y a cualquier hora del día.

Scarlett se volvió a acostar. El rap se empezó a escuchar con más claridad cuando el ruido del agua de la ducha, con el que se había estado solapando, dejó de oírse. La letra había derivado hacia: «Me he puesto los zapatos, tráeme un taco...».

–¡Avísame cuando acabes! –gritó a la pared–. ¡Y cállate ya!

La respuesta fue un alegre repiqueteo en la pared. El rap continuó, pero un poco más bajo.

Scarlett estaba a punto de volverse a dormir cuando la puerta de su habitación se abrió de repente y su hermano Spencer entró de un salto con aires triunfales y los brazos levantados como si acabase de ganar una maratón. Tenía el pelo de punta tras habérselo frotado con la toalla, y sus ojos castaños emitían un destello de entusiasmo.

–¡Ya... he... terminado! –anunció.

Spencer rara vez podía levantarse más tarde de las cinco de la mañana debido a su trabajo en el turno de desayunos del Waldorf Astoria. Scarlett, que se levantaba a la hora de una persona normal, nunca lo veía con su uniforme de trabajo: los pantalones negros y la camisa blanca almidonada que alargaban aún más su, ya de por sí, estilizada silueta. Allí, de pie junto a su cama, con el pelo todavía húmedo goteando sobre ella, parecía que medía tres metros y que estaba peligrosamente despierto. Más de cuatro horas de sueño eran para él algo excesivo.

–Despierta, despierta –le dijo a Scarlett mientras le daba un golpecito suave en la coronilla cada vez que repetía aquella palabra–. Despierta, despierta, despierta, despierta, despierta... ¿Molesto? Sí parece que molesto, pero tú eres la única que puede confirmarlo.

–Acabo de ver a la Dama Desnuda en la azotea –se quejó Scarlett mientras golpeaba la mano de Spencer e intentaba protegerse con la sábana–. Bastante alterada estoy ya. No me martirices más.

Spencer la dejó en paz y se acercó a la ventana. Echó una mirada al exterior mientras se abrochaba los puños de la camisa con expresión pensativa.

–No sé si te has fijado con qué está sujetando la taza –dijo–, pero, la verdad, me preocupa que se pueda quemar el…

Scarlett soltó un grito y se dio la vuelta en la cama al tiempo que hundía la cabeza en la almohada. Cuando volvió a levantarla, su hermano estaba apoyado en el escritorio y se hacía, sin apretar demasiado, el nudo de la corbata.

–He cambiado el turno para poder estar aquí esta mañana. Así que me va a tocar recibir a los clientes a la hora de comer, lo cual es aburridísimo. ¿Te das cuenta de todo lo que soy capaz de hacer por ti? ¿Soy o no soy tu hermano favorito?

–El favorito y el único.

–Cómo me emocionan tus palabras. Venga, ahora espabila. –Antes de salir de la habitación, sacudió el pie de Scarlett, cubierto por la sábana–. No nos van a servir los gofres hasta que te levantes, así que ¡levántate! ¡Levántate! ¡Levántate, hermana! ¡Levántate, levántate! –repitió una y otra vez con voz chillona mientras se alejaba por el pasillo.

Lo que se ha dicho en los blogs sobre *Suite Scarlett*

«Una historia fresca y original, con el adecuado toque de *glamour* y cosmopolitismo que Nueva York ofrece y que el hotel Hopewell requiere. La trama avanza de manera vertiginosa gracias al estilo sencillo y directo de la autora, así como a los divertidos diálogos entre sus personajes; todos ellos creíbles, inteligentes y con sentimientos e ideas bastante profundos.»

—El templo de las mil puertas

«Altamente recomendable para pasar un buen rato y perderse en un hotel de lo más peculiar, *Suite Scarlett* es de esos libros que nos conquistan.»

—Perdida en un mundo de libros

«*Suite Scarlett* es una obra excelente. Una historia divertida y unos personajes fuera de lo común que nos atraparán entre sus páginas.»

—El juglar de tinta

«Una lectura divertida, fresca y muy disparatada. Con unos personajes algo peculiares que vivirán situaciones de lo más rocambolescas, con las que conseguirán sacarnos un montón de carcajadas.»

—La vida secreta de los libros